Más allá de la coincidencia

Martin Plimmer y Brian King

Más allá de la coincidencia

Traducido por Iolanda Rabascall

Si usted desea que le mantengamos informado de nuestras publicaciones, sólo tiene que remitirnos su nombre y dirección, indicando qué temas le interesan, y gustosamente complaceremos su petición.

Ediciones Robinbook
información bibliográfica
Indústria 11 (Pol. Ind. Buvisa)
08329 - Teià (Barcelona)
e-mail: info@robinbook.com

www.robinbook.com

Título original: *Beyond Coincidence*

Diseño cubierta: Regina Richling
Producció y compaginación: MC producció editorial
ISBN: 84-7927-731-9
Depósito legal: B-4.123-2005
Impreso por Limpergraf, Mogoda, 29-31 (Can Salvatella),
08210 Barberà del Vallès

Impreso en España - *Printed in Spain*

A la memoria de Peter Rodford, de quien, casualmente, ambos fuimos alumnos.

Agradecimientos

No somos los primeros en explorar la fascinante vía de las coincidencias –y no seremos los últimos–.

Gracias a todos aquellos que nos han precedido en el tema y a sus inestimables pistas que hemos ido descubriendo a medida que escrutábamos el ámbito de las posibilidades infinitas. Gracias en particular a Ken Anderson y Alan Vaughan, la pareja de súper detectives de sucesos vinculados con casualidades, y al *ángel de la biblioteca*, que nos visitó justo después de visitarlos a ellos.

Gracias también al matemático Ian Stewart, a los psicólogos Chris French y Richard Wiseman, al escritor John Walsh, al actor Arnold Brown, al dúo de cabaret llamado Kit and the Widow, al vidente Craig Hamilton-Parker, al biólogo Rupert Sheldrake, al científico investigador Pat Harris, a la alpinista Christina Richards y al abogado David Barron. Gracias a nuestra agente –que es una santa– Louise Greenberg, y a Ruth Nelson, la editora con ojo de lince.

Gracias a todos aquellos que fueron testigos de alguna coincidencia y grabaron los detalles para la posteridad. Muchas gracias también a Sue Carpenter por recopilar un sinfín de relatos fascinantes y permitir que los consultáramos.

Nuestro agradecimiento más sincero para Nick Baker y Viv Black de Testbed Productions, que accedieron a producir la serie original *Beyond Coincidence* para Radio 4, fuente de inspiración para este libro.

Finalmente, gracias a nuestras chicas favoritas: las dos Laura Buxton, cuyo globo está siempre dispuesto a explotar en plena cara de aquellos que niegan la evidencia de que una coincidencia, sea cual sea su significado –o su falta de significado– es sugestiva, misteriosa, sutil e indiscutiblemente divertida.

«Cualquier coincidencia –pensó la señorita Marple–,
merece ser siempre anotada. Luego podremos tirar
la nota a la basura, si tan sólo se trataba de eso,
de una mera coincidencia.»

Agatha Christie

PARTE 1
Coincidencias bajo el microscopio

CAPÍTULO 1
El SÍ cósmico

Sé que nos hemos visto antes.

Hablemos. Estoy seguro de que descubriremos que tenemos muchas cosas en común. Primero a grandes rasgos: idioma, raza, nacionalidad, género, color de la puerta principal de nuestra casa, atracción por la comida italiana, deseo de saltar los charcos después de la lluvia... ¡este libro!

Pronto acotaremos la búsqueda: sitios que hemos visitado, las veces que casi hemos coincidido en algún lugar, amigos en común...

Cuanto más indagamos, más nos acercamos. En unos instantes descubriremos que hemos residido en la misma ciudad o estudiado en la misma escuela, que nacimos en el mismo hospital, que tenemos el mismo contable o compartimos un sueño idéntico... Quizá hemos coincidido en el autobús ¡Incluso es posible que nos hayamos rozado en ese mismo autobús!

La mera idea nos hace estremecer. ¿Por qué? ¿Acaso significa algo? Objetivamente, no. Después de todo, con frecuencia rozamos con gente en los autobuses, y no por ello sentimos escalofríos, pero es que ahora ya no somos un par de desconocidos. Y ahora, al relacionarnos, hemos intuido que nos conocemos desde siempre. Si tras esta concurrencia nace una amistad, pensaremos que los encuentros fortuitos anteriores estaban llenos de significado. Los calificaremos de coincidencias, aunque en el fondo creeremos que eran algo más que eso. Los eventos personales y el mundo de las coincidencias están íntimamente unidos: un universo particular, siempre subjetivo, incuestionablemente vinculado a nuestro ser. El destino nos ha elegido, a ti y a mí, y esa eventualidad es la que nos hace estremecer.

Siempre reaccionamos igual, especialmente si queremos gustarnos el uno al otro. Escudriñaremos todo lo necesario hasta encontrar afinidades entre los dos. Nos entusiasmamos ante cualquier conexión y, precisamente, el ser humano es una especie con muchos vínculos. Si fuera posible perfilar un mapa con las actividades que todos realizamos, las líneas entre amigos y familiares, salidas y llegadas, mensajes enviados y recibidos, deseos y objetivos, pronto visualizaríamos un denso y complejo entramado de líneas con millones de intersecciones.

Cada amalgama es una asociación a la espera de ser identificada por alguien como una coincidencia, ya sea por su naturaleza propia o cuando otra línea se cruce de nuevo con ella. Irremediablemente, la coincidencia llamará tarde o temprano a nuestra puerta, y nos visitará en cualquier parte y en cualquier momento. Sin embargo, únicamente seremos conscientes de las intersecciones con un significado particular y personal.

Paul Kammerer, un biólogo austriaco de principios del siglo XX, describió las coincidencias como las manifestaciones de una unidad cósmica más amplia, con una fuerza tan poderosa como la gravedad, pero que actúan selectivamente, enlazando elementos por afinidad. Nosotros sólo apreciamos las coincidencias más evidentes, como las ondas visibles en la superficie de un estanque.

¿Qué tipo de fuerza trascendental es ésta? Muchas explicaciones han intentado despejar la incógnita; hay quien defiende la existencia de una inteligencia superior universal, o el control por parte de dioses o de extraterrestres (tanto traviesos como benignos), o la existencia de un campo psicomagnético, o el poder que domina nuestros propios pensamientos, o un sistema universal de universos paralelos que opera en dimensiones diferentes a las nuestras. Todo eso es muy fácil de decir, difícil de comprender e imposible de probar.

Dejemos a un lado las suposiciones al vuelo y regresemos a tierra firme: la mayoría de nosotros somos conscientes de haber experimentado alguna coincidencia que nos ha provocado esos escalofríos antes citados. Es posible que sólo se trate de la imaginación, pero cuanto más sorprendente es la coincidencia, más estremecedora es la sensación de unos dedos invisibles que nos manejan a su antojo, como si fuéramos marionetas.

Las coincidencias más inesperadas, como encontrar a un amigo de la infancia en un país lejano o descubrir uno de tus viejos muñecos en un mercadillo de juguetes de segunda mano, pueden turbar incluso a los más escépticos hasta un punto indescriptible.

¿Por qué las coincidencias tienen ese efecto tan fulminante sobre las emociones? Se trata de la impresión de ser alcanzado por una fuerza exterior, la sensación de ser el elegido. En un momento estás intentando abrirte paso con dificultad entre el caos cotidiano, buscando frenéticamente un teléfono que no deja de sonar o maniobrando una silla de ruedas por la rampa de un autobús, y de pronto te sientes sumergido en una laguna de aguas cristalinas, donde los sucesos, los objetos o tus propios pensamientos más disparatados, parecen estar completamente interrelacionados. Durante un segundo, el temor de ser una simple mota, diminuta e insignificante, que navega por ese mar vasto y arbitrario llamado Universo desaparece. ¡TÚ formas parte del gran SÍ cósmico!

Según algunas investigaciones científicas, las personas más sensibles a las coincidencias suelen tener más confianza en sí mismas y se sienten más cómodas en este mundo. Con cada experiencia que experimentan –incluso con las más pequeñas– reafirman su optimismo. Gozan de la seguridad de que cualquier cosa es posible, que en algún rincón de una vieja librería con libros de segunda mano en el lugar más recóndito del mundo cabe la posibilidad de encontrar una copia firmada de la única novela escrita por su propio padre, o que en un apartamento en Hong Kong es probable que exista una hermana a la que todavía no conocen y, sin embargo, ésta ansía ser encontrada, o que el anillo con la dedicatoria que perdieron en Holanda ahora se encuentra en el fondo de uno de los mares del planeta, aguardando a ver la expresión de sorpresa de la persona que lo rescate con un anzuelo. Estos individuos, siempre atentos a las coincidencias, tienen la certeza de que en cualquier momento, en el sorteo de las posibilidades infinitas, su número de la suerte saldrá premiado. Para estas gentes, el mundo es realmente un pañuelo.

Pensemos de nuevo en ese libro que está en el lugar más recóndito del mundo. Digamos que lo escribió tu padre. Si alguien lo encontrara mientras ojeaba una pila de libros, no pensaría nada en particular acerca del libro; después de todo, en las librerías con libros de segunda mano se puede encontrar cualquier cosa, pero si tú encontraras ese libro, lo abrieras y reconocieras la firma que tu padre estampó en la primera página cuando era incluso más joven que tú, cuando todavía tenía el mundo y un sinfín de posibilidades a sus pies y toda una vida por delante, la experiencia estaría cargada de un intenso significado. Es inexplicable cuál sería ese significado, pero el mundo se mostraría ante ti de un modo distinto al que tenía apenas escasos momentos antes. Es probable que la impresión te provocara incluso una sensación de vértigo.

Laurens van der Post, en su libro sobre Carl Jung –el psicólogo suizo que definió la teoría de la sincronicidad– *titulado Jung y la historia de nuestro tiempo* declara: «Para mí, al igual que para Jung, las coincidencias no suceden en vano sino que están llenas de significado. Siempre había pensado que las coincidencias eran una manifestación de unas normas de vida de las que no somos conscientes... [Las coincidencias], por desgracia, a causa de la brevedad de nuestra existencia, no es posible definirlas adecuadamente, y no obstante, no importa cómo sea de imparcial el significado que podamos extraer de ellas, las obviamos sin asumir el riesgo que ello conlleva.»

Sabemos que las coincidencias son eventos, objetos y pensamientos que han sido lanzados al aire al mismo tiempo. Todo es cuestión de pura coincidencia, no obstante, solemos pensar que quizá se trata de algo más que una mera coincidencia. ¿Quién se atreve a afirmar que, cuando una coincidencia marca profundamente nuestras vidas, somos simplemente víctimas de un engaño? Margaret Muir tiene otra opinión:

> Durante la guerra, cuando Margaret Muir vivía en El Cairo, entabló amistad con un militar al que habían destinado a la capital del Nilo. Fue una de esas relaciones que fácilmente podría haber derivado en algo más profundo, pero ambos estaban casados, así que decidieron no dar ningún paso adelante. Finalizada la guerra, únicamente se veían cada dos años en la cena que organizaba el Guard's Club con el fin de mantener el contacto entre los asistentes. Todavía sentían atracción el uno por el otro, pero seguían casados.
>
> Pasaron catorce años y los encuentros fueron cada vez más esporádicos. Un día Margaret sintió la necesidad urgente de llamar a su amigo por teléfono. Hacía mucho tiempo que no sabían nada

el uno del otro, pero pensó que no era una buena idea. Empezó a concentrarse en el crucigrama del *Daily Express*, mas siguió notando ese deseo de llamar a su amigo.

Una de las primeras definiciones que leyó en el crucigrama tenía por respuesta la palabra inglesa ASHORE. Margaret respiró hondo, su amigo se llamaba Ash. Asió el teléfono, pero, una vez más, desistió del intento y continuó con el crucigrama.

Otra de las palabras del crucigrama era un anagrama de la palabra *ashore* que respondía a la definición: sin voz. Y acertó la respuesta: HOARSE (afónico). Al instante, sintió la necesidad inminente de telefonear a su amigo. Tomó el teléfono y marcó el número de su oficina. La secretaria le informó que el señor Ash había muerto hacía dos años.

Margaret quedó completamente abatida al conocer la noticia. Más tarde, cuando se hubo recuperado de la terrible impresión, decidió llamar a una amiga que Ash y ella tenían en común para averiguar qué había sucedido y entonces descubrió que Ash tenía cáncer de faringe y que murió totalmente afónico.

Margaret pensó que la experiencia era extraordinaria. Ella es una mujer racional y todavía ahora, a sus setenta años, no encuentra una explicación satisfactoria para lo que sucedió.

Un escéptico refutaría el significado que Margaret le otorga al crucigrama. Alegaría que fue pura coincidencia que las pistas de ese día estuvieran relacionadas con la vida de Margaret. Añadiría que ella había seleccionado, de entre los miles de posibles elementos que la afectaban en ese momento, los dos que se hacían eco de una idea que la ofuscaba claramente. En cuanto al resto de definiciones del crucigrama, ¿estaban también vinculadas con su amigo? ¿Qué habría pasado si en lugar de elegir el crucigrama hubiera optado por el autodefinido? ¿Habría recibido el mensaje subliminal de todos modos?

Es posible que ese escéptico tenga razón, pero no podrá negar el poderoso impacto de la vivencia; es más, no entenderá la parte crucial: la coincidencia con el crucigrama de Margaret puede ser una mera casualidad en el sentido de que nadie la había planificado, pero estaba cargada de significado. Como consecuencia, ella averiguó que su amigo había muerto y, a pesar de las barreras espaciales y temporales, se sintió muy cerca de él.

Aquí tenemos otro hecho curioso: la coincidencia cobra sentido también para el lector. La razón por la que respondemos positivamente a este tipo de sucesos, aunque nos permitamos el derecho de la duda, se debe a que estas historias son siempre interesantes y misteriosas. Están envueltas de un aura de cuento de hadas y se ven afectadas por los giros dramáticos de la fortuna, con espectaculares golpes de efecto relacionados con la vida y con la muerte, y vinculadas a factores y a elementos mágicos que se escapan de toda lógica: pistas en un crucigrama, anillos, llaves, direcciones, números y fechas. Existe en ellas una cualidad ritual que nace de sus complejas tramas: las historias, los rasgos de los personajes, los sueños y los procesos extraños que deben quedar establecidos y explicados en la secuencia correcta antes de alcanzar el clímax de la coincidencia. Una buena historia sobre una coincidencia tiene la solemnidad de una tragedia griega, con la única diferencia de que se trata de una historia verídica.

Nosotros, los autores de esta obra, hemos sido conscientes de esa cualidad innata de las casualidades durante todo el libro. Así pues, no hemos aportado ninguna contribución personal a las más de doscientas historias del libro. Algunas de ellas son tan conocidas que debían aparecer en esta obra de forma obligatoria –afortunadamente, al igual que los mitos, estos relatos mejoran cada vez que alguien los cuenta de nuevo–; otras, en cambio, ven la luz por primera vez.

Carl Jung definió las coincidencias como «actos de creación en el tiempo». Las catarsis emocionales y transformaciones que suscitan en algunos de sus sujetos dan testimonio de ese fascinante ejercicio creativo.

Todos los escritores recurren con mayor o menor medida al recurso de la coincidencia. No son pocos los novelistas que usan una coincidencia dramática como punto de partida sobre la que luego fundamentan un argumento deslucido. Sin las coincidencias, las comedias serían demasiado serias. El funcionamiento de las alegorías y de las metáforas consiste en unir dos ideas inconexas con el fin de crear un nuevo significado y sorprender al lector, que creía saberlo todo, con una nueva información. Cuando Stephen Spender describe las torres de alta tensión que dividen un valle como «mujeres gigantescas, con una desnudez absoluta, sin ningún complejo que ocultar», está utilizando la energía visual que proporciona una imagen sin ninguna conexión con los postes eléctricos para provocar en el lector una sensación de vulgaridad descarada y desmañada. Estrictamente hablando, las metáforas no son coincidencias ya que han sido elaboradas conscientemente por el hombre; no obstante, funcionan del mismo modo: fusionan entidades no relacionadas para incrementar la magnitud de una revelación.

Una vez, un periodista preguntó al escritor Isaac Baashevis Singer cómo podía trabajar en un estudio tan desordenado. El entrevistador no había visto nunca un espacio tan revuelto. Cada centímetro de la estancia estaba ocupado por montones y montones de papeles y de libros apilados. Era perfecto, contestó Singer. Cuando necesitaba inspiración, una pila de papeles se derrumbaba y alguno de los papeles que aterrizaban en el suelo le aportaba las ideas necesarias.

Existe una clase de coincidencia ante la que todos los escritores sienten un profundo respeto. Ésta se manifiesta cuando realizamos una investigación sobre un tema; casi al instante, por todos los lados aparecen datos relevantes. Carl Jung llamaba a este tipo de coincidencias *el ángel de la biblioteca*, y los escritores agradecidos le dejan ofrendas en las estanterías abarrotadas de libros durante la noche.

Cuando Martin Plimmer estaba realizando las investigaciones pertinentes para su libro, empezó a buscar información sobre los neutrinos –se trata de unas partículas elementales tan pequeñas que los científicos nunca han conseguido verlas–. Estaba interesado en hallar contextos en los que pudiera ubicarlas; no sólo quería hablar de ellas, sino también relacionar el mundo físico con el real. Los neutrinos se originan en las estrellas y caen por millones sobre la tierra. Estas partículas nos atraviesan de forma constante, y luego atraviesan la tierra que hay bajo nuestros pies. Nada las detiene, ni siquiera la luz; pululan por el espacio despreocupadamente, como si no existiera nada más. Martin nunca había oído hablar de neutrinos, pero muy pronto el aire se llenó de esas partículas diminutas.

Abrió un periódico por una página al azar y... allí había un artículo sobre neutrinos. La novela que estaba leyendo ofrecía una teoría muy interesante acerca de las citadas partículas. En la tele, el ex presidente Bill Clinton utilizó la idea de los neutrinos durante uno de sus discursos. Acto seguido, Martin se fijó en la punta de su dedo índice y pensó que un millón de neutrinos lo atravesaba cada segundo. Se maravilló ante el hecho de que hasta entonces desconociera por completo la existencia de esas partículas. De repente, todo el planeta tenía sabor a neutrinos. De nuevo, alguien podría apuntar que todas estas anécdotas están ahí fuera, en la calle, esperando a que alguien se fije en ellas. Son parte de la información que nos desborda cada día y que pasa desapercibida ante nuestros sentidos sobrecargados.

Nuestra atención es selectiva; sólo nos limitamos a aquello que nos preocupa en esos instantes. Esa semana, la obsesión de Martin tenía un nombre: los neutrinos, y por eso se topaba con ellos por todas partes. El mundo parecía estar confabulado con la obsesión de Martin, y el motor de búsqueda de los dioses lanzaba ideas, enlaces e información adecuada.

La teoría de que la información se nos presenta sin necesidad de que nosotros salgamos a buscarla no es aplicable en todos los casos. Veamos a continuación un ejemplo muy interesante.

La novelista e historiadora Dame Rebecca West se había desplazado hasta la biblioteca del *Royal Institute of International Affairs*, en Londres, con el fin de encontrar un único dato en las transcripciones sobre los juicios de Nuremberg, y quedó horrorizada ante la gran cantidad de volúmenes de material. Lo peor fue cuando se dio cuenta de que el sistema de catalogación no le servía para encontrar lo que buscaba. Tras muchas horas hojeando el material en vano, acudió a una bibliotecaria para expresarle su desesperación.

–No puedo encontrarlo –dijo–. No existe ni la menor pista.

Exasperada, tomó un volumen de la estantería al azar.

–Podría estar en cualquiera de estos volúmenes –continuó al tiempo que abría el libro y... ¡allí estaba el dato que necesitaba!

Sería maravilloso pensar que en ese caso intervino algo menos veleidoso que la coincidencia. ¿Acaso el elemento en cuestión deseaba ser encontrado? ¿Es posible que la mente de la historiadora, con la apropiada concentración de energía, lograra averiguar en qué volumen se hallaba? ¿O quizá el *ángel de la biblioteca* le echó una mano? Sea cual sea la fuerza que la ayudó, ésta distribuye sus favores a todos los humanos de forma imparcial: desde a Rebecca West, ofreciéndole la trascripción que necesitaba sobre los juicios de Nuremberg, hasta a un pescador devoto musulmán de Zanzíbar ansioso por encontrar una evidencia de la gracia de Dios que halló la respuesta en las letras que se formaban en la cola de un pez y en la cual se leía el antiguo mensaje árabe: «No hay más Dios que Alá». Si las coincidencias suelen estar cerca de las preocupaciones, no es difícil imaginar con qué fuerza emergen cuando el protagonista de la operación es la propia coincidencia. Este libro tiene sus orígenes en la serie *Beyond Coincidence,* producida por Testbed Productions para uno de los canales de la BBC llamado Radio 4. Tan pronto como iniciamos nuestras investigaciones, empezaron a suceder tantas coincidencias a nuestro alrededor que empezamos a sentirnos como si alguien estuviera acechándonos. En la prensa aparecieron unos artículos sobre coincidencias, y en el momento en que nos pusimos en contacto con los contribuyentes potenciales, estos estaban escribiendo sus experiencias relacionadas con el mundo de las coincidencias, o al menos eso fue lo que nos contaron.

Un día, cuando regresábamos a casa después de haber entrevistado a una mujer en Portsmouth que se dedicaba a la investigación psicológica, nos desviamos de la carretera para almorzar en un bar de un pueblo cercano. De repente, Martin empezó a hablar sobre el diseño de un coche que había visto en Londres. Su conversación era del todo inusual, ya que Martin no siente el mínimo interés por los coches. Normalmente no es capaz de diferenciar un modelo de otro –¡a duras penas consigue recordar la marca de su propio automóvil!–. Pero en aquella ocasión, parece ser que el coche le llamó tanto la atención que recordó la marca. Se trataba de un Audi.

–Y si pudieras permitirte uno de esos coches –le interrumpió Brian–, ¿te gustaría comprar uno?

–Sí –respondió Martin, considerándola una idea insólita–, creo que lo compraría.

–Pues entonces, conozco el sitio adecuado –apuntó Brian, y señaló por la ventana ubicada justo detrás de Martin. Al otro lado de la carretera había un concesionario con un rótulo en el que se leía: «Los Audis de Martin».

En la primera fase de la investigación, Martin leyó el famoso libro *Roots of Coincidence* que Arthur Koestler publicó en 1972. Antes de empezar a leer el libro, se preparó un baño caliente. Sucedió que en esos días Martin estaba reorganizando su colección de discos de vinilo. Estaba escuchando esos discos de forma sistemática para decidir cuáles se quedaría y cuáles no. En el momento en el que se sumergió en el agua de la bañera con el señor Koestler, en la otra habitación empezó a sonar un disco de Mickey Jupp, un cantante londinense poco conocido.

Y allí estaba Martin, indagando en el tema de los fenómenos paranormales. En particular quería averiguar si la telepatía existía. En Rusia, un científico llamado Bechterer había realizado unos estudios sobre la telepatía, pero temeroso de que las autoridades consideraran que su trabajo era demasiado frívolo ocultó esa parte de la investigación bajo el nombre *Biological radio*. Justo cuando Martin acababa de leer la frase, Mickey Jupp pronunció las palabras *Nature's radio*. Era una larga canción que versaba sobre la telepatía entre dos amantes: «No tienes que contarme nada, ya sé lo que ha sucedido; lo he escuchado en Nature's Radio.»

Si Martin hubiera vivido en la Grecia clásica, habría interpretado la coincidencia como un buen augurio. Lo cierto es que, de todos modos, así lo entendió. Fue agradable ver como las dos piezas se daban la mano en su cuarto de baño, particularmente cuando dichas piezas habían sabido interpretar los intereses de Martin de una forma tan acertada.

Otro día, Martin y Brian se encontraban en la calle entrevistando a los transeúntes. La sexta persona que se detuvo resultó ser una mujer que había dedicado su vida a recopilar coincidencias. En esos momentos, esa casualidad no les pareció extraña. ¿Coincidencias? ¡Tenían un montón al alcance de sus manos! Quizá deberían haber concentrado todos sus esfuerzos en ganar la lotería.

Hasta ese momento, todo había sido benigno. Martin y Brian llegaron a pensar que las coincidencias eran fruto de las buenas intenciones. No obstante, puesto que ni los eventos al azar ni las acciones de los dioses (según las creencias de cada uno) son necesariamente benignos, no se puede defender la idea de que las coincidencias sean tan restringidas. Por supuesto, constantemente suceden también coincidencias desagradables.

Si una mujer decidiera orinarse en nuestro maletín porque éste se parecía muchísimo al que tenía su marido infiel –aunque parezca inverosímil, este hecho ha sucedido de verdad– quizá nos sentiríamos como atrapados en una comedia grotesca.

Del mismo modo nos sentiríamos si estuviéramos en medio de un hervidero de gente, viendo un partido de críquet, y la pelota saliera del campo, se dirigiera hacia nosotros y nos alcanzara de lleno en el ojo. En dicho caso, pensaríamos que éramos desafortunados, especialmente, si después de recuperarnos del susto, la pelota volviera a hacer blanco por segunda vez en nuestro ojo. En todas las historias sobre coincidencias interesantes, los relatos parecen sacados de un cuento de ficción o de un invento de niños. La señora Gardner sabe que no es así, ya que en junio de 1995 ella fue la víctima de la historia de la pelota durante un partido de críquet. Después de que el jugador Andrew Symonds la golpeara de manera fortuita dos veces con la pelota, la señora Gardner se sintió víctima de un malicioso complot cósmico. Cuando finalizó el partido, Andrew le llevó flores personalmente en señal de disculpa. Por lo menos, a la señora Gardner le quedó la satisfacción de tener una buena anécdota que contar en el futuro.

Si a todos los pasajeros de un Jumbo 747 se les ocurriera añadir un pequeño yunque a su equipaje de mano, el efecto no sería positivo para ninguno de ellos y probablemente ahora no podrían contar la historia, aunque el resto de nosotros nos quedaríamos asombrados al leerla en un periódico o en una novela, o verla en una película. Las pautas de las coincidencias nos seducen, aunque conduzcan inevitablemente hasta una tragedia. Por lo menos, la mayoría de las víctimas de una desafortunada coincidencia experimentan una sensación compensatoria por haber sido elegidas como protagonistas. A veces es mejor que nos reconozcan que pasar desapercibidos, aunque para ello tengamos que sufrir.

En este libro hemos incluido historias positivas y negativas, algunos relatos divertidos y otros tristes, así como anécdotas románticas y otras violentas. Nos sentimos tan atraídos por el mundo de las coincidencias que caemos en la falsa presunción de que cualquier historia sobre una coincidencia es, por definición, interesante. Es posible que sea verdad, pero aparte de rememorar unos cuantos relatos clásicos, como por ejemplo la profecía del *Titanic* y las similitudes entre Lincoln y Kennedy, nos hemos esforzado mucho por encontrar historias cuyo interés radique en sí mismas. Hemos eliminado un sinfín de relatos similares a: «Un verano fui de vacaciones a Tailandia y coincidí con una mujer que no sólo había ido al mismo colegio que mi hermano sino que además, ¡había ido a su misma clase!»

Por otro lado, si hemos incluido un par de estas historias ha sido porque el protagonista nos ha parecido realmente extraño y particular.

Esperamos que te diviertas leyendo este libro. Inténtalo, ya que compartimos el mismo interés por las coincidencias. Quizá un día de estos nos crucemos en la calle...

No, quizá esa coincidencia no llegue nunca a materializarse, ya que a pesar de las enormes ganas que tengamos de que algo suceda, hay que ser realistas; si no, nos quedaríamos todo el día sentados en casa, esperando a que Doña Fortuna nos sonriera y nos lanzara unos cuantos lingotes de oro por la ventana. Podría ser que... una avioneta que transportara un cargamento de lingotes de oro sufriera un leve accidente justo en el momento en que sobrevolaba nuestra casa y... ¡Zas!, ¡los lingotes aterrizaran en nuestras manos! Seamos serios... Como dice un famoso comediante inglés que se llama Arnold Brown: «Sí, el mundo es pequeño, pero no tanto como para que deseemos pintarlo.»

Capítulo 2
Por qué nos gustan tanto las coincidencias

> La señora Willard estaba un día delante de la puerta de su casa de Berkeley, en el estado de California, completamente angustiada ya que no encontraba la llave de la puerta y no podía entrar en su propia casa. Transcurrieron unos minutos que a su parecer fueron interminables horas y cuando ya se disponía a ir a buscar a un cerrajero, apareció el cartero con una carta para ella. El sobre contenía nada más y nada menos que la llave de la puerta de su casa. El remitente era el hermano de la señora Willard, que había pasado unos días en casa de su hermana y por un descuido se había llevado un duplicado de la llave a Seattle, en el estado de Washington.

Muchos de nosotros habremos experimentado una frustración similar ante el hecho de no poder acceder a nuestra propia casa. Es posible que también hayamos recibido en alguna ocasión una carta que contenía una llave. Lo que ya es más inusual es que las dos acciones confluyan en el tiempo. ¿Cómo te sentirías si fueras el protagonista de tal coincidencia? Probablemente, por unos instantes pensarías que eras muy afortunado. Figúrate, tú allí plantado, intentado hallar una solución a un problema y, de repente, como por arte de magia, te sirven la solución en bandeja –en el caso de la señora Willard, en una carta–. El desenlace es tan perfecto que incluso la angustia sufrida inicialmente parece haber valido la pena. ¡Tus amigos no se lo van a creer! Las coincidencias pueden aflorar en cualquier momento. Mientras escribíamos este capítulo, Radio 4 estaba emitiendo una entrevista con Nicholas Kenyon, el director de un programa de música de la BBC. El señor Kenyon estaba comentando la decisión del director de orquesta sir Simon Rattle de volver a empezar un concierto que había sido interrumpido por el teléfono móvil de una persona de la audiencia cuando, en ese mismo momento, la entrevista se vio interrumpida por el teléfono móvil del propio Nicholas Kenyon. A veces, las coincidencias pueden ser deliciosamente irónicas.

A todos nos gustan las coincidencias. Su orden secuencial, su simetría nos seduce. Incluso podemos convertirnos en adictos a ellas, buscándolas en los lugares más insólitos. Cuanto más inconcebible es una coincidencia, más la saboreamos.

Y cuanto más trascendental es la coincidencia, más aumenta la sensación de que se trata de una señal. Las coincidencias sugieren alguna forma de control, como si la mano de Dios estuviera interviniendo para dar sentido al caos que reina a veces en nuestras ajetreadas vidas.

Muchos consideran que las experiencias personales en las que ha intervenido o bien la sincronicidad o bien alguna coincidencia llena de significado rozan la línea de la fe. En un sondeo realizado en 1990 en Estados Unidos en el que la gente debía describir sus experiencias espirituales, una gran mayoría citó algunas coincidencias realmente extraordinarias.

Stephen Hladkyj dedicó varios años al estudio de las coincidencias que sus compañeros de la Universidad de Manitoba habían experimentado. Descubrió que los alumnos que cursaban el primer año eran los más propensos a los fenómenos vinculados con la sincronicidad o con las coincidencias; esos alumnos, además, eran los que más destacaban por su sensibilidad psicológica.

Hladkyj concluyó que la visión que la gente más receptiva a las coincidencias tiene del Universo es la de un lugar agradable, estimulante y organizado, y consecuentemente, estas personas son más afables y felices. ¡Parece ser que las coincidencias son buenas para la salud!

No podemos negar la extraña sensación que experimentamos cuando alguien nos cuenta la historia del globo que Laura Buxton, una niña inglesa de diez años, lanzó desde su jardín y que aterrizó a casi 225 kilómetros en el jardín de otra niña de diez años que también se llamaba Laura Buxton. Ante tales coincidencias, parece que la gente, los lugares, el tiempo y los sucesos, formen parte de una magnífica coreografía que desafía las leyes de la probabilidad.

Si estuviéramos observando el suceso del globo desde Marte, la secuencia carecería de un significado especial: una niña lanza un globo y, al cabo de un tiempo, éste desciende en un jardín de otra casa y una niña lo recoge. No parece contener ningún detalle excepcional; a los niños les encantan los globos, y los globos normalmente se elevan y luego descienden. Pero si analizamos el mismo relato desde un punto más cercano, es decir, desde la Tierra y, particularmente, desde la perspectiva de las dos niñas que se llaman Laura, la historia adopta un significado completamente distinto y un escalofrío recorre nuestra espalda, desde los hombros hasta los pies. ¿Por qué? Porque es una historia personal, completamente personal.

El hecho de que las protagonistas de esta historia sean dos niñas también le añade intensidad, pero la coincidencia habría sido igual de extraordinaria si hubiera sucedido entre dos ancianos, o dos millonarias, o dos marcianos. Las coincidencias no distinguen entre clases, religiones ni creencias. Todos estamos expuestos a ellas, sin importar quién somos ni cuáles son nuestras convicciones. Al axioma de que en esta vida sólo hay dos cosas que son ciertas –la muerte y el pago de impuestos– es necesario añadir una tercera: las coincidencias.

Hay coincidencias que incluso trascienden a la muerte.

Charles Francis Coghlan, uno de los más grandes actores dramáticos de la segunda mitad del siglo XIX, era oriundo de la isla Prince Edward, en la costa oeste de Canadá.

Coghlan murió repentinamente el 27 de noviembre de 1899 después de una corta enfermedad mientras estaba actuando en la ciudad portuaria de Galveston, en Texas, en el sudoeste de Estados Unidos. Lo separaba una gran distancia de su isla natal, por lo que fue enterrado en un ataúd de plomo en el interior de una tumba excavada en granito en el cementerio local.

El 8 de septiembre de 1900 un huracán azotó la población de Galveston, inundó el cementerio y destrozó varias tumbas. El féretro fue arrastrado hacia el mar abierto. El ataúd flotó hasta el Golfo de México, luego navegó a la deriva por la costa de Florida hacia el Atlántico, y la corriente del golfo lo llevó hasta el norte.

En el mes de octubre de 1908, unos pescadores de la isla Prince Edward avistaron una especie de sarcófago ajado flotando cerca de la costa. Después de nueve años y de recorrer 5.600 kilómetros, el cuerpo de Charles Coghlan había regresado a casa. Sus paisanos lo enterraron en el cementerio de la iglesia donde el actor había recibido las aguas bautismales.

Los relatos de coincidencias como la que aconteció a Charles Coghlan o la de la señora Willard, que tuvo la suerte de recibir la llave en el momento preciso, nos atraen inmensamente. Encajan en nuestra necesidad innata de indagar en el orden y en las pautas. Nos hacen sentir menos insignificantes, y el Universo abandona, por unos momentos, la imagen de lugar terrible e inhóspito. Incluso los más escépticos pueden hallar consuelo en las coincidencias más modestas. Nuestra preferencia, naturalmente, se decanta hacia las coincidencias afortunadas, en particular cuando los receptores de la buena suerte somos nosotros mismos. No obstante, las coincidencias desafortunadas también nos interesan, siempre y cuando las veamos como espectadores lejanos.

> Jabez Spicer, de Leyden, en el estado de Massachusetts, murió a causa de dos disparos durante un ataque a un arsenal el 25 de enero de 1787 en la rebelión de Shays, uno de los acontecimientos más notables de la historia norteamericana durante el siglo XVIII. Llevaba puesto el abrigo que su hermano Daniel lucía cuando éste también murió a causa de dos disparos el 5 de marzo de 1784.
>
> Las balas que mataron a Jabez Spicer atravesaron los agujeros producidos por las dos balas que acabaron con la vida de su hermano Daniel tres años antes.

Cuando la coincidencia arroja la desventura a nuestros pies, al menos nos queda la compensación de haber sido elegidos por el destino para una representación especial. Por suerte, normalmente, las coincidencias son inofensivas, modestas y esperanzadoras. Cuando sacamos a nuestro perro a pasear por el parque y nos encontramos a un amigo con un perro igualito al nuestro y con el mismo nombre, la coincidencia nos produce alegría.

¿Cuántas veces estamos pensando en alguien y, de repente, el teléfono suena y es la persona en la que estábamos pensando en ese momento? ¿Acaso esa casualidad no nos provoca una sensación placentera? Ante tales situaciones, llegamos a la conclusión de que o bien hemos sido honrados con el don de una percepción extrasensorial o bien formamos parte de alguna clase de confluencia paranormal. No nos resignamos a creer que el suceso se ha regido simplemente por las simples leyes de la casualidad y de la probabilidad. Consideramos que dichos eventos trascienden las leyes físicas, que van más allá de las coincidencias, superan todo aquello que consideramos normal, o sea, que es un fenómeno paranormal. La posibilidad de que exista una explicación más racional no nos atrae tanto, ya que entonces el evento pierde gran parte de su magia.

Es mucho más interesante creer que las coincidencias, particularmente en las situaciones más inverosímiles, vienen predeterminadas de alguna manera inexplicable, guiadas por una fuerza unificadora universal que no podemos comprender. Si no es Dios, entonces, quizá nosotros mismos ostentamos el poder de crear vínculos entre sucesos y objetos. ¿Es posible que las coincidencias no sean nada más que un reflejo de nuestros poderes psíquicos, como por ejemplo la telepatía, la clarividencia y la premonición?

La fascinación tanto por las coincidencias como por los fenómenos que consideramos paranormales queda patente en la atracción que mostramos por los horóscopos. Incluso aquellos que profesan un escepticismo devoto, han sido pillados alguna vez ojeando clandestinamente las previsiones de los horóscopos.

Todo empezó hace miles de años, cuando nuestros antepasados fueron incapaces de interpretar que un eclipse solar no era nada más que una superposición casual de una bola de gas con una bola de piedra.

Estos eventos, inevitablemente, coincidieron con otros sucesos en la Tierra. Los cronistas de la antigüedad apuntaron que los eclipses y las confluencias planetarias habían concurrido con hambrunas, terremotos, erupciones volcánicas, grandes derrotas o victorias militares, y con las muertes de emperadores y reyes.

El interés por este tipo de coincidencias acabó formalizándose en el arte de predecir el futuro. Uno de los casos más conocidos es el de Nostradamus, el astrólogo y físico francés que en el siglo XVI inmortalizó todos sus estudios sobre las estrellas y los horóscopos en un catálogo de profecías dramáticas y enigmáticas. Algunos le atribuyen el vaticinio de la Revolución Francesa y de la Primera Guerra Mundial. Hay quien incluso afirma que Nostradamus predijo el atentado del Once de Septiembre contra las torres gemelas del World Trade Center de Nueva York.

En 1987, el astrólogo y periodista Dennis Elwell consiguió aparecer en los titulares de la prensa después de haber avisado sobre un posible desastre en el mar, justo unos días antes de que 188 personas perecieran cuando el ferry, que llevaba por nombre *Herald of Free Enterprise,* de la compañía P&O, zozobró en Zeebrugge.

Elwell explica la evidencia astrológica que le impulsó a lanzar el aviso: «Técnicamente, el eclipse solar de marzo de 1987 estaba incrementando la temperatura en el área de Júpiter y Neptuno, los dos planetas que, cuando confluyen, provocan trastornos en el mar. Los eclipses incrementan sobremanera el significado y las señales relacionadas con sucesos importantes, y tienden a estar asociados a desgracias, aunque también es posible obtener lecturas positivas.»

Elwell envió unas cartas idénticas a dos compañías navieras, alertándolas de la posible tragedia. La carta rezaba: «El énfasis radica en la fuerza repentina y destructiva. Aunque no soy adivino, tengo la certeza de que lo mínimo que va a pasar es que los itinerarios de navegación sufran cambios a causa de problemas inesperados. Pero también existe la posibilidad de que sucedan eventualidades más dramáticas, tales como explosiones.»

La predicción de Elwell fue dramática y trágicamente acertada. ¿Pero se trataba sólo de una mera coincidencia? Desconocemos cuántas predicciones no se cumplen, cuántos desastres augurados no llegan nunca a suceder. Quizá no hay ninguno, si bien parece bastante improbable. Es posible que se corra un tupido velo con las previsiones que no se cumplen, para que la gente las olvide. Además, ¿cuántas profecías sorprendentes son únicamente reveladas cuando los sucesos a los que apuntaban ya han sucedido? ¡Predicciones a posteriori!

Los vaticinios menos espectaculares aparecen cada día en los periódicos y en las revistas en la sección de los horóscopos, pero ¿qué probabilidad hay de que astrólogos célebres y responsables puedan anticipar la fortuna o la desgracia en nuestras vidas?

Tanto si creemos en la astrología como si no, la mayoría de nosotros echamos un vistazo a los horóscopos y, cuando la predicción parece acertada, es difícil no sentir cierta fascinación.

El 25 de agosto de 2003, los horóscopos de tres periódicos distintos nacionales ofrecían una variedad de consejos para las personas nacidas entre el 21 de marzo y el 19 de abril bajo el signo de

Aries. Meg, el futurólogo del periódico *Sun*, prometía la llegada de una gran suma de dinero, una energía renovada muy positiva para los asuntos amorosos, y la solución a un misterio de la familia; Jonathan Cainer, del *Daily Mirror,* predijo el descubrimiento de un poder real y oculto el cual abriría las puertas a más mil posibilidades inesperadas, y Peter Watson, del *Daily Mail,* advertía de que la confluencia de los planetas Júpiter y Urano podía conllevar cambios que afectaban a un suceso que había quedado enterrado. Sus palabras textuales eran: «Estás permitiendo que tus temores imaginarios te empujen a un sobreesfuerzo tal para que todo salga a la perfección que no dedicas ni un segundo a las cosas que más te gustan. Tienes que cambiar de actitud.»

¿Qué significa todo eso? ¿Y por qué esa predicción era únicamente para los aries? Aquellos que creen en el poder profético de los horóscopos los usan para guiarse a través de momentos de crisis en sus vidas. Otros niegan cualquier correlación aparente entre predicción y sucesos a partir de una simple coincidencia. ¿Deberíamos rechazar los vaticinios precisos por considerarlos producto de pura casualidad, o acaso hay verdaderamente algo más? ¿Es cierto que nuestras vidas están escritas en las estrellas? ¿Existe una pauta dedicada a nuestras vidas en los planetas?

Nuestra fascinación histórica por los horóscopos sería legítima si fuera posible probar científicamente que, desde el momento en que nacemos, nuestras vidas están ligadas inextricablemente al movimiento y a las interacciones de los planetas y que, por tanto, las coincidencias entre predicciones y los subsiguientes eventos están llenos de significado. Los astrólogos sostienen firmemente que sí que lo están –pero es que no pueden negarlo, porque se ganan la vida precisamente con ello–, pero, ¿cuál es la opinión de una científica que se ha dedicado a estudiar la astrología? Pat Harris está llevando a cabo un proyecto de investigación en la Universidad de Southampton. Está analizando, entre otras cosas, el posible impacto de los planetas en el embarazo y en el nacimiento. Esta científica puntualiza que no cree en la astrología, que simplemente está interesada en estudiarla bajo el prisma científico para establecer si las coincidencias asociadas a la confluencia de planetas pueden ser atribuidas a cualquier otra explicación que no sea la de la pura coincidencia.

Después de estudiar los efectos de las estrellas en un determinado número de mujeres embarazadas, la conclusión de Pat es que existe una fuerte correlación entre la influencia de Júpiter y los embarazos sin problemas y los partos felices.

¿Pero cómo es posible que Júpiter propicie un parto sin ningún contratiempo? Lo único que puede decir Pat es que es cierto, y que la única respuesta que puede hallar se basa en la conexión –o *sincronicidad*, como lo llamaba Jung–. Cuando algo sucede en el cielo, algo sucede también en la tierra. Parece ser que están conectados, pero no sabemos si un fenómeno origina el otro.

El astrofísico Peter Seymour, de la Universidad de Plymouth, ha continuado las investigaciones por la misma vía y se ha propuesto obtener una teoría sobre cómo los planetas pueden provocar un impacto físico en el destino de la humanidad.

Seymour ve el sistema solar como un entramado de campos y resonancias magnéticas. El Sol, la Luna y los planetas transmiten sus efectos a través de señales magnéticas. Seymour apunta que se sabe que el magnetismo ejerce un efecto directo sobre los ciclos biológicos de numerosas criaturas aquí en la Tierra, incluidos los humanos. Según este científico, los planetas provocan un movimiento constante en la masa gaseosa del Sol que origina las manchas solares. Las partículas emitidas viajan a través del espacio interplanetario y chocan con la magnetosfera de la Tierra. Seymour cree que las señales magnéticas son captadas por la red neuronal de los fetos dentro del útero materno, y que adelantan la fecha del alumbramiento.

El psicólogo francés Michel Gauquelin dedicó su vida a la búsqueda de una base científica para la astrología. Realizó estudios muy interesantes sobre la coincidencia de los nacimientos de doctores, políticos o soldados ilustres y las confluencias especiales de planetas. Descubrió, por ejemplo, que un elevado porcentaje de profesores de medicina franceses había nacido mientras Marte y Saturno ejercían su influencia. También averiguó que el planeta Marte tenía un efecto particular sobre los gráficos de nacimientos de más de dos mil atletas profesionales.

Encontró muchas otras correlaciones similares:

Deportistas	Marte, sin Luna
Militares	Marte o Júpiter
Actores	Júpiter
Doctores	Marte o Saturno, sin Júpiter
Políticos	Luna o Júpiter

Ejecutivos	Marzo o Júpiter
Científicos	Marzo o Saturno, sin Júpiter
Escritores	Luna, sin Marte o Saturno
Periodistas	Júpiter, sin Saturno
Dramaturgos	Júpiter
Pintores	Venus, sin Marte o Saturno
Músicos	Venus, sin Marte

No se puede afirmar de ningún modo que las averiguaciones de Gauquelin estén vinculadas con la astrología. Sus primeras investigaciones sobre los signos del Zodiaco no demostraron evidencia alguna para apoyar las reivindicaciones de los astrólogos. Durante toda su vida, Gauquelin tuvo que hacer frente a las acusaciones lanzadas por la comunidad científica de que sus descubrimientos eran imprecisos o incluso fraudulentos. Se suicidó en 1991, pero antes destruyó gran parte de los datos de sus hallazgos.

Los resultados de unas investigaciones más recientes han sacado a la luz un posible vínculo astral entre los ladrones de coches y sus víctimas. Según las estadísticas de la policía de dos localidades inglesas llamadas Avon y Somerset, se puede constatar que los ladrones de coches y los dueños de los coches robados comparten con frecuencia el mismo signo zodiacal. La inferencia es que los nacidos bajo un mismo signo, comparten preferencias similares, incluyendo el gusto por los vehículos de motor. Cabe la duda de la tranquilidad que sentirá el amo del magnífico Porsche Carrera GT ante tales investigaciones. ¿Qué le intentará robar el ladrón? ¿Su flamante coche o su deslumbrante esposa?

El astrónomo aficionado Peter Anderson definía la astrología como una tontería colosal. Un día tomó un periódico que había sobre la mesa, lo abrió al azar y sus ojos fueron a parar sobre la sección de los horóscopos. A pesar de su escepticismo innato, no pudo evitar leer la predicción de su signo –capricornio–. Decía que los nacidos bajo ese signo recibirían la oferta de dos trabajos durante esa misma semana. Estuvo un buen rato riéndose. Al día siguiente, le ofrecieron dos trabajos.

Cuantas más coincidencias observamos en nuestras vidas, más nos atraen, pero lo cierto es que las coincidencias extrañas e inexplicables, auguradas o no, suceden a nuestro alrededor con mucha más frecuencia de lo que realmente pensamos. Sólo solemos apreciar aquellos eventos que captan nuestra atención o que son tan claros que de ninguna forma pueden pasar desapercibidos.

El escritor William S. Burroughs, que era adicto a la heroína y que asesinó a su esposa, creía que nuestro camino a través de la vida estaba empañado de coincidencias y que todas ellas eran significativas. Mantenía un diario con la descripción de sus sueños, un álbum con recortes de la prensa y anotaciones sobre todo aquello que sucedía a diario, y buscaba coincidencias con su vida y su posible significado. Burroughs sugirió que todos nosotros deberíamos ser más observadores para incrementar nuestra percepción de dichos fenómenos. Aconsejó a sus amigos pasear por el área en la que vivían, regresar a sus casas y anotar todo lo que había acontecido durante el paseo, prestando particular atención a cuáles eran sus pensamientos en el momento en que se fijaron en alguna señal de la calle o cuando pasó un coche o sucedió cualquier cosa extraña que captó su interés. Predijo que observarían lo que estaban pensando justo antes de que vieran una señal, por ejemplo, que estuviera relacionada con dicha señal: «La señal puede incluso completar una frase en vuestra mente. Estáis captando mensajes. Todos los objetos os hablan –les dijo–. Desde mi punto de vista, el azar no existe; todo está escrito.»

El misterio de la coincidencia es incuestionablemente seductor. Queremos ver coincidencias a nuestro alrededor, necesitamos verlas. Pero nuestro entusiasmo puede llevarnos hasta una realidad ficticia.

Un sentimiento de celo obsesivo puede estar ofuscando a la primera persona que se dio cuenta de las coincidencias extraordinarias entre la película *El mago de Oz,* con Judy Garland, y el álbum de rock *Dark Side of the Moon* de Pink Floyd, que se convirtió en un número uno en ventas. No hace mucho, apareció una página web dedicada por completo a la sincronización asombrosa entre la película y el álbum. En esa web, su autor sugería que en ese trabajo había participado una especie de fuerza cósmica que había aunado el resultado creativo de los músicos con el de los productores de la película.

La fascinación por las revelaciones suscitadas por la citada página web fue tan grande que poco después de la descripción en Internet de esa teoría sobre las coincidencias, las ventas del álbum de Pink Floyd se duplicaron y las copias de la película *El mago de*

Oz desaparecieron a una velocidad vertiginosa de los estanterías de los videoclubes.

Para confirmar tales coincidencias, hay que seguir unas instrucciones al pie de la letra.

Primero hay que comprar el álbum y adquirir el vídeo. La música de Pink Floyd debe empezar a sonar en el preciso instante en que el león finaliza su tercer y último rugido... A partir de ahí, descubrirás unas coincidencias extraordinarias.

Sabrás que lo estás haciendo bien si el primer acorde de la canción *Breathe* suena en el mismo momento en que en la pantalla del televisor aparece el siguiente texto: *Producido por Mervyn LeRoy*. Luego, Dorothy se está columpiando en la verja cuando Pink Floyd canta las siguientes palabras: *balanced on the biggest wave* (manteniendo el equilibrio para no caer).

Dorothy se cae dentro del cubo mientras Pink Floyd pronuncia las palabras: *race towards an early grave* (apresurándose hacia la tumba antes de tiempo), y la música cambia al mismo tiempo. Dorothy acerca un pollito a su mejilla para acariciarlo y en ese momento la banda canta: *don't be afraid to care* (no tengas miedo de querer). Cuando el grupo canta *Smiles you'll give and tears you'll cry* (ofrecerás sonrisas y derramarás lágrimas), el león y el hombre de hojalata están sonriendo y el espantapájaros está llorando. La canción *Brain Damage* (Daño cerebral) empieza en el mismo momento en que el espantapájaros empieza a cantar *If I only had a brain* (Ojalá tuviera cerebro). Cuando los Munchkins están bailando y Dorothy llega a Oz, la coreografía de la escena parece encajar perfectamente con la canción *Us and Them* (Nosotros y ellos), y podríamos seguir y seguir citando coincidencias entre la citada música y la película...

Aquellas personas a las que no les apetezca comprar el disco y alquilar la película para hacer la prueba no deben preocuparse, puesto que la experiencia es una forma complicada e insatisfactoria de malgastar una o más horas de nuestra vida. Además, ¿confirma acaso que el mundo está lleno de maravillosas coincidencias exóticas e inexplicables? ¿Qué opinas tú, Toto?

El hecho de que miles de personas hayan decidido explorar el citado fenómeno por sí mismas es una muestra de la necesidad que tenemos nosotros, la especie humana, de encontrar coincidencias con significado pleno aplicables a nuestras vidas. La pasión que sentimos por las coincidencias parece estar inextricablemente vinculada con otra de nuestras necesidades fundamentales: comprender el significado de la existencia. En ambos casos, parecemos desesperados por convencernos a nosotros mismos de que existe algo más que las coincidencias y que la vida, que no todo puede deberse al azar y al *serependismo* (traducción del término inglés *Serendipity* que se aplica a un descubrimiento accidental, a una extraña coincidencia o a aquello que sucede porque está predestinado).

Douglas Adams se devanó los sesos para contar el significado de la vida en el libro *Guía del autoestopista galáctico*. En la famosa y esperpéntica novela, llega a la conclusión de que la respuesta al significado de la vida, del Universo y de todo es únicamente un número, el número 42. Adams debe de haber encontrado mucho más difícil relatar la coincidencia que le ocurrió en la estación de tren de Cambridge.

> Adams se dirigió a la cafetería de la estación y compró el periódico y un paquete de galletas y, a continuación, ocupó una mesa. Un extraño se sentó a su lado, abrió el paquete de galletas y las empezó a saborear. Estaba claro que había un malentendido sobre quién era el dueño de las galletas. «Yo reaccioné como lo habría hecho cualquier otro inglés sin miramientos –contó Adams–, hice como si no lo viera.» Ambos hombres fueron tomando galletas de la bolsa de forma alternativa hasta que se acabaron. No fue hasta que el tipo extraño se hubo marchado que Adams se dio cuenta de que había colocado su periódico encima de su propio e idéntico paquete de galletas. «En algún lugar de Inglaterra, hay ahora otro hombre contando la misma historia que yo –apuntó Adams–, excepto que él no sabe la parte clave.»

Las coincidencias perfectas forman anécdotas perfectas, mejores incluso que cualquier otra historia que un buen novelista como Douglas Adams pudiera inventar.

Somos pocos los que caemos en el escenario de la coincidencia de los dos paquetes de galletas. Más normal es la experiencia de toparse con nuestro cuñado en una playa nudista. Eso sucede muchas veces. Pero cuando una experiencia se exhibe en la escala Ritcher de la coincidencia, ante los ojos de la persona involucrada siempre parece increíble y completamente especial. El Universo nos ha elegido, nos presta una atención especial. Parece como si estuviera diciendo: «Mira lo que puedo hacer».

Nuestro amor por la coincidencia no tiene límites. Es como si no ocurrieran suficientes coincidencias por la vía natural para satisfacer nuestra sed insaciable; las imaginamos, las elaboramos y las plasmamos en el arte y en la literatura. Estamos enamorados de la forma y del sonido, del ritmo y de la rima de las coincidencias. Además, algunas cosas nos provocan una risa sana.

Un mosquito pregunta a su padre:
–Papá, ¿puedo ir al circo?
–Sí, hijo mío –le contesta el padre–, pero ten mucho cuidado cuando la gente aplauda.

¿Cómo funciona este tipo de bromas? Con una coincidencia que nace al mezclar ideas. Nos encanta descubrir los nuevos significados que surgen cuando usamos palabras o ideas en contextos inesperados. En los juegos de palabras, los sonidos y el significado según el contexto originan coincidencias; se trata de dos pensamientos paralelos que se unen en un nudo acústico. En todas las lenguas se puede encontrar palabras con significados similares o idénticos y palabras que suenan igual, pero que significan algo completamente diferente. Esos tipos de palabras son los que dan mucho juego y se utilizan en innumerables bromas de doble sentido. La coincidencia es parte innata del proceso creativo.

Nuestras mentes procesan un sinfín de conexiones cada segundo; rechazamos la mayoría, pero nos quedamos con algunos elementos para averiguar si, con su suma, logramos más que con sus partes por separado. Es precisamente de este vínculo con significado pleno de donde parten las ideas y acaban derivando en un juego de palabras, o en una metáfora, en una rima o en una historia con un argumento impecable.

Aunque en público afirmemos que estamos por encima de tales niñerías, en secreto estamos encantados cuando descubrimos algún artículo que trata sobre alguien cuyo apellido suena divertido o particularmente raro, como don Julio Agosto, o doña Dolores Fuertes de Barriga, o bien a alguien que su padre tuvo la ocurrencia de llamarle León León León. Lo cierto es que es muy fácil encontrar un buen número de estos ejemplos.

El agente de policía australiano Neil Cremen, apodado *el Perro,* fue enviado a investigar una denuncia sobre un perro salvaje.

> Cuando llegó a la casa, *el Perro* fue mordido por el perro. Ya en el hospital, Cremen fue atendido por el doctor Bassett. El dueño del perro tuvo que ir a juicio, donde le asignaron un abogado defensor que se llamaba Don Mordisco.

Existe una inmensa satisfacción en el sonido de esas referencias, todas juntas en tan poco espacio. La historia es redonda: la secuencia es perfecta, el ciclo se completa de maravilla, y el final borda el trabajo. ¿Son esa clase de anécdotas las que nos motivan? ¿Aquellas que tienen una proporción perfecta?

Las coincidencias, ya sean reales o inventadas, tienen el poder de arrancar las carcajadas de incluso los más serios. La siguiente historia es real.

> En una localidad costera, una mujer que estaba tomando el sol en una colchoneta en forma de langosta, fue arrastrada mar adentro. La rescató un señor con una colchoneta en forma de dentadura postiza.

En cambio, esta otra es inventada.

> Un anciano va al cielo. Jesús, sentado en recepción, llama al anciano y le dice:
> –Bienvenido al Cielo, buen hombre. Antes que nada, necesitaré tus datos, veamos... ¿Cómo te llamas?
> –Me llamo José –responde el anciano.
> –¡Qué coincidencia! –exclama Jesús–. Cuando vivía en la Tierra mi padre también se llamaba José.
> –Pues yo tuve un hijo que ahora tendría tu edad –añade José, y Jesús continúa–: ¡Es extraordinario! Pero yo me fui de casa cuando todavía era muy joven.
> –Sí, mi pequeño también se marchó de casa cuando todavía era muy joven –apunta José–. Se fue con unos amigos, y se metieron en temas de magia y de espiritualidad.
> –¡Otra coincidencia! –replica Jesús–. ¡Increíble! Eso es precisamente lo que yo hice; y dime, ¿cuál era tu oficio en la Tierra?
> –Era carpintero –explica José. Y Jesús grita–: ¡Pero qué coincidencia más asombrosa! ¡Mi padre también era carpintero! Tú crees... No crees que podrías ser...
> –Oh, no, no. Mi hijo no nació como el resto de los mortales –interrumpe el anciano–.

–Pues precisamente yo no fui concebido de forma normal –alega Jesús, pero José lo interrumpe–: Mira, reconocería a mi hijo en cualquier sitio; el pobrecito tiene agujeros en las manos y en los pies...
–¿Quieres decir... como ESTOS? –pregunta Jesús, y el anciano, emocionado, responde–: ¡No puedo creerlo!
–¡DEBES creerlo! –prosigue Jesús–. Hay tantas coincidencias... Tú debes de ser mi padre José.
Y el anciano, lleno de ternura, replica:
–Y tú debes de ser mi hijito... ¡Pinocho!

Una de las imágenes más memorables de la historia del cine mudo es la de Buster Keaton de pie frente a una casa. La fachada se desmorona, pero un golpe de suerte hace que Keaton esté precisamente colocado dentro del área del marco de una ventana. Nuestro gozo ante esta aparente coincidencia refleja la satisfacción que sentimos también por las coincidencias felices en los dramas verdaderos, como por ejemplo en la historia de la mujer que se salvó de un terrible accidente cuando la chimenea de su casa se derrumbó, atravesó el tejado y cayó justo encima del extremo final de la cama, apenas unos segundos después de que la mujer hubiera encogido las piernas; o la anécdota del soldado que salvó la vida gracias al medallón de su prometida que le sirvió de escudo y desvió una bala dirigida a su corazón.

La coincidencia es el hilo conductor que solemos encontrar en todas las formas modernas y más populares de entretenimiento. ¿Dónde estarían todos los culebrones televisivos sin la gran cantidad de coincidencias atroces que sirven de motor para sus complicados argumentos? En esas series, los encuentros casuales y las relaciones familiares tan complejas, con hermanos, hermanas, madres y tíos desconocidos se materializan con una rapidez insospechada, justo a tiempo para resolver dilemas del argumento o conseguir encender de nuevo la llama de la tensión y de la atención. Cuanto más rebuscada es la coincidencia, más nos gusta.

No obstante, como siempre, la verdad suele ser más extraña que la ficción. ¿Se tragarían los seguidores incondicionales de los culebrones televisivos una historia que imitara las relaciones verídicas reveladas por el anuncio de una boda en un periódico de Estados Unidos en 1831?

En una población del estado de Maine, una víspera de Navidad, tuvo lugar una boda oficiada por el reverendo William Jenkins, entre: el señor Thophilus Hutcheson y la señorita Martha Wells, el señor Richard Hutcheson y la señorita Eliza Wells, el señor Thomas Hutcheson y la señorita Sarah Ann Wells, el señor Titus Hutcheson y la señorita Mary Wells, el señor Jonathan Hutcheson y la señorita Judith Wells, el señor Ebenezer Hutcheson y la señorita Virginia Wells y el señor John Hutcheson y la señorita Peggy Wells.

Las parodias dependen totalmente de las coincidencias. La comedia *No Sex Please, We're British* (S.in sexo, por favor; somos británicos) estuvo en cartelera en un teatro en Londres durante dieciséis años, cautivando a la audiencia con un cuento sobre un banquero que, por equivocación, recibía un paquete con postales porno. La casualidad quiso que su jefe formara parte de una campaña contra la pornografía. Las consecuencias eran predecibles. A todos los espectadores que vieron una de las 6.761 actuaciones les encantó cada golpe de efecto de la trama.

Otro mecanismo dramático popular que también se materializa en la vida real y que también está subordinado completamente a las coincidencias es el de las identidades equivocadas.

Existen más de seis mil millones de personas en el mundo. La mayoría de ellas tienen un cuerpo similar, es decir: con brazos, piernas y con unas características faciales que también se asemejan. El ser humano sale de fábrica en una pobre variedad de colores, alturas y complexiones, por lo que no es nada del otro mundo que dos personas sean muy similares. No obstante, nos parece muy gracioso descubrir dicha coincidencia. Hay actores y actrices que se han hecho famosos, no tanto por sus carreras, sino por el simple hecho de que se parecen mucho a Elton John o a David Beckham. Incluso hay cómicos que se dedican a perfeccionar no sólo la similitud física sino también los gestos y la forma de expresarse de una parrilla de personajes conocidos.

Notamos una extraña sensación cuando algún amigo nos dice que ha visto a alguien que era igualito a nosotros, con los mismos ojos saltones y con el mismo pelo descuidado; sí, igualito a nosotros. Arnold Brown, un comediante muy conocido en Inglaterra, guarda un enorme parecido con el cantante francés Charles Aznavour. Él cuenta la historia de que una vez fue a un banco para ingresar un cheque. La cajera llamó a la sucursal de Arnold para identificarlo. En la sucursal de Arnold le dijeron que su cliente se parecía mucho a Charles Aznavour, así que Arnold se puso a cantar hasta que logró convencer a la cajera de que era Arnold Brown.

La similitud de Arnold con el cantante francés no les ha causado a ninguno de los dos ningún problema serio, pero se han dado casos en los que estas coincidencias físicas han provocado más de un aprieto.

La defensa del atracador de un banco fue directa y clara: su cliente aceptaba que más de dieciocho testigos lo habían identificado como el tipo que entró en el banco empuñando una pistola y salió unos minutos más tarde con más de medio millón de euros en metálico.

«¡Pero soy completamente inocente! –protestó el acusado–. El hombre que robó el banco es mi doble. Se trata de un tipo que es mi viva imagen. ¡Todo esto no es más que una grotesca coincidencia!»

Esta excusa particular, fundamentada en la identidad equivocada, se usa muchas veces en los juzgados y en las comisarías de todo el mundo. Algunas veces puede que sea verdad.

La película de Alfred Hitchcock *El hombre equivocado* se basa en la desafortunada vida real de Manny Balestrero, un músico de Nueva York que fue acusado injustamente de una serie de atracos. Fue arrestado y declarado culpable en 1953, después de que varios testigos lo identificaran como culpable. No fue puesto en libertad hasta que capturaron a su doble.

La idea del doble ha sido muy utilizada en literatura y en películas. *El talento de Mr. Ripley* es una película que se basa en la idea de que la vida de alguien podría ser totalmente ocupada por un doble; un tema que los novelistas de ficción han explotado desde siempre.

En algunas circunstancias específicas, la obsesión por esta clase particular de coincidencias puede tener un origen psicológico, que permanece oculto en algún recóndito lugar de la mente. El doctor Peter Brugger, un neurobiólogo suizo del Hospital universitario de Zurich, tiene evidencias de que una determinada condición de la mente puede provocar en los que la sufren la creencia de que tienen un doble real. Este raro desorden ilusorio recibe el nombre de Síndrome Doppelganger.

Los que lo padecen imaginan que ven una réplica exacta de ellos. En casos extremos, la sensación viene acompañada de la convicción de que están siendo gradualmente reemplazados por su doble. En uno de los casos del doctor Brugger, un hombre se sentía tan acosado por su doble que se disparó a sí mismo para librarse de él.

En el mundo de la ficción encontramos un amplio número de clásicos que toman como punto de partida los escenarios con personalidades equivocadas, como por ejemplo: *El retrato de Dorian Gray,* de Oscar Wilde, y *El doble,* de Dostoevsky. El doctor Brugger opina que algunos de los autores que han utilizado este mecanismo dramático particular pueden sufrir el Síndrome Doppelganger, por lo que escriben a partir de sus propias vicisitudes.

Las coincidencias han sido el motor de la literatura durante muchos siglos. Algunos de sus exponentes más claros incluyen a escritores de la talla de Cervantes, Shakespeare y Dickens, que no dudaron ni un segundo en introducir extraordinarios sucesos casuales para desarrollar argumentos perfectos.

El famoso libro de Charles Dickens *Historia de dos ciudades*, por ejemplo, gira en torno a sucesivas coincidencias tales como que los dos personajes principales, Sydney Carton y Charles Darnay, se asemejan como dos gotas de agua. Al final, Carton va a la guillotina en lugar de Darnay, y Darnay, que se casa con la heroína, Lucie Manette, es en realidad el sobrino del marqués que había hecho prisionero al padre de Lucie.

La comedia de Shakespeare *La duodécima noche* está plagada de coincidencias. Viola cree que Sebastián, su hermano gemelo, ha muerto. Para protegerse en un país extraño, Viola se hace pasar por un chico llamado Cesario, pero vestida de muchacho, es igual que Sebastian, y cuando aparece con su nuevo amigo Antonio, todo el mundo cree que éste es Cesario. La bella condesa Olivia se ha enamorado de Cesario (sin darse cuenta de que se trata de Viola) mientras Cesario ha estado llevando mensajes de amor a Olivia de parte del duque Orsino. En el último momento, todo acaba bien, con un final feliz también colmado de coincidencias.

John Walsh, escritor y crítico de literatura, afirma que *Macbeth* es la obra de Shakespeare que hace un uso más interesante del recurso de la coincidencia. Las tres brujas le aseguran a Macbeth que nadie nacido de mujer podrá causarle daño y que jamás será vencido hasta que el Bosque de Birnam suba a combatir contra él. Así pues, Macbeth no tiene preocupaciones que le opriman el corazón. Desventuradamente, después averiguamos que su adversario, Macduff, fue arrancado del vientre de su madre. Cada soldado de Macduff está camuflado con ramas del bosque de Birnam, y de esta forma logran acercarse sigilosamente a Macbeth en Dunsinane.

John Walsh se imagina a Macbeth girándose, dándose una palmada en la frente y exclamando antes de ser decapitado por Macduff: «¡Qué coincidencia tan desafortunada!».

Hay quien argumenta que en la historia romántica de *Jane Eyre*, su autora, Charlote Brönte, utilizó demasiado el recurso de la coincidencia, hasta el punto de generar una gran confusión. Lo mismo se podría aseverar de un sinfín de escritores a lo largo de los siglos, y esa práctica no ha supuesto menos éxito para esos escritores, sino todo lo contrario. Las coincidencias se usan de una forma descarada en la ficción contemporánea. Incluso los lectores que se consideran más modernos y con gustos más excéntricos pueden sentirse en cierto modo defraudados ante el abuso de esa técnica. Uno de los últimos ejemplos más claros del citado exceso de coincidencias en literatura es el famoso libro *Las nueve revelaciones* de James Redfield. A pesar de la modesta credibilidad literaria, el libro se convirtió en un éxito en ventas en todo el mundo. El argumento gira en torno a la búsqueda de nueve claves para comprender el sentido de la vida. Si queremos alcanzar la primera clave, debemos ser absolutamente conscientes de las coincidencias en nuestras vidas. Este componente va más allá de la simple justificación de uno de los argumentos más poco convincentes y más apoyados en las coincidencias que jamás se haya escrito. No obstante, la atracción masiva en el mundo entero hacia este libro es indiscutible. Nuestra pasión por las coincidencias no conoce fronteras. El escritor estadounidense Paul Auster es un entusiasta recalcitrante del uso de las coincidencias como mecanismo estructural o narrativo, por eso afirma: «Las fuerzas de las coincidencias nos perfilan constantemente. Hay que pensar que nuestras convicciones sobre el mundo pueden derrumbarse como un castillo de naipes en tan sólo unos segundos. Aquellos a los que no les gusta mi obra argumentan que las conexiones parecen demasiado arbitrarias, pero es que la vida es así.»

El escritor británico Ian Rankin, especializado en novelas de crímenes y autor de las aventuras del Inspector Rebus, expresó la misma opinión durante un programa especial que la BBC emitió en homenaje al novelista Anthony Powell, que acababa de fallecer. Powell era el autor de *A Dance to the Music of Time*, una novela épica de doce volúmenes atestada de coincidencias y sincronizaciones, como por ejemplo: antiguos compañeros de clase que se encontraban un día por la calle después de cuarenta años, o alguien que estaba pensando en un cuadro justo antes de que le presentaran al autor de la obra en mente.

Un amigo de Rankin le compró los tres primeros volúmenes de la novela como regalo de cumpleaños. La muerte de Powell le impulsó a leer de nuevo los libros. Se llevó los dos primeros volúmenes a un viaje al norte de Inglaterra para asistir a la conferencia que la Asociación de Escritores del Crimen organizaba de forma anual. «Las coincidencias –declara Rankin–, han estado siempre presentes en mi faceta literaria.»

Una vez publicó una novela sobre un círculo mágico formado por jueces y abogados, y al cabo de dos años, la policía en Edimburgo estaba investigando un caso muy similar. Un año después, imaginó una historia acerca de un conocido criminal de guerra que vivía tranquilamente en Edimburgo, y poco después descubrió que la televisión escocesa estaba preparando un documental relacionado con un criminal de guerra real que vivía en Edimburgo. «Hace poco, conocí a un caballero con se apellida Rebus, como uno de mis personajes de ficción más populares, y vive en la calle Rankin de Edimburgo. También conocí a un oficial de policía con el mismo cargo y con el mismo apellido que otro de los personajes que aparece en uno de mis libros.»

En la conferencia anual de la Asociación de Escritores del Crimen, un ponente mostró una diapositiva de un camión que había perdido el control y se había estrellado contra una casa de madera. El dueño de la casa se había sentido indispuesto ese día y se había quedado en la cama, pero el timbre del teléfono lo había obligado a levantarse escasos segundos antes de que el camión derribara la pared y se llevara por delante la cama en la que había estado acostado todo el día. La llamada telefónica resultó ser de alguien que se equivocaba de número.

Rankin regresó a casa el domingo por la tarde; se derrumbó en el sofá del comedor y tomó el mando a distancia del televisor. Mientras iba cambiando de canales, en uno de ellos vio una cara familiar. Era uno de los participantes del programa *¿Quién quiere* *ser millonario?,* y se trataba, ni más ni menos, que de Alistair, un viejo amigo que acababa de ganar 180.000 euros.

No fue hasta la hora de acostarse que Rankin logró encajar la última pieza del rompecabezas de las coincidencias. Recordó algo que su amigo había hecho años atrás: cuando estudiaban juntos en la universidad, Alistair le había regalado los tres volúmenes de Anthony Powell.

Así pues, ¿por qué nos atraen tanto las coincidencias? ¿Es acaso porque estamos intuitivamente celebrando el principio universal de Arthur Koestler que dicta que a las cosas les gusta confluir en el tiempo y en el espacio?

Quizá las coincidencias sean fundamentales para la condición humana. Imploramos y necesitamos las pautas, los ritmos y la simetría que exhalan. Nos aportan un respiro ante el desorden circundante. Es incluso probable que nuestras mentes estén programadas tanto para buscar como para crear sincronizaciones. Precisamos de nuestros dobles y también de los universos paralelos habitados por Plimmers y Kings alternativos –aunque tengan más éxito que nosotros, lo cual no es difícil de lograr–.

El matemático Ian Stewart se ha dedicado a estudiar las coincidencias. Su punto de vista científico sobre la razón por la que nos sentimos tan atraídos hacia ellas es más prosaico: «Nos aportan anécdotas que luego resultan fantásticas para contarlas en una fiesta», asegura Ian.

CAPÍTULO 3

¡Qué mundo tan pequeño! Coincidencia y cultura

La coincidencia más antigua y más fascinante de la naturaleza ha generado un sinfín de sugestivas explicaciones a lo largo de los siglos: allá en el cielo, el Sol y la Luna parecen tener el mismo tamaño. Ahora sabemos que todo es cuestión de perspectiva, pero a tal conclusión sólo hemos llegado porque nos lo ha dicho gente muy sabia.

Los primeros sabios no tenían ninguna base científica sobre la que apoyarse. En el siglo VI a. C., el filósofo griego Heráclito estimó que el Sol tenía un diámetro reducidísimo, que no llegaba ni a medio metro. Según tal suposición, la distancia entre la Tierra y el Sol habría sido de cuarenta metros. Hallar la respuesta de la distancia que separa al astro rey de nuestro planeta es muy fácil, ahora; sólo necesitamos invertir cinco minutos en Internet para encontrar la solución, y sabremos que Heráclito se equivocaba. Incluso podríamos ofrecerle datos muy precisos: el diámetro del Sol es de 1.390.000 kilómetros, comparado con los 3.475 kilómetros de la Luna. El diámetro del Sol es cuatrocientas veces mayor que el de la Luna. El Sol está también cuatrocientas veces más lejos de la Tierra que la Luna. Es esta distancia relativa la que provoca que los dos cuerpos tengan la misma medida según nuestra percepción.

Dado el fenómeno aleatorio aparente del cosmos y de sus grandes distancias, es una coincidencia notable que desde nuestra única perspectiva, el Sol y la Luna parezcan iguales. No importa la gran diferencia de tamaño del Sol con respecto a la Luna; en nuestra vida y cultura popular, vemos al Sol y a la Luna como una pareja de contrarios muy igualada, y ese simbolismo es fruto de una pura coincidencia.

Muchas de aquellas creencias que eran consideradas mágicas en el pasado han perdido su aspecto más misterioso en nuestros días. Por otro lado, no somos inmunes a las interpretaciones mágicas de coincidencias percibidas en nuestra era. De hecho, la evidencia sugiere que nuestra tendencia a optar por las explicaciones paranormales está aumentando. Uno de los motivos es que experimentamos muchas más coincidencias que nuestros antepasados, y la frecuencia se multiplica cada año.

Nuestros predecesores vivían en comunidades más pequeñas que las nuestras, viajaban menos y no tan lejos, y estaban expuestos a un abanico más reducido de experiencias. Las oportunidades para lograr correlaciones en sus vidas de forma no deliberada eran mucho más limitadas. Sacaban el máximo partido a todo aquello que se cruzaba en su camino, y entendían y describían esos elementos con todos los significados posibles.

Indiscutiblemente, el mundo moderno es menos supersticioso, si bien es un bastión con una mayor tendencia a los fenómenos mágicos. Realmente, vivimos en un mundo en el que todo se sucede a una velocidad vertiginosa, y cada día estamos más ocupados y más desconcertados. En los últimos cien años, la sociedad humana ha pasado por diversas revoluciones tecnológicas ciertamente dinámicas, y cada una de ellas ha transformado el ritmo y la trascendencia de las experiencias individuales. Ahora gozamos de mucha más movilidad, nos comunicamos de forma masiva y disponemos de un acceso relativamente fácil al poder que ofrece la informática, sobre todo a esa fabulosa herramienta denominada Internet, que nos facilita información de forma ilimitada.

La máxima solemne «Conócete a ti mismo» escrita en el templo del oráculo de Delfos de la Antigua Grecia puede ser aún más honorada ahora, cuando tenemos acceso a cualquier clase de conocimiento. Existen miles de millones de datos ordenados, clasificados e informatizados al alcance de nuestra mano; por ello es posible ampliar nuestra visión, aunque no necesariamente nuestro entendimiento.

La profusión de información incrementa las posibilidades de que sucedan coincidencias. La ley estadística de grandes cifras reconoce que si la muestra es muy amplia, incluso aquellos eventos con menos posibilidades de suceder, suceden. Pues bien, la base de muestra a la que nos exponemos cada vez que viajamos al extranjero o que accedemos a Internet es irrecusablemente vasta.

«¡El mundo es un pañuelo!», exclamamos cuando descubrimos alguna correlación. Una cosa es cierta: cuanto más se expande la World Wide Web (literalmente: tela de araña mundial, más conocida como web), más pequeño es el mundo. Hoy, nuestras conexiones informáticas nos acercan más a las coincidencias.

Sin embargo, mientras que nuestras experiencias vinculadas a coincidencias han aumentado, nuestro conocimiento sobre las probabilidades no ha seguido la misma progresión. La mayoría poseemos ahora unas nociones más claras sobre las matemáticas elementales que las que tenían los antiguos pueblos iberos, pero el extenso volumen y complejidad de nuestras vicisitudes con el mundo de las coincidencias conlleva inevitablemente a una mayor dificultad para distinguir entre lo que es fantástico y lo que es matemáticamente posible.

Ésa es la razón por la que cada vez son más los testigos de coincidencias que niegan que se trate realmente de eso, de coincidencias. Según ellos, en los eventos observados han intervenido ángeles, magia, duendes o alienígenas que se han dedicado a jugar con el sistema de correos; cualquier explicación es aceptable menos la de la mera casualidad.

El problema es que las coincidencias no son simples. Es necesario tener elevados conocimientos matemáticos para poder descifrar o calcular las probabilidades. Los científicos deducen el resultado mentalmente, pero la mayoría de nosotros no gozamos de unas mentes tan portentosas, por lo que en lugar de realizar el esfuerzo aritmético necesario preferimos confiar en la intuición, factor que ha demostrado ser un mal aliado en el cálculo de probabilidades. Los seres humanos se impresionan con una gran facilidad. Lo que parece del todo improbable para un ser humano se vuelve de repente extremamente probable en el esquema cósmico de los sucesos, como el ejemplo previo del Sol y la Luna.

Otro ejemplo que tenemos sería el de los códigos secretos existentes en la Biblia. Según algunos relatos antiguos, el *Libro del Génesis* en la Biblia hebrea, del cual se afirma que fue dictado por el mismo Dios, contiene códigos que si se descifran revelarán muchos más mensajes a la humanidad. Éste ha sido uno de los respetables empeños llevados a cabo por eruditos pertenecientes a remotas órdenes religiosas ya olvidadas, y para ello han buscado pautas ocultas, han descontado los espacios y la puntuación en el texto, y han alterado las palabras de todas las formas posibles. Inevitablemente, dado el gran número de palabras que la Biblia contiene y del hecho que el hebreo escrito no muestra las vocales, estas búsquedas han dado como fruto un sinfín de pautas fortuitas a las que se han atribuido diversos significados.

La informática, más allá de demostrar que esta práctica arcana es completamente ridícula, ha aupado la labor de descifrar códigos gracias al incremento de la velocidad y de la variedad de vías para analizar una matriz de palabras. Ahora es posible identificar palabras nuevas en un texto que surgen tras una lectura vertical u horizontal, o leyéndolas del revés. También se pueden descubrir palabras formadas por letras no adyacentes sino dispersas por el texto, cada una de dichas letras separada por el mismo número de letras irrelevantes. Los análisis informáticos llevados a cabo por el reputado profesor matemático israelí Eliyahu Rips revelaron ejemplos inauditos de palabras relacionadas conceptualmente, adyacentes a otras palabras en el texto, tales como los nombres y lugares de nacimiento de rabinos famosos. El descubrimiento del nombre del presidente israelí asesinado Isaac Rabin al lado de una referencia a la muerte y el nombre *del* presidente Kennedy que se podía leer en vertical, atravesando la frase *Asesino que asesinará*, parecía sugerir una cualidad profética.

Los escépticos tardaron un poco en reaccionar ante los resultados obtenidos en la investigación del fenómeno que Michael Drosnin se encargó de hacer públicos en su libro, *El código secreto de la Biblia,* del que se vendieron una infinidad de ejemplares. Incluso hoy parece que pocas cosas pueden captar nuestro interés de una forma tan inmediata como el anuncio de pruebas aplicables a un fenómeno paranormal. Otros equipos de estadistas tardaron también bastante tiempo en encontrar lagunas y fallos conceptuales en los experimentos aparentemente rigurosos del profesor Rips. Entretanto, Brendan McKay, profesor de la facultad de Informática de la Universidad Nacional Australiana, usó el sistema de Rips para descubrir correlaciones proféticas sobre la muerte y sobre presidentes asesinados en la novela *Moby Dick.* Al final, lo único que demostraron los códigos secretos de la Biblia es que con una determinada cantidad de letras se pueden obtener pautas de palabras fortuitas, y que muchas de ellas, con la ayuda de una interpretación libre a la que hay que añadir mucha imaginación, pueden cobrar un significado digno de la predicción más increíble lanzada por una pitonisa.

En 1967, el sociólogo Stanley Milgram declaró que sólo había seis grados de separación entre dos personas en el planeta. Introdujo esta idea durante una cena popular, pero pocas personas se dieron cuenta de que Milgram fracasó en el intento de probar tal aserción. Hace no hace mucho, sin embargo, otro sociólogo, Ducan J. Watts, ha logrado demostrar una propuesta similar. Watts asignó a 60.000 personas una persona como objetivo, posiblemente alguien que vivía en otro país y con una forma de vida muy diferente. El experimento consistía en que debían pasar un mensaje por correo electrónico a dicha persona, pero en lugar de enviarlo directamente, debían remitir el mensaje a algún conocido y pedirle a éste que repitiera la acción. En la mayoría de los casos, se necesitó entre cinco y siete *e-mails* para llegar hasta el destinatario final. El experimento de Watts es una demostración efectiva de lo reducido que es el mundo actual, pero cuando estas correlaciones que parecen tan increíbles suceden fuera de un contexto científico, parecen mágicas y extrañas. El reputado científico Richard Dawkins ha demostrado un enorme interés por desenmascarar muchos fenómenos considerados paranormales. Según él: «tenemos un apetito natural y plausible hacia las anormalidades».

Esa atracción por las rarezas fue la causante de que Joyce Simpson volviera a creer en Dios. Joyce, una señora de Georgia, vio una señal en mayo de 1991 que le cambió la vida. Para el resto de las personas, se trataba simplemente de un anuncio de Pizza Hut, pero Joyce, quien en esos momentos atravesaba una crisis sobre sus convicciones y estaba considerando la posibilidad de abandonar el coro de la iglesia, percibió la salvación en ese anuncio. Allí, en medio de los espaguetis embrollados alrededor de un tenedor, divisó la cara de Jesús.

Un escéptico diría que si prestas la suficiente atención y, además, muestras una cierta predisposición emocional, podrás ver la cara de Dios en cualquier imagen –ya sea de espaguetis, helados de chocolate o aceitunas rellenas– pero que de nada servirá decirle eso a Joyce, ya que la gente que se empeña en ver milagros, los ve. La predisposición emotiva es muy importante para experimentar alguna circunstancia anormal, y esas anomalías nos cambian la vida. Las singularidades consiguen que alguien se decida a escribir esa carta tantas veces empezada pero nunca acabada a un amigo que podría responder al nombre de Herbert Krantzer.

Apreciado Herbert: No te lo vas a creer. Estaba limpiando mi viejo Volkswagen Escarabajo antes de ponerlo a la venta cuando encontré una nota que escribiste en el mes de junio de 1986 y en la que me deseabas un feliz viaje. Seguramente la depositaste sigilosamente en el tapacubos del coche el día de mi boda, y mira por donde, después de tantos años, la he encontrado...

Seguramente notarás un extraño cosquilleo cuando Herbert te conteste que se alegra mucho de haber recibido tu carta, particularmente en esos momentos, ya que precisamente está buscando un viejo Volkswagen Escarabajo para regalárselo a su hijo.

¿Qué es lo que te ha llevado a sacar el tapacubos ahora, por primera vez en diecisiete años? Porque querías limpiar el coche a fondo, responderán los escépticos. La carta que encontraste no era la causa, en otras palabras, no la encontraste porque era oportuno que contactaras con un viejo amigo en ese momento particular. Para la mayoría de los seres humanos, esta interpretación provoca cierto desencanto. Desluce una anécdota que parecía contener un elemento mágico. La persona que escribe la carta puede considerarse a sí misma como muy racional, pero su mente está más interesada en admitir la posibilidad de que un ángel guardián le está guiñando el ojo, o que su relación con Herbert es tan significativa que existe telepatía entre ellos. Por ello, es probable que incluso él se decante por la posición agnóstica de «¿Quién sabe?» en lugar de atribuirlo a una mera coincidencia.

Negar la causalidad es una forma injusta de interpretar una experiencia, especialmente cuando ésta es muy personal. Si un hombre sueña una noche que su amigo Moriarty se está muriendo y a la mañana siguiente se entera de que Moriarty ha muerto, es muy difícil no pensar en la posibilidad de que dicho hombre quizá posee poderes psíquicos, o que Dios le envió un mensaje para amortiguar el duro golpe de la terrible noticia, o que existen universos paralelos en diferentes dimensiones temporales a los que esa persona accedió a causa de un vínculo emocional muy fuerte con su amigo, o que el hemisferio derecho de la mente, relacionado con los aspectos emocionales y que contiene una primitiva conciencia intuitiva reprimida durante siglos de evolución, se ha despertado de su letargo. Se podrían añadir muchas más explicaciones de ese tipo, y cada una de ellas es más interesante que una coincidencia arbitraria e impersonal. Lo realmente irresistible de esa clase de anécdotas es la unión de la faceta onírica con la muerte.

El estadista Christopher Scott se ha dedicado al estudio de los sueños en los que se predice la muerte de un amigo. Basando su cálculo en 55 millones de personas que viven un promedio de setenta años y que experimentan un único sueño en toda su vida en el que ven la muerte de un amigo, y luego multiplicando la cifra obtenida por la tasa de mortalidad en Gran Bretaña cada veinticuatro horas, que es de dos mil personas, Scott llega a la conclusión de que existirá un sueño sobre una muerte exacta en Gran Bretaña cada dos semanas. La naturaleza humana muestra una gran atracción hacia las historias más extrañas, así que acostumbramos a fijar nuestro interés en los sueños que luego se cumplen, mientras que borramos rápidamente de la memoria los miles de sueños sobre amigos que sufren accidentes o mueren cuando a la mañana siguiente confirmamos que están sanos y salvos.

La persona que tuvo el sueño sobre Moriarty alegará:

–¿Cómo puedes saber que todos los sueños que no se cumplieron no eran de una calidad inferior al mío? Mi sueño sobre Moriarty rezumaba autoridad. Era tan vívido que tenía que ser cierto, sin ninguna duda. Fue si como los dioses estuvieran interviniendo en los avatares humanos.

Un escéptico le preguntaría:

–¿Por qué crees que Zeus se ha fijado en ti?

–Bueno... es que... Zeus y yo nos llevamos muy bien, ¿sabes? –respondería el hombre fantasioso.

–¿Y qué pasó esa vez en que soñaste que Delia Smith te perseguía por un bar, mientras tú estabas completamente desnudo? ¿Acaso Zeus no quiso intervenir en esa ocasión?

–No exactamente. Bueno, supongo que sí, que podría haber intervenido. De todas formas, no todos mis sueños son proféticos.

–¿Cuántos de ellos lo son?

–Veamos... Está el sueño sobre Moriarty... ¡Ah! Y una vez soñé que me embarcaba en un largo viaje y al cabo de unas semanas gané un fin de semana en París...

De nuevo aparece la calculadora.

–Así que... exactamente dos sueños proféticos en treinta y seis años... Digamos que sueñas tres veces cada noche... Eso nos da una posibilidad de acierto de uno por cada 19.710 sueños, o quizá lo podríamos expresar de otro modo.

–No, estás equivocado; porque hay algo que no te he contado: Nada de esto (ni Moriarty, ni el sueño, ni tu calculadora, ni toda la existencia, ni cualquier escéptico que haya existido) existe realmente. El Universo es fruto de mi imaginación. ¡Yo lo he inventado todo! De hecho, ahora mismo también te estoy manipulando a ti. ¡A ver cómo resuelves eso con tu calculadora!

Ciertamente, las coincidencias encienden la chispa de la imaginación. Cualquier explicación excepto la de la casualidad garantiza al observador un papel en la acción. Actualmente, la mayoría de nosotros tiende a aceptar en público la racionalidad de los más escépticos, aunque de forma privada preferimos jugar con la gloria, con el papel de artista principal que una coincidencia puede concedernos. Es un deseo natural que nos va como anillo al dedo ante la necesidad de sentirnos más como protagonistas cósmicos que como simples motas de polvo fortuitas en medio del vasto Universo. Incluso el matemático más incrédulo en casualidades que se encontrara una botella en una playa desértica de Madagascar con una nota en su interior dirigida a él se sentiría tentado a aventurar suposiciones sobre esa casualidad tan asombrosa.

Y si llegara a aceptar que ese evento era significativo, ¿qué revelaría, exactamente? El matemático sólo podría arriesgar conjeturas, o debería recurrir a la ayuda de un chamán –aunque es difícil encontrar a uno bueno y de confianza que no se deje arrastrar por los ríos de la fantasía–. Llegado a ese punto, cuando el matemático se diera cuenta de que se estaba adentrando en el pasadizo de una nave espacial supernatural que llevaba por combustible diez litros de superstición y en la que no había ningún piloto cualificado, recordaría que él es un matemático que no cree en las casualidades. Aquellos que abandonan las evidencias demostrables de forma empírica en elecciones de vital importancia en sus vidas a favor de la interpretación subjetiva de sucesos fortuitos siguen una vía sinuosa y peligrosa, como la historia se ha encargado de demostrar un sinfín de veces.

Hace unos dos mil quinientos años, cuando Sófocles escribió *Edipo Rey,* nadie se mostraba reticente ante la idea de predecir del futuro. Los griegos interpretaban sus destinos de la misma forma que nosotros analizamos nuestra historia, y todo el mundo gozaba de línea directa con los dioses. Clotho, Lachesis y Atropos suenan como los nombres de los miembros de un grupo cómico, pero para el hombre de a pie de la Grecia Antigua, se trataba de nombres muy serios y respetables. Correspondían a las tres personificaciones del destino, unos seres celestiales indiferentes que imponían la duración del hilo de la vida concedido a cada mortal, tenían el control de algunas vicisitudes de la vida, como la tragedia, enfermedad, etc., y rompían dicho hilo cuando llegaba la hora. Este hilo no pertenecía a sus usufructuarios sino que sólo se les había sido prestado, por lo que los mortales no podían cambiar la fecha de caducidad ni escapar de las desventuras escritas en sus destinos; aunque si estaban lo suficientemente locos y querían alterar su destino, lo único que lograban con ello era empeorar más sus vidas.

Los cometas y otros fenómenos naturales eran augurios obvios; no se trataba de coincidencias cósmicas sino de presagios de eventos específicos que iban a suceder en la Tierra, normalmente desastres. Los cometas anunciaron la caída de Jerusalén y la muerte de Julio César. La visita del cometa Halley en 1910 provocó un pánico colectivo. ¿Qué terrible desgracia vaticinó en 1986, cuando de nuevo volvió a visitarnos? ¿La explosión de la nave espacial Challenger? ¿El asesinato del primer ministro sueco Olof Palme?

Hoy día es inusual realizar ese tipo de asociaciones, sin embargo, todavía existe una minoría que cree en ellas. No es difícil encontrar páginas web realizadas por clarividentes que afirman inflexiblemente que existe una conexión entre sucesos históricos y apariciones de cometas. El astrónomo Carl Sagan, totalmente en contra de la seudociencia, dijo que la historia de la humanidad ha estado intrínsecamente ligada a infortunios desde siempre, por lo que la aparición de un cometa en cualquier momento, observado desde cualquier punto de la Tierra, puede coincidir justo cuando aquí, en la Tierra, sucede alguna tragedia.

En los tiempos de Sófocles, las gentes creían a pies juntillas en el oráculo, y muchas de las predicciones sobre el destino estaban basadas en el movimiento de los cometas y de otros cuerpos celestes. El peligro de confiar en ese sistema se pone de manifiesto en muchas de las historias del oráculo de Delfos, en particular la del pobre Edipo. Si tal como Sófocles afirma, el destino de Edipo ya estaba escrito, entonces la maldición pesaba sobre él incluso antes de ser engendrado. No era suficiente con que, tras cada tragedia, Edipo tuviera que aceptar que todo estaba escrito en las estrellas sino que, además, nada podía hacer para remediarlo. Por más que se esforzaran, ni él ni su familia lograrían burlar el destino. De hecho, fue precisamente esa intención de eludir la predicción lo que reunió todas las piezas para que se cumpliera la profecía. Para un escéptico actual, el mito de Edipo no tiene nada que ver con el destino; se trata únicamente de coincidencias y de muy –pero que muy– mala suerte. Cualquier estadista estará de acuerdo con que las coincidencias tienden a agruparse, y Edipo tuvo la desventura de ser el imán que atrajo un cúmulo de mala suerte.

El mito de Edipo es tan previsible como un episodio de la telenovela más enmarañada. A su padre, el rey Layo de Tebas, el oráculo de Delfos le había vaticinado que moriría a manos de su hijo y que luego éste se casaría con su madre.

Ése fue el terrible pronóstico de Pitia, la gran sacerdotisa del oráculo que revelaba qué misterios deparaba la fortuna a los mortales. Normalmente la pitonisa formulaba las profecías en forma de acertijos, con lo cual se obtenía más de una interpretación. En la actualidad, algunos astrólogos y videntes siguen utilizando esa forma para salirse por la tangente cuando es necesario; de ese modo, ante cualquier resultado siempre pueden decir: «Ya te lo advertí». Cuando el rey Croesus de Lydia estaba considerando la posibilidad de declarar la guerra a Persia en el año 550 a. C., envió emisarios a la Pitia con los más preciados regalos de oro y de plata, trescientas cabezas de ganado y una escudilla de oro que pesaba poco menos que media tonelada. La gran sacerdotisa les dijo: «Destruiréis un gran imperio». Satisfecho con la predicción, Croesus arremetió contra Persia y destruyó un gran imperio... ¡el suyo! En cambio, en el oráculo sobre el rey Layo no hubo espacio para más interpretaciones. Aunque el propio rey intentó analizarlo según diversos criterios, los resultados apuntaban inequívocamente hacia un futuro funesto. Layo intentó desviar el destino ordenando que su hijo fuera abandonado en la ladera del Monte Citerón, donde creía que moriría de hambre y frío. El bebé fue recogido por un pastor que lo llevó hasta Corinto donde, por una increíble coincidencia, el rey Pólibo y la reina Mérope se fijaron en él y lo adoptaron. Edipo creció y él también decidió consultar el oráculo. La advertencia que recibió fue muy siniestra: Apolo le ordenaba no volver a su patria, pues si lo hacía mataría a su padre y yacería con su madre. Edipo creía que Pólibo era su padre, por lo que decidió no regresar a Corinto. De camino a Tebas, se encontró con Layo en una encrucijada. Los dos hombres discutieron y Edipo mató a Layo en legítima defensa. Se acababa de cumplir la primera parte del oráculo. Edipo no podía escapar a la fuerza del destino. Ahora sólo quedaba casarse con su madre, Yocasta, y de la forma más inverosímil, a causa de una combinación increíble de sucesos puramente fortuitos, pasó lo impensable y se cumplió la segunda parte del oráculo.

Hasta ese punto de la historia, todo es terrible; pero... ¡todavía empeora más! La tragedia se desencadena cuando Edipo y su madre descubren la verdad. Yocasta se suicida y Edipo, incapaz de soportar el daño que ha provocado, se ciega a sí mismo. Seguramente, a Edipo le habría gustado vivir en una era más científica a pesar de que, de acuerdo con la lógica de la historia, tampoco en esa era más moderna habría podido escapar a su terrible sino. Edipo destaca porque la autodeterminación que mostró para intentar desviarse de su propio destino iba en contra de las creencias de su época. Sófocles pensó que Edipo se equivocaba al oponer resistencia a la voluntad de los dioses, si bien la inmovilidad absoluta de aquellos dioses no permitía que ningún acto de rebeldía alterara el cauce de los eventos. La insistencia inexorable de que los oráculos y las profecías podían definir el destino mucho antes de que nada sucediera, hacen que el pobre Edipo fuera un perdedor incluso antes de nacer. Ni siquiera si nuestro personaje hubiera viajado hasta un futuro escéptico habría podido evitar la muerte de su padre y la unión con su madre.

Su desafortunada historia ya era muy conocida con anterioridad a que Sófocles decidiera inmortalizarla. Curiosamente, una de las razones por las que el escritor eligió ese mito fue para reafirmar los valores y el punto de vista de la realidad en su época, representada por los viejos dioses frente a nuevos modos de pensar que se estaban gestando en algunas ciudades griegas a favor de la democracia. Fue una época de grandes cambios, en la que los filósofos rechazaban las antiguas creencias fundamentadas en la superstición y empezaban a defender teorías racionales sobre la existencia a partir de la evidencia empírica, formulando, sin darse cuenta, la base del método científico moderno.

Todavía tendría que pasar bastante tiempo antes de que la ciencia llegara a ocupar un lugar privilegiado en el estudio de los fenómenos naturales. Hasta entonces, la historia nos ofrece numerosos ejemplos de lo peligroso que es recurrir a la superstición para interpretar el mundo. Quizá la muestra más trágica sea el Imperio azteca. Cuando Hernán Cortés desembarcó en 1519 cerca de la actual Veracruz con sus tropas, los aztecas controlaban una amplia civilización formada por millones de personas y extraordinariamente sofisticada si se compara con otras civilizaciones de la época. En algunos aspectos obvios, estaban más atrasados que Europa, pero, en cambio, conocían las matemáticas, la astronomía y la agricultura, controlaban quinientos estados vasallos, disponían de una organización social eficiente y creaban ciudades que habrían podido rivalizar en tamaño, arquitectura y organización con las mejores ciudades de Europa. No obstante, ese imperio fue destruido por tan sólo quinientos soldados, que asesinaron a una gran parte de la población e hicieron esclavos al resto, destrozaron todos los monumentos y arrasaron su cultura, y todo a causa de una desafortunada –o afortunada, según desde qué lado se mire– coincidencia.

Cortés no podía ni figurarse la gran suerte que Doña Fortuna le deparaba cuando zarpó hacia México. Su viaje coincidió con un periodo del calendario azteca en el que se predecía el retorno del dios Quetzalcóatl por mar. Quetzalcóatl era un dios en forma de serpiente que podía adoptar otras formas. En los dibujos antiguos, aparecía con la piel clara y con algo similar a una barba, muy parecida precisamente a la que llevaban Cortés y sus soldados.

Como en todas las historias con un triste final, la caída del Imperio azteca había sido augurada algunos años antes por un cometa. Moctezuma Xocoyotl, el último emperador de los aztecas, que había sido previamente sacerdote, avistó el cometa desde el tejado de su palacio. Ése fue el primero de un gran número de vaticinios de los desastres que se avecinaban: inundaciones, templos incendiados, accidentes provocados por relámpagos, y terribles rumores acerca de muertos vivientes que se paseaban por las calles de la ciudad.

Los aztecas habían erigido su imperio en apenas cien años. Es increíble que durara tanto tiempo, dada la obsesión por los malos augurios y por las supersticiones en que la sociedad azteca vivía inmersa. Su gran burocracia formada por sacerdotes (sólo en Tenochtitlán, la capital, había 5.000 sacerdotes) era tan poderosa que dominaba todos los aspectos de la vida. La intolerancia religiosa no era un fenómeno inusual en el siglo XVI, pero pocos dioses eran tan tiranos y celosos como los de los aztecas. El más importante era Huitzilopochtli, el dios de la guerra. A cambio de haber devuelto la luz del sol al mundo, éste exigía sacrificios humanos. Cada año, como tributo por la luz solar –que en otras culturas es absolutamente gratis– los aztecas tenían que arrancar los corazones que todavía latían (era la sugerencia preferida por parte de los dioses) de miles de hombres y depositarlos como ofrendas en el altar de Huitzilopochtli. Cuando el Imperio azteca creció, Huitzilopochtli, cuyos deseos eran interpretados por una élite de sacerdotes paranoicos y neuróticos, pidió más y más sacrificios humanos. Las víctimas eran mayoritariamente prisioneros de guerra, pero como nunca había suficientes prisioneros, los aztecas empezaron a organizar guerras especiales contra sus estados vasallos cuyo origen no tenía nada que ver ni con la defensa del territorio ni con insubordinaciones ni con eliminar enemigos. Se planificaban como si de un partido de fútbol se tratara, y su propósito no era otro que el de obtener un gran número de prisioneros para usarlos en los sacrificios humanos y aplacar así la sed de sangre de los dioses aztecas. Además del enorme coste humano, dicha práctica fue la causante del gran resentimiento que se extendió rápidamente por todo el imperio.

Cortés era cruel y valiente, y un brillante oportunista, siempre alerta a los puntos débiles de su enemigo; pero además era tan osado que es asombroso que él y sus hombres no perecieran durante las primeras semanas de pisar suelo azteca. Muy pocas expediciones militares, con la posible excepción de la operación británica para reconquistar las islas Malvinas en el año 1982, han sido llevadas a cabo con tal inferioridad de recursos y de tropas, a una distancia tan remota de las fuentes de suministro, y con una táctica logística tan pobre. Los historiadores han aducido gran parte del efecto debilitador de los luchadores aztecas a la caballería española, a las espadas de acero forjadas en Toledo y a las armas de fuego, pero lo cierto es que las tropas españolas sólo disponían de quince caballos, y las armas de fuego de principios del siglo XVI eran notorias porque fallaban muchísimo, pero, a pesar del acero letal de Toledo, los aztecas eran fieros y temerarios, y luchaban en su propio campo. En cualquier momento, si se hubieran decidido a realizar un ataque fulminante sobre el enemigo, habrían triunfado sin ninguna duda debido al desproporcionado número de combatientes. En cambio, los aztecas no lucharon de ninguna forma organizada hasta que ya fue demasiado tarde. El arma más importante de Cortés resultó ser la suerte: la suerte del mismísimo diablo.

Mientras Cortés avanzaba con resolución, Moctezuma estaba paralizado por la indecisión, aterrado ante la posibilidad de que Hernán Cortés fuera la encarnación de la deidad Quetzalcoatl. Cortés se dio cuenta rápidamente de la coincidencia y la explotó para sacar ventaja, negoció alianzas a cambio de promesas que nunca llegó a cumplir con las tribus que habían sido tratadas con tanta crueldad por los aztecas, como por ejemplo los Tlaxcaltecos y los Cempoalenses. Las tropas españolas, formadas por varios centenares de soldados inexpertos, entraron en Tenochtitlán, la capital azteca que contaba con una población de 300.000 habitantes, muchos más de los que ninguna ciudad europea del momento hubiera llegado a soñar. Moctezuma, todavía indeciso, declaró a Cortés y a sus hombres como invitados de su reino, y después los invitó a quedarse en el palacio real (sólo la guardia real de Moctezuma en el palacio era superior en número a la expedición española), pero los desagradecidos ocupantes hicieron prisionero al rey.

Confluyeron también otros factores, incluyendo una epidemia mortal provocada por la viruela que trajeron los europeos. No obstante, no se puede obviar la conclusión de que Moctezuma y su imperio fueron vencidos por trampas de la imaginación, por la superstición y por el valor que ésta atribuye a señales, portentos y eventos fortuitos que suceden en el espacio.

Una sociedad moderna debería dejar a un lado las supersticiones destructivas. Los análisis científicos racionales son la base moderna de medir e interpretar la ira cósmica. De hecho, en 1996, se descubrió un nuevo asteroide que fue bautizado como *Skepticus,* en honor al Comité de Investigación Científica de Fenómenos Paranormales.

No obstante, sólo un año después de la ceremonia del bautizo del asteroide, cuando el cometa Halle-Bopp apareció en los cielos nocturnos en 1997, 39 miembros de un grupo religioso llamado *Heaven's Gate* (La puerta del cielo), limpiaron su casa comunal en un rancho de Santa Fe, en el estado de California, se vistieron de negro riguroso, se pusieron unas etiquetas identificativas, bebieron un cóctel de zumo de manzana, vodka y phenobarbital, se colocaron bolsas de plástico en la cabeza y se tumbaron pacientemente en sus camas a la espera de la muerte. En los vídeos que filmaron antes de suicidarse, inmortalizaron su creencia de que el cometa era la señal que habían estado esperando durante tanto tiempo y que estaban listos para abandonar el planeta en una nave espacial enviada por seres que pertenecían a un nivel superior que el de los humanos. De nada habría servido decirles a esas gentes que todo se trataba de una mera coincidencia.

Robert S. Ellwood, profesor de religión de la Universidad del Sur de California, en uno de sus comentarios acerca de la tragedia, dijo: «Esta gente provenía de un tipo de cultura de la década de los noventa, con una visión del mundo informatizada, pero habían bebido de las fuentes tradicionales del escenario apocalíptico que afirman que los cambios radicales son inminentes y se avisan por medio de señales en los cielos.»

En una sociedad que se define partidaria de la ciencia racional, el 17 por ciento de los americanos todavía afirma haber visto un fantasma, el 10 por ciento asegura que ha establecido contacto con el diablo, y cuatro millones manifiestan que han sido abducidos por alienígenas. La evidencia de que lo paranormal todavía cuenta con seguidores y que continua siendo un negocio lucrativo se puede hallar en las columnas de astrología de cualquier revista, en los anuncios de futurólogos y videntes de los periódicos, en la popularidad del Creacionismo (que sostiene que la Tierra fue creada en siete días), y en la dependencia que tienen las grandes empresas en consultores, zahoríes y expertos en *feng shui*. Los escépticos no podían dar crédito al veredicto de un jurado de Filadelfia en 1986: 900.000 dólares a favor de una mujer que alegó que sus poderes físicos habían resultado dañados durante una sesión con un escáner CAT en un hospital clínico. Su denuncia fue apoyada por el testimonio *experto* de un doctor.

La doctora Susan Blackmore, de los departamentos de psicología de las universidades de Bath y Bristol, ha analizado nuestra atracción obstinada por las explicaciones paranormales. Según ella, se trata de una tendencia natural por intentar entender el mundo a través de conexiones con elementos tales como los sueños o las formaciones estelares. Las coincidencias son conexiones ya existentes, lo único que nosotros tenemos que hacer es ponerles una etiqueta profética.

Según los psicólogos, el intento de unir eventos fortuitos con nuestros propios pensamientos es un proceso conocido como *La ilusión por el control*. La doctora Blackmore ofrece un ejemplo que todos nosotros hemos experimentado alguna vez cuando circulamos con nuestro automóvil: el deseo de que un semáforo cambie de color cuando nos aproximamos a él en coche. Si la luz cambia, nos sentimos complacidos, y son muchos los que opinan que tales eventos fortuitos son evidencia de la psicokinesia (o del control de la mente sobre la materia). En otras palabras, los objetos físicos sufren una especie de reordenación provocada por un pensamiento de un ser humano. Las investigaciones han revelado que las gentes que creen tener tales poderes no se fijan en aquellas ocasiones en que las luces del semáforo no cambian –o quizá es que no les interese fijarse–.

«Nos gusta creer que podemos controlar el mundo que nos rodea observando las coincidencias entre nuestras propias acciones y las cosas que suceden –afirma la doctora Blackmore–. La creencia en sucesos psíquicos puede ser una ilusión de la casualidad.»

La respuesta tajante que dan los videntes ante tal aserción es que la intuición humana es una fuerza superior que va más allá de la ciencia, pero que ésta es demasiado sutil e idiosincrásica como para estar sujeta a las pruebas empíricas que la ciencia exige.

«Somos más poderosos de lo que pensamos –afirma Craig Hamilton Parker, que se define como vidente–. En mi experiencia como médium, he descubierto que el estado espiritual de las personas influye en el mundo que las rodea. Podemos alterar eventos con el poder de la mente. Los pensamientos pueden tener un efecto directo sobre la materia. Con un poco de entrenamiento, podemos crear nuestro propio mundo y contribuir a hacer que el mundo sea mejor.»

Hamilton sostiene que la casualidad no existe, sino que todo se debe a la voluntad humana. Las coincidencias sólo son pruebas de que el mundo exterior es, realmente, un mundo interior. Las coincidencias sincronizan los mundos interno y externo.

¿Es eso correcto? Probablemente la ciencia disponga de una respuesta para nuestra pregunta.

CAPÍTULO 4

¡Qué Universo multidimensional tan pequeño! Coincidencia y ciencia

El científico y escritor Arthur Koestler definió las coincidencias como «chistes del destino». Wolfgang Pauli, premio Nobel de Física, dijo que eran «huellas visibles de principios desconocidos». Ambos creían que una fuerza misteriosa y en cierta manera mágica operaba en el Universo imponiendo orden sobre la total confusión que rige la vida humana. Esta idea evocativa tan poderosa choca violentamente con el escepticismo de la ciencia clásica. Si fuera cierta esa idea, que creó tanto malestar en el debate filosófico-científico de la década de los cincuenta (un crítico estadounidense describió el tratado de Pauli y Carl Jung *Sincronicidad, un principio de conexión no causal* como: «El equivalente paranormal de una explosión nuclear»), entonces todos los fenómenos previamente descritos como meras coincidencias, por ejemplo la telepatía y la precognición, tendrían que ser revisados. Para muchas mentes racionales, la idea de una coincidencia con significado pleno quedaba todavía muy lejos de poder ser considerada un tema digno de una investigación seria y rigurosa. No obstante, la conjetura de la existencia de un posible vínculo entre los poderes mentales y la materia ha atraído a muchas mentes privilegiadas.

Existe un sinfín de anécdotas de personas con poderosas habilidades telepáticas ciertamente inusuales. El antropólogo Laurens van der Post defendía que los bushmen, una tribu del desierto de Kalahari, sabían cuando un compañero había cazado un animal a más de ochenta kilómetros. Dijo que esos cazadores daban por sentado que sus familias en la aldea sabrían, mediante un presentimiento, cuando iban a regresar con una presa.

¿Podemos creer esos datos? No han sido rigurosamente probados. Podría tratarse de una ilusión de los bushmen, o de una noción falsa por parte del reportero. Rupert Sheldrake, quien emplea la historia de los bushmen para ilustrar sus teorías sobre la telepatía, piensa que es cierta.

«Se trata del instinto de supervivencia –afirma Sheldrake–, y seguramente se trataba de una habilidad común a todos los humanos en las sociedades primitivas.»

Como científico con un doctorado en bioquímica por la Universidad de Cambridge, Sheldrake no es el tipo de persona que defendería esa clase de afirmaciones. Él explica que estudia temas tales como la telepatía, que otros científicos catalogan como una coincidencia, porque los encuentra más interesantes y le ofrecen mayores retos.

«A pesar de que las habilidades intuitivas han dejado de ser importantes para las gentes en la sociedad moderna, perviven en la mayoría de nosotros como un vestigio –afirma Sheldrake, quien explica que las personas menos intuitivas, irónicamente, son los hombres blancos académicos y con estudios–. Las madres y los niños son intuitivos, así como los hombres de negocios, que trabajan con factores parcialmente conocidos y con otros completamente inciertos.»

Los experimentos de Sheldrake para probar la posibilidad de la telepatía humana han causado controversia en la comunidad científica. Sheldrake se ha propuesto medir experiencias tales como el saber quién llama cuando suena el teléfono. En su libro *The Sense of Being Stared At,* examina la posibilidad de que exista gente capaz de notar cuando alguien los observa a sus espaldas. Alega que los incidentes intuitivos pueden tener una influencia causal invisible.

«De alguna manera, nuestras intenciones y nuestra atención se extienden para tocar aquello que estamos observando.»

Palabras tales como *telepatía* son tabú para la ciencia clásica; sin embargo, Sheldrake apunta que hay influencias invisibles similares –la propagación de las ondas de radio, por ejemplo– que sí que son aceptadas por la ciencia. Con la excepción de la luz, el ser humano posee sólo una reducidísima percepción de la mayoría de los componentes del espectro electromagnético, y no obstante, los científicos están acostumbrados a trabajar cada día con rayos X, rayos gamma, ondas de radio y microondas, e interpretan esos elementos para obtener información acerca de eventos astrales que tienen lugar muy lejos de la Tierra.

En un nivel más mundano, Sheldrake ha estado examinando aparentes poderes precognitivos en animales. ¿Cómo es que los animales parecen saber cuándo está a punto de llegar su amo? Asegura que sus experimentos demuestran la existencia de cierto poder telepático. En China, está ampliamente aceptado que los animales se ponen nerviosos antes de un terremoto. Los sismólogos chinos han pedido a la población que informe acerca de comportamientos inusuales en ratas, peces, pájaros, perros y caballos. Como consecuencia, dice Sheldrake, son los únicos sismólogos del mundo que predicen terremotos con precisión (aunque fallaron en la predicción del terrible terremoto de 1976 en Tangshan, al norte de China, en el que perecieron 250.000 personas).

«Nadie sabe cómo lo consiguen los animales; si es que pueden notar los temblores o los gases, o si se trata de algo más misterioso como la precognición. No es una simple coincidencia –sostiene Sheldrake.»

Este científico considera que las coincidencias pueden explicarse con su teoría de la resonancia mórfica, que postula conexiones telepáticas entre organismos y campos de memoria colectiva dentro de cada especie. Las ideas están simplemente en el aire, y si sintonizas la estación de radio correctamente, no tendrás ningún problema para captarlas.

A modo de ilustración de cómo funciona su principio entre las especies animales, Sheldrake cita el ejemplo de un grupo de ratones de un laboratorio en Londres a los que se les enseñó a mejorar sus habilidades para orientarse en un laberinto. Casi inmediatamente, otros ratones de un laberinto similar en un laboratorio de París y que no habían recibido el entrenamiento de sus colegas ingleses, demostraron las mismas destrezas. Otro ejemplo es el del mono en una isla del Pacífico sur que descubrió que las patatas tenían mejor sabor si antes de comerlas las lavaba en el mar. Poco después de descubrir ese comportamiento, se informó de que otros monos en todo el archipiélago habían empezado a lavar también las patatas.

«Descartes defendía que el cuerpo y la mente eran entidades totalmente diferentes y que el único pensamiento que existía era el consciente –dice Sheldrake–. Más tarde, Freud reinventó el subconsciente. Después, Jung dijo que no se trata de una inconsciencia personal sino colectiva. La resonancia mórfica demuestra que nuestras almas están conectadas al resto de almas, y que estamos enlazados con el mundo que nos rodea.»

Sheldrake ha recibido duras críticas por parte de muchos científicos a causa de sus fijaciones. Robert Todd Carroll, un profesor de filosofía que edita la página web *El diccionario del escéptico*, describe a Sheldrake como un metafísico y no un científico, profesa dudas sobre el rigor de sus experimentos y lo acusa de emitir afirmaciones completamente subjetivas (la tendencia de informar sólo de la evidencia que coincide con la teoría del investigador). El cuento del mono del Pacífico sur, dice Carroll, es anecdótico y absurdo.

Sheldrake no desea realizar su viaje por la ardua vía astral solo. Nunca se adentra en senderos que no hayan sido explorados previamente por otros científicos. De hecho, la senda está bien documentada gracias a disidentes como el biólogo austriaco Paul Kammerer y el psicólogo Carl Jung, quienes sospechaban que existía algo más que las coincidencias aparentes que el ojo humano es capaz de captar y que al publicar sus teorías sabían que se arriesgaban a dañar sus reputaciones.

Con apenas veinte años, Paul Kammerer empezó a escribir un diario de coincidencias en el que plasmó con detalle todas las coincidencias que le habían sucedido, desde las experiencias más increíbles a las más triviales. Kammerer descubrió que los resultados se clasificaban en grupos de números, y llamó a ese fenómeno *Serialidad*. En 1919 publicó *La ley de la serialidad*, en cuyo libro conjeturaba que esas agrupaciones eran la evidencia del funcionamiento de una fuerza más profunda que nosotros no podemos ver. Las agrupaciones de coincidencias son como las ondas visibles en la superficie de un estanque, la única evidencia de un principio general de la naturaleza, una fuerza superior en el Universo similar a la gravedad, pero mientras que la gravedad afecta sólo a los objetos con masa, la serialidad actúa selectivamente para hacer coincidir en el espacio y en el tiempo cosas que poseen alguna afinidad. Kammerer sugirió que la coincidencia era meramente la punta de un iceberg dentro de un principio cósmico más grande que todavía apenas reconocemos y de cuyo funcionamiento no entendemos absolutamente nada. «La serialidad está presente en todos los aspectos de la vida, en la naturaleza y en el cosmos –afirmó Kammerer–. Es el cordón umbilical que conecta el pensamiento, los sentimientos, la ciencia y el arte con el útero del Universo que les dio vida. Así pues» –concluyó– «al final tenemos la imagen de un mundo-mosaico o de un calidoscopio cósmico que, a pesar de los constantes movimientos y nuevas disposiciones, también se preocupa por hacer coincidir cosas iguales.»

Kammerer vivió en una época en la que las leyes clásicas de la física estaban empezando a ser cuestionadas a causa de nuevos descubrimientos e ideas sorprendentes. Las explicaciones sobre la mecánica del Universo estaban perfectamente claras desde el siglo XVII, cuando René Descartes, Thomas Hobbes, Isaac Newton y otros grandes personajes establecieron las bases sobre el pensamiento racional. En el siglo XIX, se defendía la idea de que la materia era la realidad fundamental y final. Los científicos entendían el Universo como una enorme máquina gobernada por leyes inmutables, en la que cada parte interactuaba con el resto de las piezas de una forma lógica y previsible. El tiempo avanzaba linealmente, desde el pasado hacia el presente, y eso era demostrable con cualquier reloj. El efecto seguía a la causa en una secuencia completamente estricta. Para descubrir la causa sólo era necesario observar el efecto, puesto que las leyes que actuaban sobre una parte de la máquina eran aplicables al resto de las partes de la máquina. Se trataba de una teoría reduccionista: para analizar cualquier objeto, bastaba con fragmentarlo y analizar cada una de sus partes.

La clave para tales conclusiones radicaba en la conciencia humana, y los científicos de hace dos siglos se oponían con gran tenacidad a admitir cualquier otra explicación posible. ¿Acaso la libre voluntad y la autodeterminación podían encajar en un mundo puramente matemático? Averiguar cómo funciona la mente y qué es el pensamiento son dos de los misterios más profundos que existen. El afán de la ciencia clásica por defender que la mente humana funciona más o menos como una computadora, además de ser una idea nada halagüeña, no es convincente.

El siglo XX trajo consigo nuevas formas de examinar tanto el mundo exterior –el espacio– como el interior –el átomo–. Ambas direcciones ofrecían unas revelaciones increíbles que contradecían las teorías clásicas. Aprendimos que la materia y la energía eran dos expresiones diferentes de la misma cosa («un concepto ciertamente desconocido para la mayoría de la gente» –dijo Einstein con modestia), que la gravedad ejercía una influencia directa sobre la luz, desviándola, y que el tiempo, que previamente no se había detenido para nadie, estaba dispuesto a realizar una excepción con los hombres que viajaran a la velocidad de la luz. El propio movimiento de la luz fue descrito como antagónico, actuando a veces como una onda y otras veces como un torrente de partículas, dependiendo del punto de observación. En las profundidades del espacio, unos inesperados agujeros negros y densos giraban sin cesar, engullendo la luz y las estrellas, distorsionando el espacio y el tiempo alrededor de sus circunferencias y emitiendo el estruendo más poderoso de todo el Universo.

En el interior del átomo, aunque previamente se pensaba que era una partícula indivisible (de aquí proviene precisamente su nombre, ya que en griego, *atomos* significa indivisible), ahora revelaba un universo en miniatura en el que los procesos sucedían de tal modo que se contradecían con las leyes clásicas que regían nuestro mundo. En el átomo, la gravedad no ejercía influencia alguna ya que estas partículas se mantenían suspendidas gracias a sus propias fuerzas especiales, enormemente poderosas, por lo que la teoría de causa-efecto no era aplicable y no se podía predecir el estado exacto de dichas partículas. Es imposible pronosticar cuál será el comportamiento de un fotón de luz cuando choque con una lente de unas gafas de sol. Sabemos que existe la probabilidad de que los fotones reboten en la superficie o de que la atraviesen, pero es imposible predecir qué es lo que hará cada fotón en particular así como averiguar por qué un fotón sigue las pautas de un comportamiento determinado. La ciencia, con su gran dependencia en hechos totalmente demostrables, se encontró de la noche a la mañana con que las viejas aserciones y teorías perdían su sentido en el nuevo universo de las probabilidades.

Los electrones, esas diminutas partículas que giran describiendo órbitas alrededor del núcleo de un átomo, exhibían la mismas dualidad onda/partícula que la luz, sugiriendo que en un sentido microscópico toda la materia tiene un aspecto ondulatorio. Los electrones se comportaban de forma misteriosa, incluso Einstein los temía. Esas partículas parecían existir en veinte lugares al mismo tiempo (superposición cuántica), podían cambiar su comportamiento repentinamente sin ninguna razón causal, y si un par de partículas enlazadas era separada, ambas se reflejaban la una en la otra de forma exacta (enlazamiento cuántico), sin importar si se hallaban a pocos metros o a miles de kilómetros. Si se alteraba el estado de una de esas partículas, el cambio quedaba instantáneamente reflejado con la correspondiente alteración en el estado de la otra partícula, es decir, que la información se transmitía entre ellas a través de cualquier distancia y de una forma totalmente instantánea. Cada partícula parecía *saber* lo que le sucedía a la otra. El fenómeno es ciertamente difícil de explicar, y vulnera la ley de Einstein de que nada puede rebasar la velocidad de la luz. Los científicos han utilizado la palabra *telepatía* para describir el fenómeno, y han llegado incluso a especular que la separación de las partículas puede ser simplemente una ilusión.

Para los científicos tradicionales, el estudio de las partes interiores del átomo estaba alcanzando una magnitud alarmante. Tan pronto como se medía –es decir, se observaba– una partícula subatómica como por ejemplo un electrón, ésta cambiaba su comportamiento, así que nunca se podía saber cuál era su apariencia antes de ser observada. La interpretación cobraba un papel vital. Los científicos se vieron obligados a ser subjetivos –adjetivo que también define la esencia de la conciencia y de la coincidencia–.

La física cuántica parecía indicar que desde el punto de vista microscópico no existía ninguna realidad objetiva, que aquello que observamos se ve afectado por la presencia del observador. Wolfgang Pauli, el Nobel de física que postuló por primera vez la existencia de los neutrinos en 1931 (y que también mostró interés en las coincidencias, como el lector descubrirá más adelante) afirmó: «En el plano atómico, el mundo objetivo deja de existir.»

Las declaraciones sobre la existencia de una percepción extrasensorial y de la psicokinesia son cada vez más frecuentes entre los científicos. Parece ser que la ciencia ha decidido abordar estos fenómenos considerados hasta hace poco como fantásticos e inverosímiles, y los descubrimientos más recientes apuntan a que la verdad, como siempre, supera a la ficción.

Si analizamos el fantástico mundo del átomo, descubriremos que es tan diminuto que ni tan sólo podemos verlo; se trata de un mundo que desde nuestra distancia remota parece completamente condensado y claustrofóbico, pero que cuanto más nos acercamos a su realidad paradójica y desafiante de todo sentido común, más amplio y espacioso se muestra. Si dibujáramos un átomo a escala, con un núcleo de un centímetro de diámetro, sus electrones medirían menos que el diámetro de un pelo, y el diámetro entero del átomo sería más grande que treinta campos de fútbol juntos. Y en medio... Nada. Los científicos creen que en un cuerpo humano la relación entre la masa propiamente dicha y el espacio es de doscientos billones a uno. Einstein calculó que si se eliminara el espacio que hay entre todos los átomos en todos los seres humanos de la Tierra y se dejara sólo la materia concentrada, el resultado sería algo del tamaño de una pelota de béisbol (aunque mucho más pesado).

Si un neutrino, una de las partículas más diminutas y virtualmente sin masa que se originan en explosiones nucleares en estrellas lejanas, llevara una cámara encima mientras se aproximara a la Tierra a la velocidad de la luz, registraría nuestro planeta sólo como un parche difícil de distinguir en el Universo, tan pequeño que pasaría a su lado como una bala, sin interferir de ninguna manera con el neutrino.

Así que, si este mar de piedras sobre el que vivimos no es nada más que una mera ilusión, ¿qué nos queda? La energía; montones y montones de energía; y precisamente, hay mucha energía en el interior de cada átomo. El físico alemán Max Planck dijo: «La energía es el origen de toda la materia. La realidad, la existencia verdadera, no es materia, que es visible y efímera. Mas lo invisible, la energía inmortal, eso sí que es verdadero.»

Estamos compuestos por átomos, que a su vez están compuestos por partículas minúsculas de fuerza electromagnética, todas ellas interrelacionadas e intercomunicadas a través de vías muy complejas. Esas partículas elementales cargadas de energía pueden transformarse en otras partículas y portar toda la información necesaria para descifrar el origen de la vida. Nuestros cuerpos están hechos de la misma materia que el monte Everest y que el océano Atlántico. En una escala atómica, nosotros formamos parte, junto con el Universo entero, de una gran tela de araña integrada, sin ninguna costura, compuesta por energía e información que fluye sin cesar de un lado a otro. En boca del astrónomo James Jeans: «El Universo se asemeja cada vez menos a una gran máquina y cada vez más a un pensamiento gigante.»

La cuestión es: ¿El pensamiento de quién?, ¿de alienígenas?, ¿del famoso mago Uri Geller que doblaba metales? Albert Einstein admitió: «Después de años de estudio y contemplación, he llegado a la conclusión de que sólo existe una cosa en el Universo: la energía, y más allá de la energía hay una inteligencia suprema.»

Es necesario destacar que la inteligencia suprema a la que Einstein se refería, que en otras ocasiones no tenía reparos en llamarla *Dios,* no se asemejaba a una deidad alada sino que se trataba de algo similar a una ley física perfectamente elaborada. No obstante, según el *Wall Street Journal,* la ciencia moderna es suficientemente tolerante con las ideas transcendentales del 40 por ciento de los físicos, biólogos y matemáticos estadounidenses que declaran sin pudor que creen en Dios.

La espiritualidad es un instrumento importante en las experiencias de coincidencias porque es exactamente ese tipo de respuesta subjetiva que permite que los sucesos convergentes cobren un significado pleno. El filósofo alemán Arthur Schopenhauer consideraba que las coincidencias eran un reflejo de la maravillosa armonía preestablecida en el Universo. En las teorías que escribió en 1850, expresó la idea de que nosotros no estábamos únicamente motivados por la causalidad física. Dijo que las coincidencias constituyen una *conexión subjetiva* con el entorno. Su importancia radica en que son como un traje hecho a medida para cada individuo, y sólo resultan relevantes para aquellos que las experimentan.

Así pues, no hay nada nuevo en la idea de que todos los elementos en el Universo tienen cierta correspondencia y sienten afinidad hacia otros elementos. De hecho, Hipócrates, en el siglo V a. C., ya expresó la misma opinión que Schopenhauer. Creía que el Universo se mantenía unido gracias a afinidades ocultas.

«Existe un flujo común –señaló Hipócrates–, una respiración común; todas las cosas están en armonía. El organismo entero y cada una de sus partes funcionan en conjunción para lograr el mismo propósito [...] el gran principio se expande hasta la parte más extrema, y desde la parte más extrema regresa al gran principio, a la única naturaleza, el ser y el no ser.»

El astrónomo Carl Sagan lo explicó de otra forma: «Para preparar una tarta de manzana desde el principio, primero tienes que inventar el Universo».

El psicólogo suizo Carl Jung bebió de las fuentes de Schopenhauer y Kammerer, y también de las filosofías y religiones orientales, que defienden ideas similares sobre la interconexión de los elementos, y que entienden el mundo material como *maya* (una ilusión). El bienestar absoluto en la vida sólo puede alcanzarse si uno se libera de la prisión del ego y se rinde incondicionalmente al gran flujo de energía. Durante muchos años, Carl Jung estuvo intrigado por las coincidencias que sus pacientes le contaban, aunque el término *Coincidencia* parecía inapropiado, ya que muchas de esas historias «estaban conectadas de forma tan significativa que la posibilidad de una concurrencia representaría un grado de improbabilidad tal que habría de ser expresado con un número astronómico».

Al igual que Kammerer y Schopenhauer, también Jung concebía las coincidencias como un reflejo de una interconexión universal: «El principio universal se encuentra incluso en la partícula más diminuta, que por tanto, corresponde al todo.»

Jung no estaba satisfecho con lo que él denominaba «el escéptico, insignificante, universo exacto de la ciencia moderna». Tras unas cuantas cenas con Albert Einstein, en las que los dos ilustres científicos revelaron las últimas percepciones sobre el maravilloso y misterioso reino de la relatividad y de la mecánica cuántica, Jung se sintió inspirado e imaginó una estructura filosófica que permitiera explicar el significado de las coincidencias y la fuerza inicial que las generaba. La mecánica cuántica para Jung era una prueba de que, a un nivel fundamental, el Universo no se comportaba como una máquina en absoluto. Jung no deseaba destronar la ciencia clásica sino simplemente mostrar que existían otras teorías. Creía, además, que la ciencia y la espiritualidad deberían caminar de la mano, y Einstein compartía dicha opinión.

Uno de los legados más útiles de Jung es el término *Sincronicidad*, que va más allá del estricto significado de la palabra *Coincidencia* para incluir la experiencia humana subjetiva en los eventos fortuitos. La sincronicidad hace referencia a las coincidencias que son significativas para el que las percibe, en las que interviene algo más que el simple azar. Este significado pleno puede ser únicamente juzgado de forma subjetiva y, por tanto, está abierto a la interpretación –una fuerza análoga a las reflexiones del físico moderno subatómico sobre si una partícula es una partícula o si es realmente una onda, y sobre qué ha sucedido para que una partícula cambie hasta formar otra partícula–.

Jung, junto con otro visionario brillante, el físico Wolfgang Pauli, publicaron en 1952 *Sincronicidad, un principio de conexión no causal*. Jung definió la sincronicidad como «La coincidencia en el tiempo de dos o más eventos no relacionados causalmente que tienen el mismo significado». La relación Jung/Pauli era en sí misma una correlación que cumplía el principio de la sincronicidad: dos espíritus no vinculados, pertenecientes a dos disciplinas ostensiblemente incompatibles –uno un filósofo-psicólogo, y el otro un físico cuántico– que se aunaban para encontrar un significado más profundo que el que sus disciplinas por separado les permitía, una nueva realidad que llamaron el *unus mundus* (mundo unificado), en el que la mente y la materia eran uno solo.

Jung fue uno de los primeros pensadores modernos que interpretó, con una seriedad absoluta, el significado de los sueños. Presentó la idea de la conciencia colectiva: la memoria destilada de la especie humana desde sus orígenes primitivos hasta el momento actual. Según su teoría, todos gozamos de un sentido intuitivo que ejerce un importante efecto de transformación sobre nosotros en momentos trascendentales de nuestras vidas. Se nos comunica a través de los sueños, visiones y coincidencias significativas. Jung era un *rara avis* en la era moderna, un filósofo que defendía la existencia de lo paranormal e incluso se esforzaba por hallar explicaciones científicas para tales fenómenos.

El subconsciente colectivo es una herencia psicológica cimentada en nuestras mentes que consiste en metáforas culturales comunes a toda la humanidad expresadas en forma de historias, mitos, símbolos e ideas. Jung las llamaba arquetipos. No son ideas que tengamos de forma consciente sino que son manifestaciones de nuestra energía psíquica. A veces ni siquiera sabemos que son arquetipos, y sin embargo se trata de temas inmensamente evocativos que ocupan cierto espacio en la mente de todo ser humano. Por ejemplo: el agua es una metáfora de la vida; la lucha contra el dragón tiene connotaciones del conflicto entre el bien y el mal. Otros ejemplos del gran número de arquetipos son la madre, el héroe, la doncella, el tramposo y el hermafrodita. Jung creía que todos tenemos acceso a esa fuente común de ideas profundas y evocativas, del mismo modo que las partículas subatómicas comparten su energía e información. Se trataría de algo similar a una computadora cósmica.

Nuestro acceso a estos arquetipos comunes generalmente no está relacionado con el control de la mente. A veces podemos incluso tener miedo de esas ideas. Jung pensaba que dada la importancia vital que la sociedad moderna otorga al autocontrol racional, mostramos una tendencia a reprimir esas ideas y a negar su existencia. A pesar de ello, esos arquetipos se manifiestan en la mente y en la materia de forma simultánea en determinadas circunstancias. Normalmente consideramos que estas experiencias tienen un significado profundo y espiritual –a veces incluso abrumador– y nos quedamos con la sensación extraña de ser partícipes de uno de los *actos de creación en el tiempo* de Jung; una sensación de absoluta autoridad cósmica.

El ejemplo más conocido de esta sincronicidad modélica es la famosa historia del escarabajo que apareció en la ventana del estudio de Jung mientras éste atendía a una de sus pacientes. Debe de ser la consulta menos privada que jamás se haya llevado a cabo, ya que la anécdota se ha explicado un sinfín de veces; no obstante, sirve para esclarecer una idea compleja.

La paciente tenía serios problemas de personalidad. Jung era el tercer médico que la mujer visitaba y hasta ese momento, no había experimentado ningún progreso desde que iniciaron la terapia. Jung pensaba que en ese caso se necesitaba evidentemente algo irracional con más fuerza que la que él mismo podía inducir para propiciar un cambio en la paciente.

La mujer estaba describiendo a Carl Jung un sueño en el que le habían regalado un escarabajo de oro. En ese instante, algo golpeó la ventana. Jung fue a ver qué era y al abrir la ventana un escarabajo penetró en la sala. Se trataba de un *Scarabeide cetonia aurata,* especie emparentada con el mítico escarabajo de oro egipcio motivo de los sueños de su paciente y objeto de las actuales reflexiones del psicólogo. En la mitología egipcia, el escarabajo simbolizaba el renacimiento del Sol.

«Contrariamente a sus hábitos naturales –dijo Jung–, el escarabajo había sentido una necesidad urgente de penetrar en una estancia oscura en ese momento en particular.»

El suceso simbólico tuvo un gran impacto en su paciente, que se dio cuenta de que ella podía controlar su condición.

«Comprendió que cualquier tipo de conexión era posible y también que esas conexiones, si existían, podían ser la explicación de un número interminable de sucesos. La paciente se recuperó rápidamente.»

En sus primeros trabajos, Jung pensó que los arquetipos eran exclusivos de la mente humana. Más tarde, sugirió que daban forma tanto a la materia como a la mente, en otras palabras, que los arquetipos eran fuerzas elementales que jugaban una función vital en la creación tanto del mundo como de la mente humana. Las sincronicidades eran eventos en los que el mundo interior y el exterior, el subjetivo y el objetivo, la físico y el mental, se acoplaban.

Jung escribió: «Nos autoengañamos con el pensamiento de que sabemos mucho más sobre la materia que sobre la mente o el espíritu metafísico, y de ese modo sobreestimamos las causas materiales y creemos que por sí solas nos ofrecen una explicación efectiva sobre la vida. Pero la materia es tan inescrutable como la mente.»

No es obligatorio creerlo, por supuesto, y muchos no lo creen. Jung era un psicólogo, y los psicólogos han sido muy criticados por los científicos que defienden las teorías más clásicas a causa de sus doctrinas metafísicas y su predilección por las anécdotas no demostrables. Esas nociones tan extrañas, como por ejemplo que la materia puede seguir unas pautas, quedan fuera del discurso de la ciencia clásica.

Pero la ciencia clásica está actualmente descubriendo que sus propias presunciones y métodos no son infalibles. Ahora cuenta con muchos detractores que no dejan de atacarla. Dean Radin, el director del Consciousness Research Laboratory (Laboratorio de Investigación de la Conciencia) de la Universidad de Nevada, en su libro *El Universo consciente*, afirma: «Cuando la ciencia moderna empezó hace aproximadamente trescientos años, una de las consecuencias de separar la mente y la materia es que la ciencia perdió poco a poco su propia conciencia.»

Radin tiene genio y figura. Pertenece a la nueva saga de científicos que quiere probar la validez de todos los fenómenos llamados *Psi* –como la clarividencia, visión remota, premonición, telepatía, psicometría, etc.–. Este científico no muestra el entusiasmo hacia lo paranormal que tenían los primeros científicos que ahondaron en el tema. Radin se siente completamente cómodo con los estándares rigurosos marcados por los escépticos. Sus experimentos, cuando son aplicables, incorporan pruebas clínicas controladas, estudios aleatorios y doble ciego; en otras palabras, demuestra respeto por los estándares científicos diseñados para reducir los márgenes de error, autodecepción y subjetividad. Radin siempre ofrece acceso público a sus métodos y resultados para que otros científicos puedan revisarlos y volverlos a probar; se trata de un método que rechaza incuestionablemente cualquier práctica científica poco seria. De hecho, CSICOP, el editor de la revista *The Skeptical Inquirer,* ofrece un curso de repaso llamado *La caja de herramientas del escéptico* con el fin de familiarizarse con las armas para contrarrestar la nueva amenaza que suponen esta nueva generación de científicos.

Radin ha realizado recientemente unas investigaciones con el profesor Dick Bierman, de la Universidad de Amsterdam, sobre el presentimiento, definido como el aparente efecto psicológico de una futura causa emocional. Los resultados del experimento parecen apuntar a una completa alteración del orden normal causa-efecto. En el experimento, los individuos visualizaban una serie de imágenes en una pantalla seleccionadas aleatoriamente; algunas eran neutrales, otras eran violentas y otras sexuales. Se midió la respuesta emocional ante dichas imágenes a través de la conductividad de la piel. Los sujetos respondían con más fuerza ante imágenes emotivas que ante imágenes neutrales, pero en el caso de los estímulos emocionales, la reacción empezaba una fracción de un segundo antes de que la imagen apareciera en la pantalla. El experimento sugiere que la gente, de alguna manera inexplicable, puede *ver* imágenes cargadas de emotividad antes de que aparezcan.

Cuando el profesor Bierman repitió los experimentos con técnicas de imágenes mentales, la respuesta de los sujetos se adelantó hasta cuatro segundos antes del estímulo.

Mientras tanto, en los confines de la ciencia fantástica propia de *El País de las Maravillas,* las cosas se vuelven más peliagudas cada día que pasa. Esos físicos con los ojos desorbitados y con los pelos de punta y con sus versiones indemostrables de la existencia derivadas de absurdas fórmulas matemáticas tienen poco que ver con los pragmáticos a favor de la ciencia mecanicista.

Suenan como la pitonisa del oráculo de Delfos, esgrimiendo profecías en forma de acertijos para que la masa popular perpleja reflexione.

David Bohm, reputado físico de la Universidad de Londres, sugirió que el Universo es un holograma multidimensional donde cada pieza es una representación exacta del todo y se puede utilizar para reconstruir el holograma completo. Este orden explícito es una proyección de unos niveles dimensionales superiores de la realidad. Al igual que Jung, Bohm creía que la vida y la conciencia estaban enlazados en cada uno de los niveles de la materia.

Expuso que la separación de la materia y del espíritu era una abstracción. El paradigma holográfico de Bohm, una idea popular entre muchos científicos actuales, sugería un universo con infinitas interconexiones.

También existe la «Teoría de la supercuerda», una idea imaginativa que reconcilia las incongruencias entre la teoría de la relatividad y la teoría cuántica a partir de añadir seis dimensiones a nuestras cuatro ya existentes, algunas de ellas microscópicas y enrolladas en sí mismas. Se trata de un universo en el que las nociones de espacio y tiempo desaparecen y la energía se representa con unas delgadas cuerdas, que emiten chasquidos y se agitan de forma muy realista en simulaciones con ordenadores, pero que en realidad no podemos ver.

¿Son suficientes, diez dimensiones? Algunos científicos sugieren que pueden existir unas dieciséis o diecisiete. El científico y filósofo David Lewis cree que podría existir un número infinito de ellas. Otros afirman que sólo hay una, y que esta única dimensión es infinita para todos nosotros y nuestras teorías. Los cálculos realizados sobre la radiación cósmica (la resonancia del Big Bang) indican que es tan grande que debe contener dentro de ella todas las posibles organizaciones de la materia. De hecho, el Universo contiene, en una galaxia a más o menos 10^{1028} años luz, una réplica exacta de nuestro planeta y de cada cosa que hay en él. Sin lugar a dudas, ésta es la coincidencia que remata todas las coincidencias. Es probable que exista una lógica para todas esas teorías, ¿pero hay una razón? Y, si la razón subyacente es aplicable al microscópico mundo de las partículas o al macroscópico mundo de las galaxias, ¿cómo la podemos aplicar al ser humano, atrapado en un mundo intermedio? En este mundo intermedio, el hombre tiene que mantener los pies en el suelo.

Nuestro consejo es estar alerta y rechaces cualquier invitación por parte de un alienígena a subir a su nave. Es importante continuar buscando coincidencias, porque es un ejercicio saludable; por lo menos eso es lo que asegura el profesor Chris French, director de la Unidad de Investigación de Psicología Anomalística del Goldsmiths College, en Londres: «Nuestra especie ha logrado sobrevivir precisamente porque ha demostrado una gran habilidad para establecer conexiones entre eventos. El precio que hemos pagado es una tendencia a detectar, a veces, conexiones y pautas que realmente no existen.»

Así que tenemos que avanzar con cautela y ser conscientes de las debilidades de otros humanos definidas por psicólogos, como la apofenia, que consiste en la percepción espontánea de hallar relaciones y sentido a fenómenos no relacionados. La gente con problemas mentales parece especialmente susceptible a la apofenia; actualmente existe un encendido debate sobre si estas experiencias son un síntoma de enfermedad mental, o una causa.

El escritor científico Arthur Koestler dijo en su libro *The Challenge of Chance* que, como mínimo, las coincidencias sirven para indicar un único misterio mayor: la emergencia espontánea del orden existente en el azar y el reto filosófico que dicho concepto implica. Y si todo eso suena demasiado racional o demasiado oculto, recolectar coincidencias sigue siendo un juego de mesa muy entretenido.

Capítulo 5
Coincidencias en los tribunales

En el mes de marzo de 1951, nacieron dos personajes de dibujos animados y ambos fueron llamados Dennis The Menace por sus respectivos creadores. Uno nació en California (Estados Unidos) y el otro en Dundee (Escocia). Ambos eran unos chiquillos muy traviesos, y ambos llevaban jerséis a rayas. Cincuenta años después, el Dennis norteamericano, creado por Hank Ketcham, aparece todavía en las tiras de un periódico, y el Dennis escocés sigue siendo el personaje estrella de la revista juvenil *The Beano*. Los dos dibujantes identificaron las similitudes entre los dos personajes como una simple coincidencia, y decidieron no interferir en el mercado del otro.

No todas las similitudes se resuelven de forma amistosa. No todas las similitudes son coincidencias.

A principios de la década de los noventa, a Martin Plimmer se le ocurrió una idea genial: un nuevo tipo de revista que reproduciría las mejores noticias que aparecían en otros diarios y revistas. Ofrecería resúmenes de todo aquello que destacaba en los medios de comunicación: noticias, deportes, etcétera. Acudió a un editor y le explicó su idea. El individuo parecía interesado, pero nunca contactó de nuevo con Martin. Dos años después, ya existían en el mercado dos o tres revistas con el mismo contenido que él había propuesto. ¿Alguien había robado su idea? ¿O simplemente Martin había sintonizado con el *Zeitgeist* (el espíritu de la época)? ¿Habían usurpado su propiedad intelectual o estaba siendo víctima de una mera coincidencia? ¿Y qué sucedería si él hubiera estado en el otro lado? Si alguien le hubiera acusado de robar una idea brillante y original. ¿Cómo podría probar que era el propietario intelectual correcto de esa idea fascinante y que la similitud entre su idea y la de alguien más era pura coincidencia? Es un campo de minas legal que ha estallado en las piernas de más de un litigante.

El músico Mike Batt tuvo que pagar una pequeña fortuna para zanjar una disputa increíble sobre la decisión de quién ostentaba el *copyright* del silencio.

El autor de las canciones del grupo The Wombles of Wimbledon Common fue acusado de plagio por la discográfica del compositor estadounidense John Cage. Batt alegó que el delito estaba en haber colocado una pista completamente en silencio en *Classical Graffiti,* su álbum del 2002. Llamó a esa pista *A One Minute Silence* (Un minuto de silencio), y en los títulos de crédito atribuyó la autoría a Batt y Cage.

Cage había escrito su propia composición del silencio, *4'33"* en 1952. En la primera actuación por el pianista David Tudor en el festival de Woodstock de Nueva York, muchos de los asistentes manifestaron que no habían podido escuchar la canción. La composición de Cage tenía tres movimientos de longitudes diversas. La duración total era de 4'33".

Batt intentó demostrar que su pista de silencio difería de la de Cage. Alegó: «La mía es una pieza con un silencio más perfecto. He logrado decir en un minuto lo mismo que Cage dijo en cuatro minutos y treinta y tres segundos». La discográfica de Cage alquiló entonces a un clarinetista para que tocara la composición silenciosa de Cage y demostrara que era igual que la de Batt.

Al final, Batt perdió la batalla legal. Logró probar que el silencio es oro, pero sólo para la discográfica de Cage, a la que tuvo que resarcir con una cuantiosa suma de dinero. Más tarde lanzó un *single* con *A One Minute Silence.* La canción no llegó nunca a figurar entre los grandes éxitos.

Las disputas acerca de la autoría de composiciones silenciosas no son demasiado corrientes, pero cuando la música suena, entonces sí que se alzan muchos puños dispuestos a pelear.

George Harrison manifestó que la similitud entre *My Sweet Lord,* una de sus canciones que fue número uno en las listas de éxitos, y el clásico de Motown, *He's So Fine,* era una mera coincidencia. El juez no estuvo de acuerdo; según él, era más que obvio que las dos canciones eran virtualmente idénticas. El juez aceptó que Harrison no había tenido la intención, conscientemente, de apropiarse de la melodía de *He's So Fine* para su propio uso, pero apuntó que esa explicación no servía como defensa.

Harrison admitió que había escuchado la canción de Motown antes de escribir *My Sweet Lord* y, por tanto, su subconsciente sabía la combinación de los sonidos. El juez decidió que Harrison era culpable de «plagio de forma indeliberada», y que aunque no había precedentes del caso para marcar la multa exacta, concluyó que tres cuartos del éxito de *My Sweet Lord* se debían a la melodía plagiada, y un cuarto de ese éxito a la fama de Harrison y a la nueva letra que había escrito. Resolvió que 1.599.987 dólares de las ganancias producidas por *My Sweet Lord* eran razonablemente atribuibles a la música de *He's So Fine.*

Consciente o inconscientemente, deliberadamente o por pura coincidencia, muchos compositores tienen el hábito de imitar los esfuerzos realizados por sus compañeros.

Ciertamente, existen incontables similitudes entre un sinfín de canciones. Pongamos un ejemplo: la canción *Aura Lee,* compuesta a mediados del siglo XIX por George R. Poulton, guarda una extraordinaria semblanza con una canción más reciente y muy famosa llamada *Love Me Tender,* que se ha atribuido a Elvis Presley y a Vera Matson. ¿Estaban todos los compositores bajo el influjo de la misma conciencia creativa universal?, ¿o se trata simplemente de una coincidencia? El mismo tipo de preguntas aflora cuando analizamos la espectacular carrera del compositor de musicales y óperas rock Sir Andrew Lloyd Webber. El dúo de cabaret Kit and the Widow, muy conocido en el Reino Unido, decidió realizar una parodia sobre las sorprendentes similitudes entre las melodías más familiares y con más éxito de Lloyd Webber y otras músicas. Aquí citamos algunos de los resultados:

- *Memories*, del musical *Cats* y *el Bolero de Ravel.*
- *Jesucristo Superestar* y una sonata de Bach.
- *I Don't Know How to Love Him,* de *Jesucristo Superestar* y la Sonata para Violín de Mendelson.
- *Oh What a Circus,* de *Evita* y el *Preludio en Do de Bach.*

Éstas son sólo algunas de las coincidencias entre las canciones de Lloyd Webber y las melodías de grandes compositores que la pareja de cómicos descubrieron mientras se documentaban para preparar la parodia. ¿Pensaron los dos actores que los grandes maestros habían enviado mensajes musicales a Lloyd Webber mientras éste dormía? O dado que un piano tiene un número determinado de teclas blancas y negras, ¿la probabilidad de coincidencia era puramente una cuestión de serependismo, del funcionamiento sincronístico de unas mentes musicales prodigiosas? Para los dos comediantes, ninguna de las dos explicaciones es suficientemente convincente. Prefieren pensar que en dichas ocasiones intervino el arte tan extendido de *tomar prestado algo sin pedir permiso,* lo cual fue posible porque hace mucho tiempo que los derechos de autor de la mayoría de las melodías clásicas han expirado.

La pareja de cómicos dijo que el propio Lloyd Webber les había admitido que algunas de las similitudes entre sus canciones y otras obras previas eran «demasiado obvias como para negar la evidencia» y, medio en broma, señaló que en su parodia se habían olvidado de algunas canciones con semblanzas mucho más evidentes.

La cuestión de coincidencia o plagio ha sido también un problema muy frecuente en la literatura. V. S. Naipaul, premio Nobel de Literatura, hizo unas declaraciones muy famosas en las que afirmaba que la novela había muerto, que se habían agotado todos los argumentos posibles. A pesar de sus declaraciones, V. S. Naipaul no ha dejado de escribir novelas.

Si asumimos que la novela, habiendo resucitado sólo unos instantes para permitir que Naipaul reciba una última ovación, está muerta, entonces no es nada sorprendente que de vez en cuando leamos un libro de ficción y pensemos que la historia nos es familiar. No todos los escritores pueden argumentar que su publicación es un trabajo absolutamente inédito. Muchos son los escritores que han tenido que afrontar acusaciones por haber *tomado prestada* alguna idea de otros escritores. ¡Incluso William Shakespeare fue acusado de plagio!

La epidemia de plagios llegó a afectar al mismísimo Camilo José Cela, premio Nobel de Literatura, que fue denunciado tanto por plagiar como por hacer trampas. Según la acusación, Cela usó con regularidad durante toda su carrera a lo que se conoce por *jornaleros literarios,* es decir, a otros escritores que en su día trabajaron de forma anónima para él. El Nobel también fue acusado en

1999 de plagio por su novela *La Cruz de San Andrés.* La demandante era María del Carmen Formoso, que presentó una querella contra el escritor porque consideraba que la obra premiada con el Premio Planeta 1994 era un plagio de su novela *Carmen, Carmela, Carmiña,* presentada a ese mismo concurso literario. La historia de *La Cruz de San Andrés* coincide plenamente en argumento, temas y personajes con *Carmen, Carmela, Carmiña.*

Según el periodista Tomás García Yebra: «Cela era un gran escritor de prosa con un estilo exquisito, pero los argumentos no eran su plato fuerte.»

La querella de María del Carmen Formoso no fue admitida en un primer momento, pero, en marzo de 2001, la Audiencia de Barcelona admitió un recurso en el que también se acusaba a la editorial Planeta de apropiación indebida de la obra presuntamente plagiada.

Ironías de la vida, Cela dijo una vez que su epitafio debería decir: «Aquí yacen los restos mortales de un hombre que pasó por este valle de lágrimas tratando de molestar al prójimo lo menos posible.»

La novelista británica Susan Hill cree que ha sido víctima de una mala jugarreta, pero sólo a causa de una serie de coincidencias desafortunadas. La cadena de sucesos se inició en 1971, cuando publicó su novela *Strange Meeting* sobre dos soldados jóvenes en las trincheras durante la Primera Guerra Mundial. No había transcurrido mucho tiempo cuando apareció en el mercado otra novela que también trataba sobre dos soldados en las trincheras de Flandes.

Un año más tarde, tuvo otra idea para un argumento y escribió una novela que tituló *Air and Angels* y que envió a su editor el mes de mayo de 1990. Uno de los personajes principales era un monje hijo de una familia de rancio abolengo que se enamoraba de una muchacha de dieciséis años.

«Un domingo por la mañana, estaba en una cafetería del pueblo natal de Shakespeare con mi marido cuando éste levantó la vista del periódico que estaba leyendo y me invitó a leer el reportaje que realizaban sobre la escritora Penélope Fitzgerald. Con mucha curiosidad, a causa del tono serio de su voz, tomé el periódico y leí la entrevista. Descubrí que la señora Fitzgerald estaba a punto de publicar una novela nueva titulada *The Gate of Angels,* en la que el héroe era un monje que se enamoraba perdidamente de una joven.» Hill y Fitzgerald se habían conocido una vez, pero nunca habían hablado sobre sus proyectos. Ambas novelas fueron publicadas y, casualmente, tuvieron éxito. Por desgracia, la mala suerte todavía no había tocado a su fin.

Hill puso todo su empeño en escribir una novela sobre la expedición al Polo Sur que realizó el Capitán Scott. Cuando hubo terminado la fase de investigación, empezó a escribir el libro.

«Unos días antes de Navidad, mientras viajaba en metro por la ciudad de Londres, abrí mi copia de la revista literaria *Bookseller* y vi un anuncio sobre una nueva novela escrita por Beryl Brainbridge que trataba de las hazañas de Scott en su última expedición antártica. Dos años de arduo trabajo echados por la borda.»

En 1988 se publicaron dos libros con diferentes temas, pero sus portadas tenían una similitudes remarcables. Los editores de uno de los dos libros mostraron su contrariedad y argumentaron que su cubierta se había distribuido como material promocional hacía ya bastantes meses. El diseñador que realizó el dibujo del segundo libro aseguró que no había visto antes la otra cubierta, y la directora de dicha publicación alegó que se trataba de una desafortunada coincidencia.

Las coincidencias que acaban debatiéndose en los juzgados pueden ser de una índole muy variada, con una infinidad de colores y de estilos. En septiembre del año 2001, un partido político inglés lanzó un nuevo logotipo para su campaña electoral. Esencialmente, se trataba de una figura simple de un hombre generada a partir de la intersección de dos líneas, con un punto como cabeza, y toda ella realizada en rojo y blanco.

La perplejidad de Lorraine Thompson, directora de marketing de la compañía Excite que opera en Internet, fue inmensa cuando vio el diseño, ya que era casi idéntico al logotipo de su propia compañía. Lo enseñó a varias personas y todas estuvieron de acuerdo en que era muy similar a la figura del logotipo de Excite. La máxima preocupación de Lorraine era proteger la propiedad intelectual de Excite, pero además quería evitar que la gente asociara su empresa con cualquier partido político, por eso se expresó en los siguientes términos: «Nos dejamos la piel con la creación de la imagen de nuestra compañía. Nos lo tomamos como un asunto verdaderamente serio. Una figura en forma de cruz aparece en ambos diseños, y el logotipo del partido político usa el rojo y el negro, que son los colores de nuestra corporación. Nos disgusta llegar a pensar que ese partido político no haya podido desarrollar una idea propia.»

¿Fue sólo una coincidencia, o fue otro de los ejemplos sutiles de la técnica utilizada por innumerables compañías de aprovecharse del trabajo ya hecho?

Cuando un caso de infracción de los derechos intelectuales de una obra llega hasta los tribunales, el juez o el jurado deben decidir si es posible que la supuesta copia sea fruto de una simple coincidencia, es decir, tienen que considerar cuáles son las probabilidades de que alguien completamente independiente llegue a crear un invento o un diseño prácticamente idéntico.

El British Tourist Authority (Departamento de Turismo Británico) se vio involucrado en una historia desagradable cuando un ciudadano inglés afirmó ser el creador del eslogan *UK OK* que ese departamento estaba entonces utilizando para una campaña de publicidad con un coste astronómico.

El individuo se llamaba Keith Williams, y había ganado un concurso de la BBC sobre ideas para promocionar Gran Bretaña y el Reino Unido (cuyas siglas en inglés son UK) como destinos turísticos. Keith se presentó al concurso con un diseño de un logotipo en el que utilizaba las letras U y K con un arco encima de la U para transformarla en una O. Cuando se pusieron en contacto con él para notificarle que era el ganador, Keith envió su diseño a la Secretaria de Cultura. Dos días más tarde, recibió una carta de felicitación del Departamento de Turismo Británico en la cual le comunicaban que habían enviado su logotipo a varios ministerios para obtener más ideas sobre su posible utilidad. No tardó mucho en descubrir la campaña publicitaria impulsada por el Departamento de Turismo Británico en la que usaban lo que Keith consideraba un diseño muy familiar. El Departamento de Turismo Británico insistió en que cualquier similitud entre el logotipo del señor Williams y el de la corporación era casual. Y allí se acabó la intervención del señor Williams, ya que como no disponía del *copyright* del diseño, no pudo recurrir a la vía legal para probar que habían usurpado su idea en la campaña publicitaria.

En 1998, el director de cine Mehdi Norowzian llevó a la fábrica de cerveza Guinness irlandesa a los tribunales alegando que una de las propagandas que la compañía estaba utilizando era una copia de su cortometraje llamado *Joy*. Norowzian declaró que el anuncio, en el cual aparecía un hombre bailando alrededor de una pinta de cerveza Guinness, era una copia sustancial de su película y no sólo una repetición de una idea. El juez, sin embargo, emitió sentencia contra Norowzian y le impuso resarcir a la empresa Guinness con una indemnización por daños y perjuicios.

Seguramente no es una coincidencia que las personas que suelen salir más bien paradas en litigios sobre infracciones de *copyright* sean los abogados.

David Barron es un abogado especializado en los derechos de la propiedad intelectual, en particular aquellos relacionados con el diseño industrial. En uno de sus casos, tuvo que defender a una compañía que acusaba a uno de sus competidores por haber copiado el diseño de sus jerséis tejidos a mano. La compañía rival negó los cargos y alegó que cualquier similitud entre los dos modelos era única y exclusivamente una coincidencia.

«Logramos convencer al juez de que esa similitud no era un caso aislado –explica Barron–. Descubrimos otro modelo, un diseño mucho más complejo, que también había sido copiado. El juez aceptó que una duplicación pudiera ser fruto de una coincidencia, pero no dos; así pues, quedaba claro que la compañía rival había copiado el diseño de mi cliente.»

Barron cree que una forma de convencer a un juez de que un diseño es original y no copiado es mostrar los esbozos originales. Sin embargo, a menudo no se puede aportar ninguna prueba que confirme una evidencia hacia un lado o hacia el otro.

«En tal caso, el juez no puede hacer nada más que escuchar atentamente toda la información, ser muy buen observador y alcanzar una conclusión acerca de quién, en la balanza de las probabilidades, está diciendo la verdad.»

Tal y como ya hemos visto antes, el psicólogo suizo Carl Jung disponía de otra posible explicación sobre cómo es posible que dos personas lleguen a generar la misma idea creativa; se trata de su teoría sobre el subconsciente colectivo, en la que afirma que las personas conectan con las ideas de otros sujetos: «Es una fuerza de la naturaleza que nos hace seguir el mismo proceso creativo y nos lleva a obtener las mismas conclusiones ante el mismo problema.»

¿Usaría David Barron el citado argumento en la defensa de un cliente acusado de robar una idea?

«No creo que ningún juez británico dé credibilidad a una prueba que se fundamente en un enfoque filosófico –respondió Barron–, pero podríamos probarlo.»

Los plagios alcanzan su faceta más grotesca en el mundo sublime de la comedia. Es posible llegar a una encarnizada disputa sobre la autoría de un chiste o de una idea para un número teatral.

¿Es posible que más de una persona conciba exactamente el mismo chiste ingenioso, por coincidencia? Al dúo de cabaret Kit and the Widow les robaron una de sus creaciones cómicas aparentemente ante sus propias narices. Parece ser que Lloyd Webber había contratado a Roger Moore para uno de sus musicales. Los ensayos iban viento en popa cuando, de repente, Roger abandonó el círculo sin ninguna explicación. Kit and the Widow pensaron que podían sacar partido de la situación y crearon un número cómico en el que, cuando Lloyd Webber descubría que Roger Moore no podía cantar, decidía que quería casarse con él. Para entender la broma, era necesario que el público supiera que Lloyd Webber se había casado con Sarah Brightman y que ésta no podía cantar. La idea de Roger Moore, el codiciado hombre que encarnó a James Bond, perseguido por Lloyd Webber era tan absurda que hacía reír. El dúo representó ese número en una fiesta, y en el transcurso de las tres semanas siguientes, ambos oyeron la broma en boca de dos o más cómicos. Kit and the Widow no opinan que se trate de una coincidencia sino que allí intervino un reciclaje de ideas, por decirlo de una forma elegante.

Arnold Brown es otro cómico muy conocido en Gran Bretaña. Afirma que en su profesión hay una despiadada competencia por intentar despuntar gracias al número cómico más original. Las paranoias sobre ideas robadas son inevitables en su mundo.

«La comedia consiste en buscar nuevas ideas –dice Brown–, es casi igual que un proceso científico. De repente, encuentras una combinación que crees que puede ser explosiva, una idea genuina que nadie ha explotado antes.»

Así que cuando Brown oye que otro cómico cuenta una de sus bromas, ¿desea denunciarlo o lo aduce a una coincidencia?

«Ni una cosa ni la otra –contesta Brown–. Lo único que siento son unas ganas irrefrenables de matar al individuo.»

Arnold Brown afirma que fue el primero en pensar en la idea cómica de que los teléfonos móviles eran un regalo de Dios para los tarados mentales, para que así pudieran pasear por la calle hablando consigo mismos sin que nadie se fijara en su demencia. Desgraciadamente, antes de que Brown usara su broma en público, escuchó como otro comediante contaba esa misma broma en el Festival de las artes escénicas de Edimburgo. Misteriosamente, nunca más se oyó nada acerca de ese cómico.

Recientemente, la broma del teléfono móvil volvió a aparecer, esta vez en la novela de Martin Amis *Yellow Dog* publicada en el año 2003.

En 1994 Arnold escribió una comedia en la que se preguntaba: «¿Cómo es posible que cada día aparezca el número exacto de historias para rellenar todas las páginas de un periódico?». Se trataba de una observación muy aguda. Poco después, en la última página del diario *Guardian* encontró un anuncio de página entera en el que se leía: «¿No es sorprendente que la colección de noticias quepa exactamente en el periódico?».

¿A qué atribuye Brown esa semejanza?, ¿a una coincidencia? ¿a unas mentes prodigiosas que operan de forma muy similar?, ¿o acaso alguien se atreve a robar las bromas y los chistes?

«Me inclino... –dice Brown– por un litigio.»

Antes de que se vaya pitando al juzgado, Arnold quizá debería saber que la broma también ha sido atribuida a Jerry Seinfeld, que la usó en 1993, y que hay varios comediantes estadounidenses que también afirman ser los autores de dicha broma. Está claro que las mentes de los cómicos funcionan de una forma muy similar.

Brown considera que las coincidencias en las bromas o números cómicos seguirán existiendo hasta que alguien invente un dispositivo que pueda ser insertado directamente en la broma misma y que explote cuando otro comediante la cuente.

Algunas de las coincidencias que llegan a los tribunales no tienen ni la menor pizca de gracia.

Sally Clark fue acusada de infanticidio por el asesinato de sus dos vástagos. Aunque ella siempre se declaró inocente, fue condenada a cadena perpetua en noviembre de 1999. Se la acusó de matar a su hijo de once semanas en diciembre de 1996, y de volver a perpetrar el mismo crimen con su hijo de ocho semanas en enero de 1998, en la casa que compartía con su marido. La clave del caso estaba en si era posible que los dos hijos de la señora Clark hubieran muerto por asfixia natural, es decir, por apnea.

El testigo de la acusación, el eminente pediatra sir Roy Meadow, explicó que la posibilidad de dos bebés muertos por apnea en una misma familia era de 1 entre 73 millones. Parecía que la posibilidad de una coincidencia era tan diminuta –por no decir imposible– que sin lugar a dudas las palabras del pediatra ejercieron una poderosa influencia sobre la decisión jurado. Sin embargo, el 30 de enero de 2003, después de tres años en prisión, Sally Clark fue absuelta por la Corte de Apelación. Los tres jueces que conmutaron su pena arguyeron que Roy Meadow había cometido un error matemático fundamental. A causa del terrible error de cálculo, el jurado partió de una premisa falsa que pareció ser la única razón por la que la señora Clark fue declarada culpable. En la Corte de Apelación, otros médicos expertos declararon que el riesgo de una segunda muerte por apnea en la misma familia era ciertamente bajo, pero no de 1 entre 73 millones de posibilidades sino de 1 entre 100.

La Corte decidió que, fuera cual fuera el número de posibilidades, de 1 entre 73 millones o de 1 entre 100, las muertes de los dos hijos de Sally habían sido provocadas por causas naturales. El hecho de que la pobre mujer hubiera perdido dos hijos era simplemente una trágica coincidencia.

Unos meses después del caso de la señora Clark, se inició otro juicio contra otra mujer, la farmacéutica Trupti Patel, a la que se la acusaba del asesinato múltiple de sus hijos. Trupti negó haber matado por asfixia a sus tres hijos entre 1997 y 2001 –ninguno de ellos vivió más de tres meses–. De nuevo, sir Roy Meadow volvió a declarar que las muertes no podían ser el resultado de una simple coincidencia.

En Gran Bretaña, cada año mueren aproximadamente seiscientos niños de forma repentina durante el primer año de vida. En la mitad de dichos casos, la autopsia dictamina causas médicas claras, pero el resto se archivan simplemente como: muertes repentinas infantiles a causa de apnea.

En 1977 sir Roy Meadow publicó un artículo en la publicación médica *Lancet* que llevaba por título: «Síndrome de Munchausen: el escándalo de los abusos infantiles». El síndrome de Munchausen es una forma de abuso infantil en la que los padres inducen a sus hijos síntomas reales o aparentes de una enfermedad. Este problema es considerado como una forma de abuso infantil y tanto el agresor como la víctima requieren atención psicológica. En 1989, sir Roy sugirió que 1 de cada 10 muertes por apnea podía ser inducida.

En el juicio de Trupti Patel, sir Roy afirmó que dos muertes por apnea eran sospechosas, pero que tres eran un asesinato –a menos que se probara lo contrario–. Esta vez, los miembros del jurado no se mostraron convencidos ante las declaraciones del reputado pediatra. El 11 de junio de 2003, al final de un juicio que había durado seis semanas y media, declararon a la señora Patel no culpable de las tres acusaciones de asesinato. El jurado decidió que las muertes de los tres bebés, al igual que en el caso de Sally Clark, habían sido fruto de una trágica coincidencia. No importa el reducido número de probabilidades de que algo suceda, el hecho de que se puedan calcular las probabilidades significa que, tarde o temprano, el evento sucederá.

La probabilidad de 1 entre 73 millones, aunque no era aplicable al caso de Sally Clark, implica que algún día sucederá. No se trata de un cálculo inimaginable. Si 1 de cada 73 millones de personas fuera de color verde, habría 84 personas verdes en el mundo. ¡No serían tan difíciles de encontrar! Incluso podría suceder que dos o tres de esos seres verdes coincidieran en algún lugar por casualidad.

Los jueces y los jurados se enfrentan en muchas ocasiones a casos en los que la probabilidad es de 1 entre 3 millones; nos referimos a los procesos en los que se presentan muestras de ADN como evidencia crucial.

Desgraciadamente, en muchos de esos casos se equivocan.

En 1990, Andrew Deen fue sentenciado a dieciséis años de cárcel por violar a tres mujeres. La evidencia principal que demostró que Deen era el atacante fueron las pruebas del ADN encontradas en el escenario de las agresiones. Durante el juicio, los médicos forenses que presentaron la evidencia del ADN declararon que la coincidencia del ADN era tan específica que la probabilidad de que las muestras pertenecieran a alguien que no fuera Deen eran de 1 entre 3 millones. El juez pidió que el jurado tuviera en cuenta que una probabilidad tan reducida, si se demostraba que ésta era correcta, se aproximaba demasiado a la certeza absoluta, por lo que no se podía tratar de una coincidencia.

La Corte de Apelación, de nuevo, impugnó la sentencia. Declaró que el veredicto podía ser erróneo, ya que tanto los médicos forenses como el juez habían caído en la trampa conocida como *falacia del acusador*: habían asumido que la evidencia del ADN significaba que sólo cabía 1 posibilidad entre 3 millones de que Deen no fuera culpable. Pero se equivocaban. La Corte de Apelación se apoyó en un teorema matemático elaborado por un monje en el siglo XIX. El teorema de Bayes se basa en las leyes de la *pro-*

babilidad inversa. Ofrece una fórmula para descubrir el impacto que las nuevas evidencias (como las muestras del ADN) tendrán en las probabilidades que existen de ser culpable o inocente previamente a la introducción de la nueva evidencia.

Si la probabilidad previa de ser culpable es muy pequeña –ya que no hay otras evidencias para corroborar la evidencia del ADN– entonces, el valor de esta evidencia puede verse enormemente reducido.

Los investigadores del Instituto de Salud Ambiental y Ciencias Forenses de Auckland, en Nueva Zelanda, usan las estadísticas en crímenes y agresiones y el Razonamiento Bayesiano para estimar las probabilidades previas significativas. Han descubierto que incluso una coincidencia de ADN con una probabilidad de acierto de uno entre varios millones puede ser reducida a una probabilidad de ser culpable de 1 entre 3. Ante tal hipótesis, las cosas dejan de estar tan claras y de nuevo es posible asumir la presunción de inocencia.

En resumen, si un día uno de nuestros lectores se encuentra enredado en una disputa legal en la que se postula la probabilidad de que haya sucedido una cosa u otra, o que no haya sucedido nada, como resultado de una simple coincidencia, sugerimos que se intente aplicar la fórmula matemática de Bayes que ha demostrado ser tan práctica en tales casos.

$$P(A_n/B) = \frac{P(A_n)P(B/A_n)}{\Sigma_i P(A_i)P(B/A_i)}$$

¡Buena suerte!

Capítulo 6
¿Suerte o coincidencia?

Estamos en las carreras de caballos. Acabas de apostar 20 euros por el que se perfila como el favorito. Tu caballo, que ha empezado con unas probabilidades moderadas de ganar, misteriosamente se detiene en medio de la carrera para admirar el vigor y la complexión atlética del resto de sus compañeros cuadrúpedos. Finalmente, gana el caballo por el que tu amigo George había apostado. Se trata de un caballo por el que nadie daba ni un céntimo. El revés ha pillado desprevenidos incluso a los más entendidos. Es la séptima vez en diez años que tu amigo George gana una buena suma de dinero en las carreras. ¿Cuál es tu reacción?

«Bien hecho, George –le dices mientras le das una palmadita en el hombro–. Cómo me gusta ver que las reglas de la probabilidad todavía funcionan y que tus posibilidades de ganar este año no se han visto afectadas por el hecho de que ya habías ganado varias veces en los últimos años.»

¡Ni por asomo, reaccionas así! Lo que dices es:

«¡Vaya suerte que has tenido, ¿eh? Te toca a ti pagar la siguiente ronda.»

Es difícil no llegar a la conclusión de que algo o alguien está sonriéndole a George y a otros individuos como él, que han sido elegidos por la buena fortuna, y que el resto de los mortales tenemos que navegar y sortear obstáculos de forma constante lo mejor que podemos. Todo lo que George toca se convierte en oro. Si en un concurso se sortea un viaje a Bermuda, George ya se calza las playeras. George tiene una inmensa suerte en los juegos de azar. Hace unos años, ganó una sustanciosa cifra de dinero en las quinielas, y también le ha tocado la lotería un par de veces. Vive en una casa de ensueño con su bella esposa y con sus dos hijos modélicos. La casa la compró gracias al cobro de una herencia inesperada, y aún le sobró dinero para adquirir un coche lujoso. Sí, George es, sin lugar a dudas, uno de los tipos con más suerte que nunca has conocido.

¡Pero no es el más afortunado! Hay gente que lo supera.

En agosto de 2003, un hombre retirado, padre de tres hijos, ganó casi 125.000 euros en la lotería, justo dos meses después de que uno de sus hijos ganara 260.000 euros también en la lotería.

Anthony McDonnell, de cincuenta y nueve años, recibió el cheque de la mano de su hijo Ian, de 34 años. Anthony había acertado cinco números más el complementario en el sorteo de la lotería. Su hijo Ian había logrado la misma hazaña. Ambos habían comprado los billetes de lotería en el mismo estanco. La probabilidad de que la lotería toque dos veces en una misma familia es de 1 entre 339 billones.

Aquí tenemos otros ejemplos de ese tipo de personas que nos provoca tanta envidia.

El estadounidense Donald Smith ganó tres veces la lotería. El 25 de mayo de 1993, el 17 de junio de 1994 y el 30 de julio de 1995. En cada uno de los sorteos ganó más de 200.000 euros.

Joseph P. Cowley ganó casi 2,5 millones de euros en la lotería, y se retiró a vivir a una suntuosa mansión en Florida. Seis años después, ganó la increíble cifra de 16 millones de euros en la lotería de Navidad.

En 1985, Evelyn Marie Adams ganó más de 3 millones de euros en la lotería. Cuatro meses más tarde, volvió a ganar un millón de euros.

¿Por qué la suerte no se distribuye de una forma más equitativa? ¿Qué cualidades especiales o poderes misteriosos poseen los pocos elegidos por Doña Fortuna? ¿Es la extraordinaria cantidad de buena suerte experimentada por estos ganadores de lotería el resultado de una simple coincidencia, o es que ya nacieron con suerte?

¿Qué debió pasar por la cabeza de Mick Gibbs, un jugador empedernido, cuando ganó 724.000 euros en lo que ha sido descrito como el mejor golpe de suerte en juegos de azar de todos los tiempos?

> Mick Gibbs, de cincuenta y nueve años, apostó 50 céntimos en un sorteo múltiple. Se trataba de acertar quién sería el ganador de diversas ligas de fútbol, rugby y críquet y grandes partidos de fútbol individuales.
>
> Acertó en las primeras catorce secciones, con lo cual desafió los cálculos de probabilidades más increíbles. En la última sección del juego eligió que el Bayer Munich ganaría la Copa de Europa con un margen de posibilidades de doce a una. El 23 de mayo de 2001, el Valencia –el adversario del Bayer–, marcó el primer gol. La victoria del equipo español habría supuesto que Mick lo habría perdido todo, ya que era un sorteo eliminatorio, en otras palabras, o se pierde todo o se gana todo, no hay término medio. El Bayer empató, y hubo prórroga.
>
> Mick estaba al borde de un ataque de nervios, se paseaba arriba y abajo en su pequeño jardín, incapaz de seguir el partido. Finalmente, el Munich ganó en la tanda de penaltis. El Bayer ganó la copa, y Mick ganó 724.000 euros.

Mick no adjudica su éxito ni a la suerte ni a la coincidencia. Él considera que ganó el premio gracias a la ciencia. Dice que durante toda su vida ha sido un seguidor empedernido de cualquier deporte y que se ha pasado muchas horas calculando y deduciendo las posibilidades en las apuestas más complicadas.

Pero si todo lo que se necesita para ganar una pequeña fortuna es aplicar un poco de ciencia, ¿por qué el resto de los jugadores habituales en este mundo no se desplazan en coches deportivos en lugar de ir en bicicleta hasta la delegación de trabajo para sellar el carné del paro?

¿Puede la ciencia explicar la aparente suerte extraordinaria de un hombre inglés llamado Charles Wells, que logró arruinar a la banca en el casino de Monte Carlo?

El éxito legendario de Wells no pareció estar vinculado con el uso de ningún sistema para hacer trampas. Entró en el casino en julio de 1891 y empezó a apostar en la ruleta, ganando casi todas las veces. Cuando superó la marca de los 100.000 francos, la banca se declaró en quiebra, la mesa cerró y sobre ella se depositó un mantel negro en señal de luto. Wells regresó al día siguiente para repetir su extraordinario logro ante la mirada incrédula de todos los clientes del casino.

La tercera y última vez que Wells apareció en el casino, apostó primero por el número 5. Las probabilidades eran de 35 a 1, y... ¡Ganó! Dejó el dinero que había apostado sobre la mesa, añadió el que acababa de ganar y volvió a apostar por el 5. Y el 5 volvió a salir. La increíble situación sucedió 5 veces más, y de nuevo consiguió arruinar a la banca.

En los casinos suceden cosas extraordinarias. El señor Evens logró ganar veintiocho veces consecutivas en el casino de Monte Carlo, contra un cálculo de probabilidades de 268 millones contra 1. ¿Estuvo la suerte de Wells originada por las leyes de la probabilidad? ¿Era acaso el tipo con más suerte en el mundo? ¿O hubo alguna cosa más?

Wells no pudo disfrutar de sus ganancias durante mucho tiempo. Su suerte, o lo que fuera, se secó. Se vio involucrado en varios negocios sucios, la policía francesa lo arrestó y lo acusó de fraude. Fue extraditado a Gran Bretaña y juzgado. Durante el juicio se descubrió que había utilizado veinte nombres falsos –su verdadero nombre no fue nunca descubierto–. La sentencia dictó ocho años de cárcel para el acusado. Tras cumplir la condena se marchó a vivir a París. En 1926, el hombre que había conseguido arruinar a la banca de Monte Carlo, murió sólo y completamente pobre.

Nunca se llegó a descubrir el secreto de la portentosa suerte de Wells con la ruleta. Parece improbable que sus ganancias fueran puramente resultado de la suerte o que hubieran sido originadas por alguna fuerza sobrenatural, aunque la inspiración para lograr el éxito en el juego puede provenir de algunas fuentes realmente extrañas.

El 15 de septiembre de 1948, un tren en Nueva York descarriló y cayó en la bahía de Newark. En el accidente murieron bastantes pasajeros. Las fotografías que aparecieron en las portadas de los periódicos mostraban las labores llevadas a cabo para sacar el tren del agua. En uno de los lados del último vagón se podía ver claramente el número 932. Docenas de personas creyeron que era una señal, que ese número tenía alguna clase de significado, y lo eligieron en la lotería de Manhattan cuyo sorteo se realizaba ese mismo día. El número 932 salió premiado, y la gente que lo compró ganó miles de dólares.

La buena suerte que experimentaron los quince miembros del coro de una iglesia en el estado norteamericano de Nebraska no les trajo ni fama ni dinero, pero les salvó la vida.

El coro ensayaba cada jueves a las 19.20 horas. A las 19.25 horas del jueves 1 de marzo de 1950, una explosión destruyó la iglesia por completo. La onda expansiva alcanzó la estación de radio más cercana e hizo añicos los cristales de las viviendas circundantes, pero por una increíble coincidencia, los quince miembros que componían el coro salieron totalmente ilesos. Aunque acostumbraban a ser muy puntuales, ese día todos se retrasaron por diversas razones.

El párroco había encendido un horno que había en la iglesia y se fue a su casa a cenar. Regresó a la iglesia más tarde de lo normal, ya que su hija se manchó el vestido y su esposa tuvo que plancharle otro.

Ladona Vandergrift, una alumna de bachillerato, no lograba solventar un problema de geometría y decidió resolverlo antes de asistir al ensayo con el coro.

Royena Estes no consiguió poner en marcha su coche, así que ella y su hermana llamaron a Ladona Vandergrift para que pasara a recogerlas. Pero Ladona estaba todavía resolviendo el problema de geometría, así que las hermanas Estes tuvieron que esperar.

Marilyn Paul, la pianista, quería llegar media hora antes, pero se quedó dormida después de la cena..., y la lista de los motivos por los que el resto de los miembros del coro se retrasó ese día sigue. Todos, sin ninguna excepción, llegaron tarde al ensayo.

A las 7.25 horas la iglesia voló por los aires. Las paredes se desmoronaron, el pesado techo de madera se vino abajo. Los bomberos creyeron que la explosión fue a causa de un escape de gas natural. El escape se había originado en una cañería rota, el gas se había esparcido por el interior de la iglesia, y al entrar en contacto con el fuego del horno, provocó la explosión.

El coro al completo escapó de una tragedia. Todos sus miembros, agradecidos, atribuyeron su increíble buena suerte a Dios.

Pero no hay que formar parte del coro de una iglesia para escapar a la muerte.

> John Woods, copropietario de un conocido buffet de abogados, abandonó su oficina en las torres gemelas del World Trade Center de Nueva York segundos antes de que el edificio recibiera el terrible impacto de un avión secuestrado. No era la primera vez que escapaba milagrosamente a la muerte. En 1993, se encontraba en la planta número 39 del mismo edificio cuando éste fue bombardeado. En dicha ocasión, también logró salir sano y salvo. En 1988 tenía que volar en el avión de la Pan-Am que explotó sobre Lockerbie, en Escocia, pero canceló el vuelo en el último minuto para poder asistir a una fiesta en su oficina.

A diferencia de John Woods, la azafata Vesna Vulvic de una compañía aérea yugoslava no pudo evitar viajar en un avión que estaba destinado a explotar.

> Una bomba terrorista pareció ser la causa de la explosión masiva que fragmentó el avión DC-9 que había partido de la antigua Checoslovaquia el 26 de enero de 1972.
>
> El personal que se encargó de las labores de rescate pensó que era imposible encontrar a nadie con vida entre los restos del avión. Pero encontraron a la azafata Vesna Vulvic dentro de lo que había sido la cabina. Estaba mal herida, pero todavía respiraba. Fue la única superviviente.
>
> Cuando después le preguntaron a qué atribuía su increíble buena suerte contestó: «Creo que somos los dueños de nuestras vidas. Todos disponemos de unas cartas, y cómo las usemos depende totalmente de nosotros.»

Es difícil decidir si Vesna Vulvic es una persona afortunada o no. Primero, tuvo la mala suerte de encontrarse en el avión siniestrado, pero después tuvo la extraordinaria suerte de sobrevivir. Hay personas que suelen obtener una mejor tajada de su destino que otras, que parecen atraer irremediablemente a la mala suerte.

> El francés Alain Basseux, un técnico de laboratorio que trabajaba en Inglaterra perdió la paciencia con un automovilista que se le echó encima en un cruce. Persiguió al vehículo durante más de dos kilómetros, forzó al conductor a detenerse, abrió la puerta del

vehículo y agarró al conductor por las solapas. Entonces lo miró fijamente a la cara... y se dio cuenta de que era su jefe.

Los jueces locales le absolvieron de todos los cargos después de que el abogado del señor Basseux explicara en el juicio que tal comportamiento no era inusual en Francia.

El señor Basseux no fue despedido.

Tuvo suerte, al final. No como otros.

El empresario Danie de Toit dio una conferencia en Sudáfrica en la que avisaba a los asistentes que la muerte podía sorprenderlos en cualquier momento. Al final de su ponencia, se puso un caramelo en la boca, se atragantó y se murió.

Una de las tiras cómicas que el dibujante Mischa Richter realiza para el diario *New Yorker* muestra a Dios lanzando rayos desde las nubes. «Si eres tan bueno –le dice un ángel–, ¿por qué no aciertas dos veces en el mismo sitio?»

Lo cierto es que se han dado casos de rayos que han caído dos veces en el mismo sitio.

La familia Primarda vive en una población italiana llamada Taranto. En tres generaciones, tres miembros de dicha familia han muerto fulminados por un rayo en el patio que hay detrás de su casa. El primero murió en 1899. Treinta años más tarde, su hijo se encontraba en el mismo lugar cuando fue alcanzado por un rayo y también murió en el acto. El 8 de octubre de 1949, Rolla Primarda, el nieto de la primera víctima y el hijo de la segunda, se convirtió en el tercer miembro de la familia que se arrepintió de salir al patio durante una tormenta.

Los rayos también pueden alcanzar a la misma persona dos veces. Uno podría pensar que si alguien sufre la descarga eléctrica de un rayo y sobrevive, ya nunca más tendrá que pasar por el mismo mal trago; pero las probabilidades de ser de nuevo el blanco son exactamente las mismas.

Un agente forestal que se encontraba en medio de una zona boscosa de del estado de Virginia cuando estalló una tormenta fue perseguido por un rayo que parecía tener una fijación vengativa hacia él.

Durante sus treinta y seis años como agente forestal, Roy Cleveland Sullivan fue alcanzado nada menos que siete veces por un rayo. En la primera ocasión, en 1942, escapó con la pérdida de la uña del dedo gordo del pie. Veintisiete años más tarde, otro rayo le chamuscó las pestañas. Al año siguiente, otro rayo le provocó quemaduras en el hombro izquierdo. En 1972, se le incendió el pelo a causa de la descarga. En 1973, un rayo dio de lleno en su coche –y Roy se hallaba dentro–. La sexta vez, en 1976, un rayo le provocó heridas en el tobillo, y la séptima vez en 1977, mientras se encontraba pescando, un rayo lo envió directamente al hospital con quemaduras en el tórax.

¿Qué había hecho Sullivan para merecer una suerte tan terrible? Seis años después de la séptima descarga, se suicidó. La razón, según se dijo, fue que era desafortunado en amores. Es un caso claro de *no* ser el elegido.

Un rayo alcanzó a Jennifer Roberts sólo una vez, mientras dormía en una tienda de campaña en octubre de 1991. Pero con una vez, fue suficiente.

En medio de una violenta tormenta eléctrica, un rayo provocó quemaduras en todo el cuerpo de la joven de veinticuatro años llamada Jennifer Roberts. Se salvó de la muerte porque se acababa de quitar el sujetador. Si no, las varillas metálicas habrían desviado la electricidad hacia su corazón.

El rayo también fulminó el libro que Jennifer estaba leyendo. La cubierta contenía una imagen de una cabeza rodeada de relámpagos chispeantes.

La buena y la mala suerte vienen normalmente en grupo, o al menos eso es lo que piensan los aficionados a los juegos de azar. La inmensa suerte de Charles Wells –si eso es lo que fue– arruinó la banca del casino de Monte Carlo, aunque lo más frecuente es que la suerte abandone al jugador y éste pierda hasta la camisa. Podemos contar con la bendición de la buena suerte o con la maldición de la mala suerte –que es lo que se conoce como *estar gafado*–. Esta última posibilidad es la que puede servir de explicación en el caso de una desastrosa boda real.

El 30 de mayo de 1867, cuando la princesa María del Pozzo della Cisterna debía esposarse en Turín con Amadeo, duque de Aosta e hijo del rey de Italia, no fue exactamente el día más feliz en las vidas de todos los allí presentes. Una de las sirvientas se ahorcó, el vigilante del palacio se cortó el cuello, el coronel que dirigía la procesión nupcial se desmayó a causa de una insolación, el jefe de estación murió aplastado bajo las ruedas del vagón destinado a la luna de miel, el asistente del Rey cayó de su caballo y murió, y el padrino se suicidó disparándose un tiro. Aparte de todo eso, fue un día maravilloso.

La misma clase de desgracia es la que ha caído sobre las personas asociadas con el personaje del libro de cómics *Superman*.

La mala suerte empezó con los dos hombres que crearon al súper héroe en 1938. El escritor Jerry Siegel y el ilustrador Joe Shuster tuvieron que ceder sus derechos del *Hombre de hierro* a cambio de una miseria; sus numerosos intentos por denunciar a los editores con el fin de cobrar unos *royalties* más justos por los millones facturados gracias a su creación no dieron resultado.

El actor Kirk Alyn, que interpretó a Superman en la serie que se emitió en la década de los cuarenta, aseguró que el personaje había arruinado su carrera. Hizo lo imposible por encontrar trabajo, pero al final abandonó su carrera artística. George Reeves, que interpretó al personaje en la serie televisiva *Las aventuras de Superman* en la década de los cincuenta, también pasó por una mala racha profesional cuando la serie finalizó después de seis años. En 1959, cuando tenía cuarenta y cinco años, lo encontraron muerto con un disparo en la cabeza. El veredicto oficial fue que se trataba de un suicidio, pero sus amigos estaban convencidos de que fue asesinado.

Christopher Reeve, que interpretó a Superman en cuatro películas en las décadas de los setenta y los ochenta, sufrió un accidente al caer de un caballo. El artista se lesionó la primera y la segunda vértebra cervical, quedó tetrapléjico postrado en una silla de ruedas y falleció recientemente. Margot Kidder, que interpretó a Lois Lane en las cuatro películas de Superman interpretado por Reeves, sufrió un grave accidente de coche que la confinó a una silla de ruedas durante dos años. En 1996 tuvo que ser internada en un psiquiátrico después de perder el sentido de la realidad. Por último, el ingeniero Richard Pryor, responsable de la parte informática de *Superman III*, padeció una esclerosis múltiple en 1987.

La mayoría de nosotros no experimentamos esas puntas extremas de buena o de mala suerte: no ganamos enormes sumas de dinero en la lotería y tampoco estamos atrapados en una maldición como la que pesa sobre Superman.

No obstante, nos inclinamos por considerarnos innatamente afortunados o desafortunados. Nos catalogamos o bien entre aquellos a los que la tostada de pan cae siempre con la parte untada con mantequilla hacia arriba o bien entre los que la tostada cae con la parte untada con mantequilla hacia abajo. La gente con suerte parece tener una habilidad especial para estar en el lugar ideal en el momento oportuno. Los que no tienen suerte nunca están disponibles cuando una oportunidad llama a sus puertas.

El psicólogo Richard Wiseman, de la Universidad de Hertforshire, en Inglaterra, se ha pasado los últimos diez años intentando averiguar por qué algunas personas gozan de una vida feliz y afortunada mientras que otros se enfrentan cada día a fracasos y tristezas. También deseaba saber si era posible que la gente que se considera desafortunada puede hacer alguna cosa para mejorar su suerte. No cree que la buena y la mala suerte sean simplemente una cuestión de azar.

«Durante más de cien años –aclara el doctor Wiseman– los psicólogos han estudiado cómo nuestras vidas se ven afectadas por nuestra inteligencia, personalidad, genes, apariencia y entorno; pero en cambio se ha investigado muy poco el campo de la buena y de la mala suerte.»

Los resultados de su estudio pueden encontrarse en su libro *El factor suerte*.

Wiseman decidió analizar el elusivo *factor suerte* fijándose en las creencias y experiencias de gente que se consideraba a sí misma innatamente afortunada o desafortunada. Para la investigación realizó entrevistas extensivas a cientos de personas. Filmó muchas de estas entrevistas y luego estudió no sólo aquello que le contaron los voluntarios sino cómo lo dijeron, en otras palabras, su conducta general.

Determinó que la gente con suerte sonríe más y entabla más contacto visual, además, utiliza el lenguaje del cuerpo tres veces más que la gente sin suerte. Observó que la gente con suerte persevera con los rompecabezas chinos. La gente sin suerte tira la toalla al cabo de pocos segundos de enfrentarse a uno de esos rompecabezas, convencida de que no logrará completarlo. Si se entrega un periódico a alguien con suerte y se le pide que cuente el número de fotografías, rápidamente se fija en el mensaje que aparece en medio de la página tres que dicta:

NO BUSQUES MÁS, HAY 42 FOTOGRAFÍAS
EN ESTE PERIÓDICO

La gente sin suerte escudriña página por página hasta llegar al final del diario, sin advertir el mensaje que le ofrece la oportunidad de terminar el trabajo rápidamente.

En otro experimento, el doctor Wiseman tomó dos voluntarios que trabajaban en el sector de las ventas: Robert, que se consideraba una persona muy afortunada, y Brenda, que se definía como una persona gafe. Los invitó, por separado, a ir a una cafetería y esperar a que alguien conectado con el experimento contactara con ellos.

El doctor Wiseman había colocado previamente en las tres primeras mesas a tres ayudantes con aspecto desaliñado. En la cuarta mesa sentó al típico ejecutivo brillante, que era, potencialmente, un contacto útil tanto para Robert como para Brenda. Quería saber cuál de los dos voluntarios lograría sacar partido de esa oportunidad real.

Robert llegó al bar, pidió un café y se sentó al lado del flamante hombre de negocios. Al cabo de unos minutos, ya se había presentado al desconocido y le había invitado a una taza de café. El hombre aceptó y unos momentos más tarde, los dos individuos estaban charlando amistosamente.

Cuando le llegó el turno a Brenda, entró en el bar, pidió un café y se sentó al lado del hombre de negocios. A diferencia de Robert, Brenda no dijo ni una sola palabra.

El resultado fue similar al que el doctor Wiseman ya había anticipado: «Oportunidades idénticas, vidas diferentes».

Wiseman concluye que la suerte no tiene demasiado que ver con el azar o la coincidencia. La gente con suerte está alerta, busca y actúa cuando la oportunidad entra en su vida; además, se guía mucho por los instintos.

«Nosotros originamos nuestra propia suerte –afirma el doctor Wiseman–. Nuestro futuro no está todavía escrito. No estamos destinados a experimentar una determinada cantidad de buena suerte. Podemos cambiar el curso de los eventos. Podemos crear más puntas de suerte e incrementar masivamente la cantidad de situaciones en las que conseguiremos encontrarnos en el lugar correcto en el momento adecuado. Cuando se trata de suerte, el futuro está en nuestras manos.»

Muchos de los voluntarios del doctor Wiseman se definían como personas innatamente con o sin suerte.

«Una persona que deseaba ser redactora, se presentó en las oficinas de un periódico justo en el momento en que el redactor habitual abandonaba su puesto. Ella consiguió el trabajo. Su vida entera funcionó así. Otra mujer tuvo ocho accidentes en un solo viaje de ochenta kilómetros. Ella lo achacó a la mala suerte, entonces la vimos aparcar y nos dimos cuenta de que no pesaba ninguna maldición sobre el coche sino que la mujer era una conductora pésima. Había una chica que era muy desafortunada en amores. Su cita a ciegas se apeó de la moto y se rompió la pierna. Otro de sus posibles pretendientes chocó contra una puerta de cristal y se rompió la nariz. Finalmente, la muchacha consiguió un novio formal y fijaron fecha para la boda, pero unos gamberros quemaron la iglesia en la que iban a casarse justo una semana antes de la ceremonia.»

El doctor Wiseman probó sus teorías de la suerte organizando un *Curso sobre la suerte* al que invitó a asistir a varios de sus voluntarios desafortunados. El curso consistía en sesiones de asesoramiento personalizado, resolución de rompecabezas y de cuestionarios, y anotación de todas las experiencias en un diario. Todo estaba enfocado a conseguir que las personas que creían que eran gafes empezaran a pensar y a actuar como la gente con suerte. El doctor les animó a cambiar su actitud hacia la mala suerte, a fiarse de sus instintos y a localizar la ventaja de cualquier oportunidad que se les pusiera a tiro.

«Al principio no teníamos ni idea de cómo iba a salir el experimento, pero el resultado fue muy satisfactorio: el 80 por ciento de esas personas se siente más feliz, más satisfecha, y lo que es más importante, más afortunada. Sabemos que funciona en la mayoría de la gente. Para algunos, las mejoras son relativamente pequeñas. Para otros, especialmente para los que se consideraban absolutamente desgraciados, puede tener un fantástico efecto en sus vidas, como por ejemplo con Tracey Hart.»

Antes de que Tracey asistiera al Curso de la suerte, se consideraba a sí misma la persona más desafortunada del mundo.

La mala suerte no venía en rachas pequeñas, sino en montones preocupantes: se cayó dentro de una zanja y sufrió una conmoción cerebral más varios cortes y moretones. Tras una sesión de juego con su hija, tuvo que guardar reposo durante seis semanas. Estaba tan deprimida, que pensaba que si ganara 10 euros en la lotería, seguro que veinte cosas saldrían mal a la semana siguiente.

Las dos relaciones más duraderas de su vida, con los padres de sus dos hijas degeneraron con problemas de violencia doméstica. No es de extrañar que la salud de Tracey se resintiera y acabara con una depresión.

Y entonces conoció a Richard Wiseman y se apuntó al Curso de la suerte.

Según las propias palabras de Tracey, desde entonces, es una persona distinta. Cuando la mala suerte llama a su puerta, se consuela pensando que podría haber sido peor. Actualmente, es una persona con una actitud mucho más positiva hacia la vida. Sin ninguna duda, ahora las desgracias llaman menos a su puerta. Ya ni se acuerda de cuando se cayó en una zanja y se quedó inconsciente. Ha conseguido un nuevo trabajo, una nueva casa y un nuevo compañero con el que comparte la vida. ¡Incluso ha ganado la lotería y ha sido afortunada varias veces en el bingo!

«El doctor Wiseman dice que eso de ganar en juegos de azar no tiene nada que ver con que haya ganado el control sobre mi vida –comenta Tracey–, pero creo que es sorprendente que ahora gane tantas veces. Uno de mis amigos se mostraba completamente reticente ante la idea de realizar un curso sobre la suerte, pero lo convencí para que lo probara una semana. Durante esa semana, fuimos al bingo y entre los dos ganamos 1.500 euros. Se fue a su casa con 750 euros y desde entonces ya no es tan escéptico.»

Wiseman ha ampliado recientemente su investigación para explorar si los principios sobre la suerte que usa en su curso pueden ser aplicados a grupos de personas, es decir, realizar una terapia de grupo en una empresa.

La compañía en cuestión es una empresa local llamada Technical Asset Management que repara, actualiza y recicla ordenadores y otros tipos de hardware. El director, Kevin Riches, invitó al doctor Wiseman a visitar las instalaciones y decidir si podía mejorar la suerte de la compañía.

«Habíamos contraído unas deudas monstruosas –explica Riches–. La cifra ascendía casi a 600.000 euros; tengo el número grabado en la memoria. Para acabar de empeorar las cosas, estábamos iniciando una fase de expansión y nos habíamos instalado en un nuevo local muy caro. El banco descubrió nuestra deuda y decidió aportar su granito de arena a nuestra mala suerte: nos retiró la posibilidad de ampliación de crédito. Estábamos agonizando. Si queríamos dar la vuelta a la tortilla, necesitábamos ayuda.»

Richard Wiseman se presentó en la empresa y convocó a los 38 miembros del personal. Algunos de ellos se mostraban totalmente escépticos ante la idea de que se pudiera mejorar la suerte colectiva de la empresa, pero casi todos ellos acordaron asistir a las sesiones personalizadas con el psicólogo y anotar todos los progresos en un diario.

«Sé que todo esto suena a cuento de magia –se justifica Kevin Riches–. Algunos de mis colegas, que también son empresarios, pensaron que me había vuelto loco; incluso el gerente de nuestra empresa me dijo que todo el tema era ridículo. No quiso formar parte del experimento con el resto del grupo, pero me pidió que le informara de los progresos.»

¿Y funcionó?

«¡Ya lo creo que funcionó! Fue increíble. Durante el periodo en que Richard colaboró con nosotros, los beneficios ascendieron un 20 por ciento cada mes. Y así han continuado. El mes pasado batimos el récord de facturación, y el negocio va viento en popa.»

¿Atribuiría la mejora en la suerte de la compañía a una coincidencia?

«Podría ser –acepta Kevin–. No obstante, si observamos el funcionamiento de este negocio y cómo hemos sido capaces de sacar partido de las nuevas oportunidades, diría que nuestro entrenamiento para atraer la buena suerte ha tenido mucho que ver. Hemos desarrollado una forma diferente de enfocar los problemas. Hemos dejado atrás los viejos fantasmas y ahora estamos alerta ante cualquier nueva oportunidad. Hemos conseguido la confianza de muchas compañías nuevas, lo cual ha resultado muy favorable para la moral del equipo.»

¿Así que considera que su empresa es más afortunada?

«Sin ninguna duda –afirma Kevin–. Y trabajaremos para que siga así.»

Richard Wiseman está encantado de que la empresa de Kevin haya logrado salir a flote, pero duda mucho de que la nueva situación se deba a la buena suerte de la compañía.

«Fue fantástico que aceptaran la idea excéntrica de un psicólogo que intenta crear una compañía con más suerte. Pero sólo se trata de un caso aislado. Sería interesante ver qué sucede con otras organizaciones que siguieran la misma terapia. Si obtuviéramos los mismos resultados una y otra vez, entonces tendríamos una mayor certeza de que era una consecuencia del Curso de la suerte.»

Kevin Riches recurrió a la psicología para alterar la suerte de su empresa. Aquellos que opinaban que su táctica era ridícula se habrían escandalizado todavía más si Kevin hubiera elegido depositar su fe en algún ritual supersticioso o en un hechizo. Sin embargo, hay mucha gente que parece preparada a depositar su confianza en el poder de una pata de conejo o en la eficacia de no pasar por debajo de una escalera.

Alguien preguntó una vez al conocido físico Niels Bohr que por qué tenía una herradura de caballo colgada en la puerta de su oficina.

–¿No creerás que esas pamplinas pueden ejercer un efecto sobre tu suerte? –le preguntó un colega.

–No –respondió él–. Pero he oído que funciona incluso con aquellos que no creen.

El psicólogo Chris French, profesor del Goldsmith College de Londres nos contó una historia. Lleva mucho tiempo dedicándose al estudio de las supersticiones. No cree que la realización de ciertos rituales o el hecho de llevar objetos de la suerte pueda influir en nuestra suerte en la vida. Asegura que cualquier aparente correlación es fruto de la coincidencia.

«La razón por la que creemos en estas cosas es porque nos aportan un sentido de control de nuestras vidas. Lo que es ciertamente interesante es que las gentes que se decantan por el lado supersticioso de la suerte, normalmente se arriesgan más. Los contables acostumbran a no ser supersticiosos, pero con los actores, los toreros, los deportistas, los soldados, los marinos, los estudiantes que tienen que pasar un examen, los inversores financieros, los aficionados a los juegos de azar, etcétera, ya es otro cantar. Estos últimos, los aficionados a los juegos de azar, son los más supersticiosos. Están convencidos de que si lanzan el dado de una manera particular realizando previamente un pequeño ritual, tendrán más suerte. No obstante, su comportamiento es completamente contraproducente, ya que los arrastra irremediablemente hacia un problema cada vez más profundo.»

Los jugadores de fútbol son otra de esa saga de supersticiosos empedernidos. El jugador Nobby Stiles, que había formado parte de la plantilla del Manchester United, nunca se ataba las botas hasta que no pisaba el campo. Estaba convencido de que con ello mejoraba su suerte. Chris French acepta que tales rituales puedan tener un efecto positivo, ya que ayudan a que el individuo se concentre y que incremente la confianza en sí mismo, pero nada más; eso es todo lo que provocan.

«Si el ritual no llegara a consumarse, podría tener un efecto negativo sobre la actuación del individuo –dice–. El problema es que no podemos realizar una prueba con este tipo de actuaciones porque la gente no quiere someterse a no realizar sus rituales. El Manchester United podría haber tenido más éxitos si Nobby Stiles se hubiera atado las botas en el vestuario. ¡Quién sabe!»

El psicólogo estadounidense Stuart Vyse nos ofrece las siguientes anécdotas para ilustrar la gran superstición que existe entre las estrellas del deporte norteamericano.

> Jim Kelly, jugador del equipo de rugby Buffalo Bills, se obliga a sí mismo a vomitar antes de cada partido, un hábito que adquirió en la universidad. Chuck Persons, jugador de baloncesto del San Antonio Spurs, come dos chocolatinas antes de cada partido: dos KitKats, dos Snickers, o uno de cada. George Seifert, entrenador del equipo de fútbol San Francisco 49ers, no sale de su oficina sin pisar un libro, además, tiene que ser la última persona en abandonar el vestuario antes de que empiece el partido.

En 1967, el sociólogo James Henslin estudió el comportamiento y las creencias de los taxistas mientras jugaban a un juego de azar que consiste en lanzar dos dados contra una pared. Éstas son algunas de las creencias supersticiosas que Henslin identificó:

- Cuanto más fuerte se lance el dado, más alto será el número que aparezca.
- Rituales como frotarse los dedos, soplar sobre el dado o frotarlo pueden ejercer una influencia directa sobre el resultado.
- Cuanta más confianza tenga el jugador en sí mismo, más probabilidades habrá de que salga el número deseado.
- Si a un jugador se le cae el dado, tendrá mala suerte.
- Si se incrementa la apuesta de alguien, habrá una influencia positiva.

El profesor French concluye que bajo condiciones de incertidumbre, cualquier creencia que aporte una sensación de control, incluso si esa sensación de control es ilusoria, será seguramente adoptada, mantenida y transmitida a otros.

El estudio sugiere que las mujeres son normalmente más supersticiosas que los hombres. La edad no parece ser un factor relevante, aunque algunas supersticiones parecen disminuir con la edad, mientras que otras aumentan o se quedan igual. Los estudiantes de arte muestran generalmente unos niveles más altos en este tipo de creencias que los estudiantes de ciencias naturales. Los estudiantes de ciencias sociales quedan en medio de los dos grupos citados.

Leonard Zusne y Warren Jones describieron en 1989 la creencia de que un comportamiento supersticioso puede influir en la suerte como un *pensamiento mágico.* Lo definieron como la creencia de que (a) la transferencia de energía o información entre sistemas físicos sólo puede suceder por similitud o continuidad en tiempo y espacio, o (b) que los pensamientos, las palabras o acciones de alguien pueden alcanzar efectos físicos específicos en una manera que no se rige por los principios de la forma ordinaria de transmisión de energía o de información.

En 1948, B. F. Skinner llevó a cabo el famoso estudio sobre la superstición en la paloma en la Universidad de Indiana. Skinner describió un experimento en el cual colocaron varias palomas dentro de una caja y se les daba una bola de comida cada quince segundos, sin importar cual fuera su comportamiento. Después de varios minutos, las palomas empezaron a desarrollar algunos pequeños rituales idiosincrásicos, como por ejemplo: caminar en círculos, levantar y agachar la cabeza, etcétera. Era como si las palomas hubieran llegado a la conclusión de que estaban recibiendo comida porque realizaban sus pequeñas rutinas aunque, en realidad, no había ninguna relación entre ambas acciones. La explicación de Skinner para el fenómeno fue que la agrupación accidental de la idea de dar comida al principio sin importar lo que hacía cada pájaro era suficiente para reforzar esa clase de actividad en particular.

Pero nosotros no cometeríamos los mismos errores básicos que una paloma, ¿a que no? Vale la pena recordar el experimento de Skinner mientras analizamos las siguientes observaciones realizadas por Stuart Vyse.

> Bjorn Borg, cinco veces campeón de Wimbledon, proviene de una familia muy supersticiosa. Tanto él como sus parientes tienen fama de realizar ciertos rituales supersticiosos, entre ellos, el de escupir. Durante la final del torneo de Wimbledon de 1979, Margerethe, la madre del tenista, estaba sentada en las gradas comiendo caramelos. Cuando Bjorn estaba a punto de ganar a Roscoe Tanner, Margerethe escupió el trozo de caramelo que estaba mascando –quizá para prepararse para la gran ovación por la victoria de su hijo–. En un abrir y cerrar de ojos, Tanner volvió a empatar. Margerethe pensó que el problema se debía a un error que ella había cometido, por lo que recogió el caramelo del suelo sucio y se lo volvió a poner en la boca. Poco después, su hijo ganaba el torneo por cuarta vez. Unos meses antes, el padre y el abuelo de Borg estaban pescando mientras seguían por radio la final del Open de Francia. Bjorn jugaba contra Victor Pecci, un tenista de Paraguay. El abuelo de Borg escupió en el agua, y justo en ese instante Borg ganó el punto. Andersson continuó escupiendo durante el resto del partido. Al final llegó a su casa con un terrible dolor de garganta. Borg ganó el partido en cuatro sets.

Parece ser que nuestro amor y respeto innatos por las coincidencias nos llevan a adoptar comportamientos supersticiosos simplemente como resultado de una agrupación accidental de conductas aleatorias y eventos que parecen relevantes.

El experimento llevado a cabo en 1987 por el profesor Koichi Ono de la Universidad de Kyoto, en Japón, con estudiantes universitarios voluntarios, también es muy interesante. Llevó a los voluntarios hasta un cubículo en el que había un contador de puntos montado en la pared, justo detrás de tres manivelas. Ordenó a los voluntarios que intentaran *ganar* tantos puntos como fuera posible, si bien los puntos registrados estaban determinados y no tenían relación con ninguna actividad llevada a cabo por los alumnos. No todos los alumnos demostraron un comportamiento supersticioso, pero la mayoría sí. En el caso de una chica, su comportamiento llegó a ser bastante extremo.

> Tras cinco minutos de sesión, la joven dejó de girar una de las manivelas y apoyó unos instantes la mano derecha en el marco de dicha manivela. En ese momento, apareció un punto en el marcador. Justo cuando repitió los mismos movimientos, apareció otro punto. Acto seguido, empezó a tocar todos los objetos que esta-

ban a su alcance, como la señal luminosa, la pantalla, una lengüeta de la pantalla y la pared. Después de diez minutos, otro punto apareció en el marcador cuando ella dio un salto, por lo que reemplazó la práctica de tocarlo todo por la de saltar. Después de cinco saltos, apareció otro punto cuando ella acababa de saltar y tocar el techo con la zapatilla que sostenía en una mano. La muchacha continuó saltando y continuaron apareciendo puntos, hasta que al cabo de veinticinco minutos abandonó la sesión, seguramente por la enorme fatiga.

¿Cómo es posible que hayamos evolucionado de tal manera como para que todavía persistan esas pautas de comportamiento tan anómalas? ¿Por qué tenemos un sistema cognitivo tan propenso a cometer ese tipo de errores sistemáticos? O, en otras palabras, ¿no deberíamos ser más inteligentes que una paloma común? Se lo hemos preguntado al profesor French y ésta ha sido su explicación: «La respuesta es que en términos evolutivos seguramente tiene más sentido tener un sistema cognitivo que funcione rápidamente y que genere normalmente la respuesta correcta que uno que funcione más lentamente y genere una proporción un poco mayor de conclusiones correctas. Nuestro sistema cognitivo confía en una gama de cortocircuitos, técnicamente conocidos como heurísticos, que generalmente nos guían hasta la conclusión correcta, pero que, bajo determinadas circunstancias, pueden llevarnos por el mal camino de forma sistemática. Hemos tenido tanto éxito como especie precisamente porque hemos demostrado una gran habilidad para establecer conexiones entre sucesos y localizar pautas y regularidades en la naturaleza. El precio que hemos pagado es una tendencia a detectar, algunas veces, conexiones y pautas erróneas.»

Cristina Richards es alpinista. Normalmente practica este deporte en las montañas de altura moderada que encontramos en la orografía de Gran Bretaña, pero remarca que es casi tan fácil morir a causa de una caída desde nueve metros como desde novecientos metros.

La escalada es claramente una actividad más arriesgada que, digamos, la contabilidad –si bien la contabilidad creativa también puede comportar unas consecuencias muy desagradables–, pero, ¿es la escalada un deporte intrínsecamente peligroso?

«Sin ninguna duda estamos hablando de un riesgo calculado –afirma Cristina–. Algunos alpinistas practican este deporte por la subida de adrenalina que experimentan, aunque la mayoría de los escaladores, si tienen respeto por sí mismos, toman las precauciones necesarias. Sopesan el riesgo de la muerte.»

¿Qué papel juega la suerte en la escalada?

«Es un factor relevante. La suerte está vinculada con lo que conocemos como *peligros objetivos*, que son aquellos que no podemos controlar, como la caída de una roca o una avalancha, y que pueden ocasionar problemas muy serios.»

¿Qué hacen los escaladores para evitar esos elementos incontrolables? ¿Son supersticiosos?

«Muchos lo son. Acostumbran a hacer cosas que les aportan una sensación de más seguridad. Yo misma realizo ciertos rituales con mis cuerdas y con el resto del material, pero sobre todo nunca escalo sin mi amuleto: el anillo que me regaló un amigo y que llevo colgado en el cuello. Los alpinistas realizan todo tipo de rituales antes de empezar a escalar. Les ayuda a concentrarse y a que se sientan mejor. Nadie blasfemará durante una escalada, ni siquiera el ateo más recalcitrante. En un ambiente tan peligroso, no quieres tentar la suerte.»

¿Qué pasaría si Cristina estuviera a punto de iniciar una escalada y de repente se diera cuenta de que se había dejado su anillo de la suerte en el hotel?

«Dependería de la dificultad de la escalada. Si se tratara de una montaña muy difícil, desearía que todo estuviera en orden. Si el material que uso –cuerdas, arneses, mosquetones, etc.– no estuviera en perfectas condiciones, o si me faltara el anillo, no escalaría. Todo tiene que estar en armonía.»

¿Realmente cree que el anillo la ayudará a salvarse, allá arriba en la montaña?

«Si fuera a realizar una actividad con unas derivaciones menos graves –como por ejemplo, ir a visitar a un amigo– y no tuviera mi anillo, no supondría ningún problema para mí. Pero cuando la consecuencia potencial es la muerte, no vale la pena correr el riesgo. Todo depende de la magnitud de las consecuencias.»

¿Qué fuerza ejerce el anillo en la suerte de Cristina?

«Es difícil contestar a esa pregunta cuando uno está hablando sobre la suerte sentado tranquila y cómodamente en un sofá, pero el anillo me provoca una sensación de seguridad, me siento más afortunada. Aunque ahora mismo esa noción pueda parecer ridícula, no suena igual cuando te encuentras colgada en una montaña y la única fuerza que te sostiene allí arriba es la de tus dedos aferrados a una roca.»

La ambición de Cristina es escalar uno de los picos más peligrosos del mundo, el K2. Sólo el 50 por ciento de los escaladores que se enfrentan al monstruo sobreviven para narrar la proeza. ¿El anillo de Christina le aportará el coraje necesario que esa escalada tan arriesgada requiere?

«Seguramente me afectaría positivamente, aunque el entrenamiento y las habilidades de los otros alpinistas del equipo serían factores más decisivos. Con el K2, los peligros objetivos del tiempo y de una avalancha son mucho más grandes. No obstante, me encantaría intentarlo. Sé que las posibilidades de sobrevivir son sólo del 50 por ciento, pero si tengo que morir en una montaña, al menos que sea en el K2.»

¿Existe el peligro de que los alpinistas se confíen demasiado en sus amuletos o en la impresión de sentirse personas afortunadas?

«Un muchacho que conozco era ese tipo de personas a las que la fortuna siempre les sonreía. Salió ileso de situaciones en las que otros seguramente habrían muerto. Se caía y tenía la suerte de aterrizar de pie, o justo cuando acababa de descender de una montaña peligrosa y tocaba el suelo, su cuerda se soltaba y caía enrollada a sus pies. Era un loco sin miedo. Se consideraba muy afortunado, hasta que un día se agarró a una roca, ésta se desprendió de la pared –un peligro objetivo– el muchacho se precipitó al vacío y se rompió la columna vertebral.»

Richard Wiseman señala que el riesgo de creer demasiado en la suerte innata de alguien no sólo supone un riesgo para los escaladores temerarios.

«Estudios llevados a cabo por varios psicólogos en Irlanda del Norte revelan un número creciente de personas que confían totalmente en la explotación de su buena suerte para ganar la lotería y mejorar su nivel de vida. En lugar de intentar conseguir un empleo o conseguir una promoción en el trabajo, simplemente se sientan y esperan a que sus números de la suerte salgan premiados. Están convencidos de que sucederá, por lo que no ven la necesidad de invertir esfuerzos en ninguna otra faceta de sus vidas. El hecho de confiar en supersticiones con el fin de tener suerte conduce al desastre. La suerte no funciona de esa manera. Hay estudios que demuestran que las personas desafortunadas son más propensas a ser supersticiosas que la gente afortunada. Las personas con suerte tienen generalmente una actitud más constructiva ante los problemas que surgen a diario. Las gentes con menos suerte invierten todo su optimismo en un agente externo. Tienen una visión mágica sobre la suerte. El inconveniente es que todos esos rituales supersticiosos, como tocar madera y llevar un amuleto encima, no funcionan y esa gente acaba siendo incluso más desafortunada.»

Según el profesor Chris French, existen estudios que demuestran que muchas personas sin problemas mentales aparentes que se consideran innatamente afortunadas están más lejos del mundo real que muchas de las que sufren depresiones.

«La verdad es que la vida es bastante dura –declara French–. Los que sufren depresiones lo saben. La gente que no padece decaimientos adolece de lo que llamamos *optimismo irreal*. Les Entregamos cuestionarios que deben rellenar y les preguntamos cuáles son las posibilidades de que les sucedan ciertas cosas negativas, como por ejemplo, que sean atropellados por un autobús o que se les diagnostique una enfermedad particular. La mayoría responde que tienen la certeza de que nada malo va a sucederles, mas lo cierto es que se exceden en optimismo. Los depresivos tienden a ser más realistas. No obstante, si vives la vida como si fueras una persona con suerte, atraerás más oportunidades porque estarás dispuesto a asumir riesgos. Si no vives obsesionado por la precaución, la preocupación y la ansiedad, seguramente obtendrás más cosas en esta vida. Es un buen ejemplo sobre una situación en la que la creencia irracional puede ser sana, psicológicamente hablando.»

Como análisis final, tanto si asistimos al curso de la suerte y aprendemos a controlar nuestra suerte, o llevamos patas de conejo en el bolsillo con la esperanza de que aleje los malos espíritus, o simplemente nos abrimos a cualquier manera de suerte que nos lancen desde el cielo (literalmente en el caso del granjero Roy Sullivan en el bosque), Doña Fortuna puede ser muy maquiavélica, cuando se lo propone.

En junio de 1980, la señora Maureen Wilcox compró dos billetes de lotería para dos sorteos distintos, uno en Massachussets y el otro en Rhode Island. Sorprendentemente obtuvo el número ganador de los dos sorteos, pero no ganó ni un céntimo en ninguno de ellos. Los números del sorteo de Massachussets coincidían con los del sorteo de Rhode Island, y los de Rhode Island coincidían con los de Massachussets.

¿Qué había hecho esa mujer para merecer un castigo tan cruel?

CAPÍTULO 7

¿Es cierta la teoría de la probabilidad?

Los matemáticos no son personas fantasiosas sino sensatas y racionales que usan los números para descifrar los misterios de la vida. Allí donde otros interpretan las coincidencias como una evidencia de la intervención divina o mágica, ellos sólo ven las leyes de la probabilidad en acción.

¿De qué grado de improbabilidad estaríamos hablando para que el matemático más intransigente aceptara que se trataba de un fenómeno realmente extraño, algo que iba más allá de la probabilidad, en otras palabras, de la coincidencia?

¿Cuál es la cosa más improbable que podemos imaginar? ¿Ganar dos veces muchos millones de euros en la lotería? ¿Qué nos alcance un rayo en repetidas ocasiones? Como ya hemos visto en el capítulo anterior, estas cosas suceden. No es que ocurran con mucha frecuencia, por supuesto, y quizá nunca nos han pasado directamente a nosotros, pero ocurren. Los matemáticos señalan que si una cosa puede suceder, sucederá tarde o temprano. Sólo las cosas imposibles no llegan a producirse –como descubrir un iceberg en el Sahara o encontrar un taxi libre cuando llueve–.

A continuación, intentaremos averiguar si la teoría de la probabilidad, es decir, de las coincidencias, tiene sentido. Veamos... ¿Cuál sería el cálculo de probabilidad, por ejemplo, de ser el blanco de un meteorito justo minutos después de haber estado hablando sobre las probabilidades de que eso ocurra? Y si eso sucediera, ¿estarían los matemáticos dispuestos a creer que se trató de una simple coincidencia? Daremos la respuesta más tarde. Mientras tanto, en el otro plato de la balanza de las probabilidades, ¿nos sorprendería si conociéramos a alguien en una fiesta que cumpliera años el mismo día que nosotros?

Con probabilidades de 365 contra 1, no parece que eso pueda ocurrir con demasiada frecuencia. Cuando encontramos a alguien con quien compartimos la fecha de cumpleaños, nuestra tendencia es pensar que somos partícipes de un acontecimiento bastante especial. ¡Qué interesante! De todas las fechas del año, los dos cumplimos años el mismo día. ¡Vaya coincidencia!

Sorprendentemente, la fórmula matemática –que, por cierto, es bastante complicada– demuestra que sólo es necesario reunir a veintitrés personas en una habitación para que tengamos más del 50 por ciento de probabilidades de que dos de ellas hayan nacido el mismo día.

Como no es difícil reunir a veintitrés personas, decidimos realizar la prueba: buscamos un lugar con esa cantidad de gente aproximadamente. Nos plantamos en una parada de autobús de una concurrida calle de Londres. ¿Conseguiríamos probar que la teoría de la probabilidad era correcta?

Fue necesario preguntar a veintinueve personas antes de que consiguiéramos encontrar a dos con el mismo día de cumpleaños: una joven que esperaba el autobús había nacido el 24 de julio, el mismo día que la sexta persona con la que hablamos. La chica no se mostró sorprendida de que hubiéramos tenido que parar a tan poca gente, incluso pensó que veintinueve personas eran muchas. ¡Su novio, y cuatro de sus amigos, habían nacido el mismo día que ella!

El famoso matemático Warren Weaver explicó este experimento durante una cena a la que asistían algunos militares estadounidenses de alto rango y, acto seguido, quiso llevarlo a la práctica con los asistentes. Su decepción fue enorme cuando descubrió que no había ni una sola coincidencia, pero la persona que hacía el número veintitrés en la estancia lo salvó de hacer el ridículo: la camarera, que había estado escuchando, anunció que había nacido el mismo día que uno de los generales.

Las verdades matemáticas apuntan normalmente contra toda intuición. La realidad puede sorprendernos gratamente –o, en otras ocasiones, abrumarnos–. Tenemos una propensión natural a pensar que las posibilidades de que algo suceda son o mucho más grandes o mucho más pequeñas de lo que son en realidad. Ante la subestimación que sentimos hacia las probabilidades de ganar la lotería, continuamos comprando números de lotería, y ante la sobrestimación hacia las probabilidades de sufrir un accidente de coche, continuamos conduciendo automóviles.

Analicemos otros eventos improbables. Si estuviéramos jugando al bridge y recibiéramos una mano de trece cartas del mismo palo, no nos lo creeríamos. Y, sin embargo, esa eventualidad no es más probable, o más improbable, que otras combinaciones de cartas. La probabilidad de recibir las cartas deseadas es, por supuesto, otro tema. Las posibilidades de conseguir las trece cartas de diamantes, por ejemplo, son de 1 entre 635.013.559.600.

Por ello, es mejor que los aficionados a este juego de cartas no esperen ser testigos de esa coincidencia demasiadas veces en sus vidas, a menos que esos aficionados vivan en el planeta que el famoso biólogo evolucionista Richard Dawkins describió en su libro *El relojero ciego.*

> Si en algún planeta existen seres cuyo tiempo de vida sea de un millón de siglos, sus probabilidades de riesgo comprensible se extenderán más hacia el extremo derecho del continuo. Sabrán que de vez en cuando recibirán una mano perfecta de bridge, y ni siquiera se molestarán en escribir a sus familias para explicarles lo que les ha sucedido.

Cuando Dawkins dice *recibirán una mano perfecta de bridge* se refiere a unas cartas perfectas, como por ejemplo trece cartas del mismo palo. Una mano perfecta en el bridge significa que no se puede ganar a dicho jugador, lo cual implica unos cálculos matemáticos ciertamente diferentes. Las probabilidades de tal mano en el bridge son de 1 entre 169.066.442.

De todos modos, aunque en un planeta exista gente que viva millones de años, la posibilidad de que los cuatro jugadores de una partida de bridge reciban una mano perfecta continua siendo muy pequeña. Dawkins ha calculado las probabilidades de que eso suceda no en ese planeta sino en la Tierra, y aquí está el resultado: 1 entre 2.235.197.406.895.366.368.301.559.999.

Ciertamente, es una probabilidad pequeñísima, pero el simple hecho de que exista la más ínfima probabilidad quiere decir que, tarde o temprano, ocurrirá. Y eso es precisamente lo que sucedió en un club de aficionados de bridge de la localidad de Suffolk, Inglaterra, en enero de 1998. El caso apareció en el periódico *Daily Mail.*

Hilda Golding, de ochenta y siete años, fue la primera en recoger sus cartas. Tenía en sus manos las trece cartas de tréboles.

«Me quedé fascinada –dijo Hilda–. Nunca antes había visto algo así, y eso que llevo más de cuarenta años jugando.»

Hazel Ruffles tenía todos los diamantes y Alison Chivers, los corazones. El cuarto palo estaba en manos del *muerto,* que es un jugador con un papel muy particular, ya que no juega sino que sólo muestra sus cartas. Alison Chivers insiste en que las cartas fueron barajadas correctamente.

«Era un juego de cartas normal y corriente. Las barajamos antes de colocarlas encima de la mesa, y Hazzel las cortó antes de empezar la partida.»

Los miembros más veteranos de ese club acababan de lograr una proeza extraordinaria. Había más probabilidades de que cada uno de ellos ganara el primer premio de la lotería o acertara una quiniela en la misma semana. Qué pena que en esa ocasión no ganaran ni un céntimo.

Así pues, ¿cuál sería el grado de sorpresa ante un evento similar? Después de todo, las noticias son el producto de una *información selectiva.* Los periódicos eligen las noticias que consideran remarcables. Una mano perfecta en una partida de bridge tiene más probabilidades de aparecer en la prensa que una mano imperfecta. No veremos en ningún diario una noticia similar a: «Los jugadores de bridge de un club de Suffolk barajan bien las cartas y, acto seguido, se ponen a jugar.»

El escritor y matemático William Hartston cree que las coincidencias nos estimulan. Por ejemplo, él no se mostró en absoluto impresionado por la historia de dos jugadores de golf que acertaron todos los agujeros a la primera con golpes sucesivos. Los jugadores, además, tenían el mismo apellido, pero no eran familia. ¿No es extraordinario?

«Para mí, no –contesta Hartston–. Primero hablemos de la casualidad trivial de que ambos jugadores tuvieran el mismo apellido: el torneo se realizaba en Gales, y ambos se llamaban Evans, un apellido bastante común en Gales.»

Pero Richard y Mark Evans habían logrado introducir la bola en todos los agujeros con golpes seguidos y a la primera. ¿Cuáles son las probabilidades de que se dé un caso similar?

Hartston estima que la posibilidad de acertar en el agujero a la primera varía desde 1 entre 2.780 para un buen profesional hasta 1 entre 43.000 para un principiante. En el supuesto de principiantes, calcula que la probabilidad de que una pareja de jugadores acierte en cada agujero a la primera sería de 1 entre 1,85 billones.

¿Y no le parece asombroso?

«Aparentemente no –explica Hartston–. En Gran Bretaña hay más de dos millones de personas que juegan una media de dos rondas de golf por semana. Eso significa más de doscientos millones de rondas de golf al año, lo cual suma un total de 3,6 billones de agujeros. ¿A que ahora la cifra de 1 entre 1,85 billones ya no le parece tan desmesurada?»

De hecho, si los cálculos de Hartston son correctos, deberíamos esperar que ese tipo de probabilidades sucediera en Gran Bretaña una vez al año.

Hartston concluye que las historias y las estadísticas como la acabada de citar demuestran dos cosas: primero, que no somos muy hábiles calculando probabilidades y segundo, que somos propensos a equivocarnos, y siempre hacia el lado más optimista.

«Animados por anécdotas de aciertos a la primera y de gente que gana la lotería varias veces, golpeamos la pelota de golf con fe ciega y nos gastamos lo poco que nos queda de nuestra paga en juegos con probabilidades inauditas, esperando a que Doña Fortuna nos eche una mano. Mas al mismo tiempo, jugamos a fútbol, deporte que envía a medio millón de personas al hospital cada año a causa de alguna lesión, nos desplazamos en coche, cuando sabemos que cada día mueren cinco personas en la carretera, y fumamos, aunque el tabaco sea la causa de noventa muertes diarias.»

En los cincuenta años siguientes a la conquista del Everest por Sir Edmund Hillary y el sherpa Tenzing en mayo de 1953, ochocientas personas escalaron la montaña más alta del mundo. De ellos, 180 murieron en el intento. William Hartston destaca que las posibilidades de triunfar y no morir es de cinco contra uno, las mismas probabilidades que en la ruleta rusa.

Nos gusta pensar que los accidentes y la mala suerte les ocurren a los demás, y esperamos que los actos que conllevan mucha suerte nos sucedan a nosotros. Ciertamente, nuestra inhabilidad por comprender las sutilezas de las leyes de la probabilidad puede conducirnos hasta unas actitudes muy extrañas frente a ciertos riesgos en la vida.

Un artículo de un diario estudiantil explicaba que cada día nos exponemos a morir en un accidente en la carretera. Casi un hombre de cada cien (la proporción en mujeres es menor) muere de esa forma. ¿Cuánto estaríamos dispuestos a pagar para obtener medidas extras de seguridad que atenuaran el riesgo, como por ejemplo colocar un airbag? ¿1.500 euros, o quizá llegaríamos hasta los 3.000 euros? ¿Pero cuánto querríamos que nos pagaran antes de atravesar un campo de minas en el que existiera una posibilidad entre cien de morir? Según ese periódico estudiantil, seguramente reclamaríamos más de 3.000 euros.

Para aquellos que estén interesado en entender de verdad el funcionamiento de las leyes de la probabilidad (y que deseen ser más lógicos con los riesgos relativos de la vida), las siguientes estadísticas pueden ser de gran ayuda:

- Probabilidad de ganar el primer premio de la lotería nacional con un único billete: 1 entre 13.983.815.
- Ganar cualquier premio de la lotería: 1 entre 53.
- En el póquer, sacar un *Royal Straight Flush,* que significa tener el as, rey, reina, caballero y diez del mismo palo, en secuencia: 1 entre 649.739.
- En el golf, acertar en el agujero con un solo golpe: 1 entre 42.952.
- En el bridge, que los cuatro jugadores reciban una mano perfecta: 1 entre 2.235.197.406.895.366.368.301.559.999
- Ser asesinado el año que viene: 1 entre 80.000.
- Ser alcanzado por un rayo: 1 entre 600.000.
- Morir mientras juega un partido de fútbol: 1 entre 25.000.
- Morir en un accidente ferroviario: 1 entre 500.000.
- Morir atropellado por un autobús: 1 entre 1.000.000.
- Morir en un accidente aéreo: 1 entre 10.000.000.
- Morir por atragantarse con comida: 1 entre 250.000.

Y las probabilidades de que dos galeses tengan el mismo apellido: 1 entre 15.

¿Cuáles son las probabilidades de que un sueño se cumpla? Desde hace muchos siglos hay constancia de sueños proféticos que se han cumplido; desde los antiguos asirios y babilonios y en las civilizaciones egipcia, griega y romana. También hay constancia en la Biblia, y hoy todavía suceden.

> Sharon Martens tenía catorce años cuando conoció a un muchacho llamado Michael y pronto se hicieron buenos amigos. Un año más tarde, Sharon tuvo un sueño desagradable: soñó que ella y Michael estaban en un partido de baloncesto y él le comentaba que se iría de la ciudad el martes de la semana siguiente. Esa misma semana, Michael le comunicó a Sharon que su familia había adoptado la rápida decisión de irse a vivir a Colorado. ¿Cuándo se iba? El martes de la semana siguiente, le contestó él.

¿Tuvo Sharon una premonición? ¿O se trató simplemente de una coincidencia? Y si tan sólo fue una coincidencia, ¿cuáles serían las probabilidades de que algo así volviera a suceder? En un artículo publicado en el *Washington Post* en 1995, Chip Denman, un profesor de estadística de la Universidad de Maryland, dio la solución.

El profesor realizó una serie de cálculos matemáticos muy complejos durante varios días, en los que tenía en cuenta varias suposiciones sobre la frecuencia con que soñamos y las probabilidades de que cualquier sueño individual se cumpla. Al final llegó a la conclusión de que cada persona, simplemente por razones del azar y sin la ayuda de poderes mentales especiales, tendrá un sueño que anticipará con exactitud eventos futuros cada diecinueve años. Por eso Chip Denman concluye: «No me extraña que muchos de mis alumnos me digan que a ellos también les ha sucedido.»

El profesor Ian Stewart, uno de los matemáticos más conocidos y respetados en el Reino Unido, ha estudiado el fenómeno de la coincidencia. Continua mostrándose escéptico ante la explicación de que los eventos fortuitos que parecen imposibles tienen su origen más allá del ámbito de las leyes de la probabilidad. Cree que la gente que asume que lo que está sucediendo es algo paranormal es incapaz de entender los hechos.

¿Sería posible, pues, encontrar una historia sobre una coincidencia para la que Ian Stewart no pudiera hallar una explicación en términos puramente matemáticos? El profesor Stewart aceptó el reto. Empezaba el juego.

Durante unas vacaciones, Martin Plimmer estaba jugando a cara o cruz con su esposa y sus hijos. Su esposa acertó diecisiete veces consecutivas. ¿Se trató de una simple coincidencia?

El profesor Stewart parecía no tomarse el experimento en serio: «Considerémoslo desde el punto de vista matemático. Al lanzar una moneda al aire existe el 50 por ciento de posibilidades de que salga cara y el 50 por ciento de que salga cruz, en otras palabras, la mitad de veces de la mitad de diecisiete veces puede expresarse en términos de 1 probabilidad de entre 100.000. Parece completamente inusual, pero a mí me sucedió algo parecido una vez. A veces, uno tiene suerte.»

Si hubiéramos estado completamente aburridos durante esas largas vacaciones, podríamos haber intentado lanzar la moneda hasta que hubiera salido cara cincuenta veces consecutivas. Parece ser que para lograrlo necesitaríamos un millón de personas lanzando monedas diez veces por minuto, cuarenta horas a la semana, e incluso entonces, sólo sucedería una vez cada nueve siglos. Pero sucedería. Y los hombres se marcharían a sus casas satisfechos, pensando que acababan de ser testigos de un incidente excepcional.

¿Qué explicación dio el profesor Ian Stewart para la siguiente coincidencia?

En el Gran Prix de España en 1997, tres pilotos, Michael Schumacher, Jacques Villeneuve y Heinz-Harold Frentzen, completaron una vuelta exactamente en 1 minuto y 21,072 segundos.

¿Acaso no fue eso, tal y como los locutores sugirieron en ese momento, una extraordinaria coincidencia?

De nuevo, el profesor Stewart no se mostró impresionado: «Los mejores pilotos consiguen realizar una vuelta a casi siempre a la misma velocidad, así que es razonable asumir que los tres tiempos más rápidos se darán dentro de un periodo de centésimas de segundos. En intervalos de una milésima de segundo, cada piloto dispone de cien tiempos posibles para realizar una vuelta. Asumamos para simplificar que cada tiempo en ese intervalo tiene probabilidades similares. Entonces la probabilidad de que el segundo piloto realice la vuelta en el mismo tiempo que el primero es de 1 entre 100, y de que el tercer piloto realice la vuelta en el mismo tiempo que los otros dos es también de 1 entre 100, lo que nos lleva a una estimación de 1 entre 10.000 como probabilidad de la coincidencia. Es una proporción suficientemente baja como para despertar interés, pero tampoco es tan baja como para pensar que es excepcional. Es más o menos la misma probabilidad que la de acertar un agujero de golf a la primera.»

Un hombre que conducía una motocicleta en Bermuda murió cuando chocó contra un taxi, exactamente un año después de que su hermano también hubiera muerto en la misma calle, al chocar con el mismo taxista, con el mismo cliente dentro del taxi, y en la misma motocicleta.

«Se trata de otro caso en el que las probabilidades son bajas, pero las circunstancias conspiran para lograr que la tragedia suceda –responde Stewart–. El hermano usaba la misma moto, así que no debía de ser supersticioso. Era probablemente una calle peligrosa. El taxista, obviamente, no era un buen conductor. Cada año se llevan a cabo millones de experimentos similares. No oímos noticias acerca de alguien que ha muerto a causa de un taxista distinto. Estos sucesos son muy improbables, pero de vez en cuando ocurren.»

No, no había manera. Parecía que Stewart no se dejaba amilanar. Martin Plimmer decidió contar su historia preferida.

Martin había llevado a su hijo de seis años al hospital para una pequeña intervención quirúrgica. Cuando la enfermera le puso una inyección, Martin se desmayó y se golpeó la cabeza contra el suelo. En el hospital le aconsejaron que se hiciera una radiografía. Llegó al departamento de Rayos X y le dijeron que esperara unos minutos. En la mesa delante de él había una revista bastante antigua y estaba abierta por una página. Cuando Martin se fijó en la página, vio que contenía un artículo sobre dolores de cabeza que él mismo había escrito cuatro años antes.

«Es una buena anécdota. Es sorprendente e inusual. Casos similares no suceden muy a menudo, y ése es el motivo por el que creemos que las coincidencias son increíbles. Si tenemos en cuenta todos los factores que intervinieron, las probabilidades de que algo así vuelva a suceder deben de ser aproximadamente de uno entre un millón. ¿Pero cuántas incidencias nos pasan cada día? Mil como mínimo. Durante tres años... mil días con mil acontecimientos dan un millón. Entre ellos, habrá uno cuyas probabilidades sean de uno entre un millón. Así que una vez cada tres años, algo como lo que sucedió puede volver a ocurrir. Si sucediera con más frecuencia, entonces sí que sería realmente interesante desde el punto de vista matemático.»

El profesor Stewart indica que la razón por la que nos mostramos fascinados ante tales coincidencias no es simplemente porque suceden, sino porque nos pasan a nosotros: «Con tanta gente en el planeta, y me ha tenido que pasar a mí. El Universo me ha elegido. Y no hay explicación posible para ello.»

El profesor añade que nuestra intuición es nula cuando se trata de especular sobre coincidencias: «Nos sorprende mucho encontrar a un amigo en un lugar inusual porque esperamos que los eventos fortuitos se distribuyan uniformemente, por eso nos fascinan tanto las agrupaciones estadísticas. Consideramos que el resultado en un sorteo típico de la lotería nacional británica es algo parecido a: 5, 14, 27, 36, 39, 45, y en cambio, algo como: 1, 2, 3, 19, 20, 21 es menos probable. Pero de hecho, los dos conjuntos de números tienen las mismas probabilidades: 1 entre 13.983.815. Las secuencias de seis números aleatorios tienen más posibilidades de aparecer agrupadas que como números aislados.»

¿Qué opina entonces el profesor Stewart sobre una de las coincidencias más famosas de la historia, la que conecta las vidas y las muertes de los presidentes Abraham Lincoln y John F. Kennedy?

Abraham Lincoln fue elegido miembro del Congreso en 1846 y Presidente en 1860. Kennedy lo fue en 1946 y Presidente en 1960. Sus apellidos están formados por siete letras. Ambos mostraban una profunda preocupación por los derechos civiles. Los nombres completos de sus presuntos asesinos suman quince letras cada uno. John Wilkes Booth, que asesinó a Lincoln, nació en 1839. Lee Harvey Oswald, que asesinó a Kennedy, nació en 1939. Y podríamos continuar citando muchas más semejanzas.

«Si analizamos la lista de casualidades, suena como una cadena de sucesos muy improbable. No obstante, no es nada más que numerología. La gente sólo se fija en las cosas que son iguales y descarta las que son diferentes. Presta atención al hecho de que algunos nombres tienen el mismo número de letras y no menciona los nombres que no cumplen esa premisa. En Estados Unidos podemos encontrar muchas personas con nombres compuestos por tres nombres; la proporción es bastante elevada, así que no lo acepto como prueba de una coincidencia. ¿Cuál es el promedio de letras de un nombre compuesto por tres nombres? El número que más se acerca al promedio es, probablemente, quince. Los dos presidentes fueron asesinados un viernes, bueno, la probabilidad es de uno entre siete.

»Si jugamos a buscar similitudes y estamos preparados para ser imaginativos con lo que descubrimos y sólo anotamos las incidencias que son similares, sospecho que podemos escoger a dos personas en el planeta y encontrar una impresionante cantidad de cosas en común. La cuestión es que ambos eran seres humanos, lo cual significa que ya de partida tenían muchas afinidades. Sólo debemos averiguar cuáles son.»

Existe la evidencia que demuestra su teoría. No hace mucho tiempo, la revista *The Skeptical Inquirer* propuso un juego para localizar coincidencias increíbles entre dos líderes mundiales. El ganador fue un concursante que enumeró dieciséis similitudes sorprendentes entre Kennedy y el presidente Álvaro Obregón de México.

Arthur Koestler sugirió que una posible explicación para las coincidencias es que los elementos similares en el Universo pueden sentirse atraídos entre sí. ¿Estaba Ian Stewart de acuerdo con ese criterio?

«En un sentido determinado, es cierto, pero las razones son realmente obvias. La gente que viaja mucho en avión se sentirá atraída por otra gente que esté en algún aeropuerto. No es ninguna sorpresa que muchas coincidencias me hayan sucedido en aeropuertos, porque paso muchas horas en ellos.

»En cambio, no estoy convencido de que exista una atracción más mística entre cosas similares. Algunas personas sugieren que hay un orden secreto oculto en el Universo y que nuestra función como científicos es descubrirlo. Pero esa clase de unidad en el Universo se encuentra a un nivel tan profundo –de partículas fundamentales, todas ellas rigiéndose por las mismas reglas– que no es aplicable a nada que tenga sentido en términos de una obvia asociación de semejante con semejante, en el plano humano...»

Y entonces, de repente, conseguimos dar en el talón de Aquiles: encontramos una fisura en el escepticismo inquebrantable del matemático en cuanto a la existencia de alguna clase de fuerza sincronística capaz de generar coincidencias: «...pero, por otro lado, no lo tacharía de absurdo. Creo que el Universo es un lugar muy extraño con un funcionamiento que no acabamos de comprender.»

¿Significaba eso que, después de todo, era posible imaginar un escenario con una coincidencia que el profesor Stewart no pudiera explicar a partir de un cálculo de probabilidades, un fenómeno más allá de la coincidencia? ¿Qué pasaría, por ejemplo, si estuviéramos hablando de meteoritos y uno impactara en un edificio cercano? ¿Podría el profesor Stewart explicar la coincidencia?

«No lo creo. Sería muy difícil. Realmente se trataría de una incidencia remarcable, de algo sorprendente. La probabilidad de ser alcanzado por un meteorito es del orden de uno entre un cuatrillón. Una vez un meteorito chocó contra una vaca, otra vez un meteorito dio de lleno en un coche en Estados Unidos, así que es bastante probable que en los próximos diez mil años alguien reciba el impacto de un meteorito.»

¿Pero creía Ian Stewart que corría algún riesgo cuando abandonara el edificio en el que nos encontrábamos en esos precisos instantes?

«Bueno, nunca se sabe. Cualquiera puede estar en el lugar preciso donde caerá el meteorito.»

Nunca creeréis lo que pasó cuando el profesor Stewart abandonó el edificio...

Nada.

PARTE 2
Un universo de coincidencias

CAPÍTULO 8

El mundo es un pañuelo

Cuando una coincidencia nos da una palmadita en la espalda bajo la apariencia de un viejo amigo en un lugar inesperado, pensamos, fascinados, que el mundo es un pañuelo.

Indiscutiblemente, la invención del avión ha contribuido a hacer de la Tierra un sitio todavía más pequeño; no tanto como para que nos quepa en el bolsillo, pero lo suficiente como para poder ver media docena de malas películas en el tiempo que tardamos en dar media vuelta al mundo.

Lo cierto es que nuestro querido planeta no ha cambiado de tamaño –su diámetro sigue siendo de 12.754 kilómetros–, aunque no se puede comparar con Júpiter, cuyo volumen es mil veces más grande. Si las coincidencias ocurren en una proporción directa con el tamaño del planeta, entonces es presumible que en Júpiter éstas ocurran mil veces con menos frecuencia. Alguien debería realizar la prueba para confirmar la teoría.

Volviendo a la Tierra, decíamos que gracias a los aviones podemos llegar mucho más lejos y, por tanto, incrementar el potencial de experimentar coincidencias. Nuestros antepasados no podían gozar de las grandes ventajas que ofrece un paquete de vacaciones, con todo incluido, en la Costa del Sol, por ejemplo. Su abanico de coincidencias estaba restringido a los ámbitos de su pueblo o, como mucho, a los de la comarca, tal como muestra el siguiente chiste, al bar de la localidad:

Un hombre entró en un bar, se sentó al lado del único cliente y le preguntó si podía invitarlo a una copa. El otro aceptó encantado. El primero preguntó:

–¿De dónde eres?

–De Irlanda –contestó el otro.

–¡Caramba! ¡Qué casualidad! –exclamó el primero–. Yo también soy irlandés. Te invito a otra ronda. ¡Brindemos por Irlanda!

–De acuerdo –aceptó el segundo.

–Tengo una curiosidad, ¿de qué parte de Irlanda eres? –preguntó el que invitaba.

–De Dublín –respondió el otro sujeto.

–No puedo creerlo –manifestó el primer hombre–. Yo también soy de Dublín. Vamos, te invito a otra ronda. Esta vez, brindaremos por Dublín.

–De acuerdo –aceptó el segundo.

Después de un rato, el primer individuo preguntó:

–¿Y a qué escuela fuiste?

–Al Saint Mary –señaló el otro–. Me gradué en 1962.

–¡Eso es increíble! –gritó el primero. –¡Yo también fui al Saint Mary y también me gradué en 1962!

En esos momentos, otro cliente entró en el bar.

–¿Qué pasa aquí? –preguntó el recién llegado al camarero.

–Nada nuevo –replicó el camarero–. Los gemelos O'Reilly, que se han vuelto a emborrachar.

Ni el alcohol ni el milagro de la aviación moderna pueden justificar muchas de las extraordinarias historias que catalogamos en la categoría de las coincidencias de este mundo tan pequeño. Analicemos más detenidamente la historia de las dos Laura Buxton.

En junio de 2001, una niña de diez años llamada Laura Buxton escribió su nombre y dirección en un trozo de papel, pegó el papel en un globo de helio, luego salió a su jardín, lo soltó y vio cómo se alejaba en el cielo azul. El globo recorrió casi 225 kilómetros hasta que aterrizó en el jardín de otra niña de diez años que también se llamaba Laura Buxton.

La segunda Laura se puso enseguida en contacto con la primera y desde entonces han sido amigas. Han descubierto que no sólo comparten el mismo nombre y edad sino que las dos tienen el pelo claro, un perro labrador, un conejito y un conejillo de Indias.

Quizá no se consigan esa clase de coincidencias en Júpiter, pero como la Tierra es un pañuelo...

Las siguientes historias también sirven para ilustrar lo pequeño que es nuestro planeta.

Déjà-Vicky

Al señor R. T. Kallidusjian le zumbaron los oídos cuando un desconocido mencionó durante una fiesta que su esposa se llamada Vicky Bigden y que era oriunda de Weybridge, en Inglaterra. La señorita Vicky Bigden había sido su primer amor. Continuaron conversando y Kallidusjian averiguó que el hombre se había casado con Vicky a la misma hora (las dos de la tarde) del mismo día (sábado, 11 de julio de 1964) que Kallidusjian con su esposa.

La postal póstuma

James Wilson se encontraba de vacaciones en España en la década de los sesenta cuando recibió la noticia de que su padre había fallecido de forma repentina en Sudáfrica. James resolvió interrumpir sus vacaciones para trasladarse rápidamente hasta allí. Hizo escala en Gran Canaria con el fin de reunirse con su cuñado y proseguir el viaje juntos. Mientras esperaba en el aeropuerto de Gran Canaria, compró una postal para su hermana, que estaba en Holanda. En la postal aparecían varios hombres y mujeres caminando plácidamente por una playa. Una de esas personas era el padre de James.

¡Pero si el de la máquina de discos soy yo!

Los hermanos Gibson grabaron tres singles con la discográfica Major Minor durante su momento de más éxito en la década de los sesenta, pero esas canciones no llegaron a ocupar ninguna posición en las listas de éxitos. Unos años más tarde, el ex Gibson Bernie Shaw se desplazó hasta una granja perdida en medio de una zona rural para comprar una antigua máquina de discos que había visto anunciada en el periódico. El granjero lo acompañó hasta un pajar medio en ruinas donde descansaba la vieja máquina de discos cubierta de paja. Aunque podía llegar a contener hasta cuarenta discos, en su interior sólo quedaban dos. Uno estaba tan deteriorado que no se podía ni leer el nombre de la canción; el otro era *Only When You're Lonely*, de los Gibson. El vocalista de la canción era el propio Bernie Shaw.

«Aunque era una canción pegadiza –explicó Bernie–, no logró llegar a las listas de éxitos. ¡Qué le vamos a hacer! De todos modos, tanto al granjero como a mí nos sorprendió gratamente la coincidencia.»

Una buena acción merece otra buena acción

La primera promoción de Allan Cheek en la empresa para la que trabajaba le dejó un amargo sabor de boca. Su jefe lo felicitó por haber sacado partido de varias oportunidades y le dijo que había llegado el momento de otorgarle más responsabilidades en la empresa. Cheek no tardó demasiado en averiguar la seriedad de tales planes: para empezar, tenía que estafar una sustanciosa suma de dinero a un inversor potencial. Cheek se negó a llevar a cabo el trabajo. Amenazó a su jefe con dimitir y con ir a ver a la víctima para prevenirla.

Su jefe se puso muy furioso. Le espetó que en el mundo de los negocios no había lugar para los escrúpulos. A pesar de que Cheek necesitaba trabajar para pagar sus deudas –como casi todo el mundo–, no tuvo más remedio que dimitir. Inmediatamente, condujo casi trescientos kilómetros hasta Paignton, la localidad donde vivía la víctima. Al individuo no le gustó nada averiguar que podía haber sido el blanco de una gran estafa.

Cheek regresó a su casa con la conciencia más tranquila.

Dos años después, Cheek estaba trabajando en una nueva compañía subsidiaria de una empresa de publicidad norteamericana en Londres. El negocio no iba bien; en tan sólo unos pocos meses, habían agotado toda la inversión inicial y habían contraído unas enormes deudas con el banco. El gerente norteamericano decidió tomar cartas en el asunto, así que voló desde Estados Unidos para despedir personalmente al director y cerrar la oficina.

Cheek pensó que todavía quedaba una posibilidad para salvar la empresa, así que se pasó la noche entera redactando un informe de viabilidad de la compañía. Al día siguiente, Cheek estuvo defendiendo su plan ante el gerente durante varias horas, y al fin logró ganar su confianza. De esta forma, Cheek pasó a asumir el mando de la compañía. Ahora, todo estaba en sus manos. Cheek tenía que lograr un milagro, así que lo primero que pensó fue trasladar la empresa a otro inmueble para ahorrarse el altísimo alquiler que pagaban cada mes. Necesitaba encontrar un local. Buscó en la sección «Clasificados» del periódico y se fijó en un anuncio sobre un local con tres angostas habitaciones ubicado encima de un garaje. Concretó una hora de visita y fue a verlo. No era nada del otro mundo, pero era muy económico. No obstante, ni siquiera podía permitirse pagar el reducido precio que el propietario solicitaba. Cuando estuvieron de nuevo en la calle, Cheek le confesó:

–Me parece correcto. Sólo hay un pequeño inconveniente. No puedo pagar el alquiler ahora.

Entonces explicó al propietario sus previsiones, esperando que por obra de un milagro el desconocido compartiera su fe en una compañía que estaba al borde de la quiebra.

El propietario guardó silencio unos instantes y, a continuación, preguntó:

–¿Cómo has dicho que te llamas?

–Allan Cheek.

–¿Fuiste tú el que te desplazaste hasta Paignton para prevenir a un señor al que intentaban estafar?

–Sí.

–Era mi hermano. De no ser por ti, habría perdido todos sus ahorros. Puedes ocupar el local cuando quieras. Ya me pagarás cuando puedas.

«Y esos fueron los inicios de la editorial Corgi Books –concluye Cheek con orgullo.»

Al cabo de cuatro años, la compañía no sólo había abonado todas las mensualidades pendientes al generoso propietario sino que con unas ventas de libros rozando los seis millones al año, pudo trasladarse a un nuevo bloque de oficinas con un almacén adosado en una de las mejores zonas de Londres.

El último invitado

Patti Razey recibió una invitación para asistir a la boda de su amiga Janet, pero tuvo que rechazarla porque ya había reservado unas vacaciones en Túnez con Liz. Tras dos días en Túnez, a Liz le comunicaron la desafortunada noticia de que un familiar acababa de morir y tuvo que regresar precipitadamente a su casa. Deprimida ante el hecho de tener que pasar el resto de sus vacaciones sola, Patti decidió sacar el máximo partido del viaje y se apuntó a una excursión. En el autocar coincidió con Janet y su nuevo esposo.

«Bueno –les dijo–, ¡ya que no pude asistir a la boda, al menos no quería perderme vuestra luna de miel!»

Objetos perdidos

En 1953, el columnista Irving Kupcinet del *Chicago Sun-Times* se alojó en el hotel Savoy de Londres para cubrir la ceremonia de coronación de Isabel II. Abrió un armario de la habitación y encontró unos objetos que pertenecían a un viejo amigo, el jugador de baloncesto Harry Hannin del equipo Harlem Globetrotters. Dos días después, Hannin escribió una carta a Kupcinet desde el hotel Meurice de París. La carta decía: «No te lo vas a creer, pero acabo de abrir un armario en la habitación del hotel donde me hospedo y he encontrado una corbata que lleva tu nombre.» Kupcinet había estado en esa misma habitación del hotel Meurice unos meses antes.

Fuente: *Mysteries of the Unexplained*

El manuscrito regresa a casa

Un aspirante a escritor entregó su manuscrito a una editora de Londres y se puso a esperar con ansiedad la respuesta. Al cabo de un tiempo, encontró el manuscrito tirado en su propio jardín. Con gran indignación, llamó a la editora para preguntarle qué había pasado.

La editora le explicó que el libro le había gustado mucho, pero que la noche anterior alguien lo robó de su coche junto con otros objetos de valor mientras ella cenaba en un restaurante de Notting Hill Gate.

La editora sólo pudo concluir que los ladrones no habían dado al manuscrito el valor que realmente tenía y habían decidido deshacerse de él tirándolo en el primer lugar por el que habían pasado: nada menos que por encima de la verja de la casa del escritor.

Encuentro en Cannes

¿Dónde esperarías encontrar al hombre que cincuenta años antes había sido el capataz de tu padre durante unas obras del ferrocarril en la localidad inglesa de Crewe? Ciertamente, no en el sur de Francia, en Cannes, pero allí es donde Scott Roberts encontró al señor Nash.

Era el año 1955, y Scott acababa de llegar a Niza para pasar unas cortas vacaciones. Con una terrible sensación de mareo a causa del vuelo, decidió bajar a la playa, buscar un lugar en la sombra y descansar, y descansó tanto que se quedó profundamente dormido. Cuando despertó notó unos fuertes pinchazos de dolor en los pies: estos habían quedado expuestos al sol y estaban completamente enrojecidos. Tardó varios días antes de volver a pisar la playa. A la mañana siguiente decidió tomar el autobús que recorría toda la costa hasta la vecina población de Cannes y se pasó un par de horas merodeando por toda la ciudad, hasta que le empezaron a doler los pies de una forma tan insoportable por lo que decidió regresar a la estación de autobuses, descansar y escribir unas cuantas postales. En la estación ocupó el único asiento que quedaba libre en la sala de espera. Seguramente no habría hablado con el anciano sentado a su lado de no ser porque una de las postales cayó al suelo sin que Scott se diera cuenta. El hombre recogió la postal y, a raíz de ese pequeño incidente, los dos hombres entablaron una conversación. El anciano vivía en Estados Unidos, estaba realizando un viaje por Europa junto con su esposa y ahora estaban casi a punto de finalizar sus vacaciones; solamente les quedaba ir a Inglaterra porque él deseaba enseñarle a su mujer la casa en la que nació.

¿Y dónde estaba esa casa? En Crewe. ¿Dónde en Crewe? En la calle Westminster, número 43. Ésa era la casa justo enfrente del número 30, donde Scott vivía.

El anciano había emigrado de Inglaterra a Estados Unidos hacía cincuenta años. Antes había trabajado en el ferrocarril en Crewe, y recordaba al padre de Scott, Alfred, como un joven aprendiz a su cargo.

«Un encuentro memorable –dice hoy Scott–. Incluso después de cuarenta años, puedo recordar claramente la absoluta sensación de incredulidad cuando el anciano fue desvelando poco a poco la información.»

Un torniquete a tiempo

Los destinos de Allen Falby, un policía que se encargaba de patrullar por una autopista en Estados Unidos, y Alfred Smith, un empresario, se cruzaron no una sola vez sino dos, y ambos están sumamente agradecidos de esos encuentros.

La primera vez, en una calurosa noche de junio, Falby se hallaba tendido en la carretera en medio de un baño de sangre; tenía una hemorragia en la pierna a causa de una arteria rota. El accidente sucedió cuando Falby intentó adelantar a un camión, éste frenó sin avisar, la motocicleta de Falby se empotró contra el vehículo y el desafortunado policía salió despedido de la motocicleta.

Smith regresaba a su casa cuando presenció el accidente. No tenía conocimientos médicos, pero rápidamente se dio cuenta de que Falby se estaba desangrando, así que usó el sentido común y preparó con celeridad un torniquete con su corbata. Unos minutos después llegó la ambulancia. Su valiente actuación salvó la vida del policía.

Falby se pasó varios meses en el hospital. Cuando le dieron el alta, volvió a incorporarse a su trabajo. Cinco años después, en Navidad, Falby estaba de servicio cuando recibió un aviso sobre un accidente en un tramo de la autopista muy cercano. Falby, que fue el primero en llegar, encontró a Smith atrapado dentro de su coche. Estaba inconsciente, y además sangraba muchísimo a causa de una hemorragia en la pierna. Falby, que había realizado un curso de primeros auxilios, le aplicó rápidamente un torniquete. Tal y como dijo después: Un buen torniquete merece otro.

Fuente: «Amazing but True», *National Tattler*

Extraños en la playa

John Peskett estaba ojeando unas viejas fotos de unas vacaciones de su esposa cuando todavía era una niña. Súbitamente, clavó la vista en una pareja que aparecía en una de las imágenes. John miró con más detenimiento y se dio cuenta de que las dos personas que tomaban el sol eran sus padres.

John y la que se convertiría en su esposa, Shirley, tenían entonces diez años. Los dos niños compartieron el mismo trozo de playa durante unos deliciosos momentos de su infancia, completamente ajenos a que el destino les deparaba acabar juntos cuando fueran adultos.

Ambos crecieron en Inglaterra, pero muy lejos el uno del otro. En 1963, las dos familias pasaron las vacaciones estivales en un pueblecito costero; compartieron el mismo trocito de playa, nadaron en el mismo trocito de mar, y se marcharon a casa sin cruzar ni una sola palabra.

En 1974, John y Shirley coincidieron en la universidad y empezaron a salir juntos. El romance terminó en boda.

Cuando Shirley rescató su viejo álbum con las fotos de las vacaciones de 1963, John se fijó primero en una bolsa de playa y en un balón de fútbol. Estaba seguro que él tenía un balón igual cuando era pequeño, y que su madre tenía una bolsa como la de la foto.

«Esa mujer –comentó– se parece mucho a mi madre.»

A continuación, se fijó más atentamente y se dio cuenta de que, ciertamente, se trataba de su madre. A la mañana siguiente fue a ampliar la imagen. Ahora sí que podía ver a sus padres con toda claridad.

«Mis padres quedaron sorprendidos ante tal coincidencia, pero como ambos creían en el destino, pensaron que era una señal de que Shirley y yo estábamos predestinados a estar juntos.»

John dijo: «Yo también creo en el destino –confesó John-. Éste te emplaza en el lugar correcto en el momento preciso.»

Fuente: *Daily Mirror,* 30 de noviembre de 1998

Señal profética

Eileen Bithell se quedó tan desconcertada a causa de una coincidencia que sintió la necesidad de redactarla y enviarla al diario *The Times*.

«En la puerta de la tienda de comestibles que tienen mis padres ha estado colgando durante veinte años un cartel enmarcado en el que se indicaba el día de la semana en que la tienda permanecía cerrada por descanso del personal. Dos semanas antes de la boda de mi hermano, mi padre descolgó el cartel para cambiar el día de cierre. Cuando lo separó del marco, detrás del cartel apareció una fotografía de una niña pequeña en brazos de su padre. En el momento en que fue tomada la foto, el individuo era el alcalde de la población y estaba inaugurando el nuevo centro de salud. La niña pequeña era la futura esposa de mi hermano, y el hombre, por tanto, su futuro suegro. Nadie sabe cómo fue a parar la foto dentro del marco del cartel de nuestra tienda, ya que veinte años atrás, ningún miembro de mi familia tenía relación con la del alcalde. Sin embargo, ahora, dos miembros de esas dos familias iban a unirse en matrimonio.»

Doble autostop

El cómico Nick Witty estaba haciendo autostop en Nueva Zelanda en 1994 e intercambió direcciones con uno de los hombres que paró y lo llevó en coche. Dos años más tarde, el mismo hombre recogió a un amigo de Nick que estaba haciendo autostop en Nueva Zelanda. Le dijo al autostopista que hacía dos años también había recogido a un inglés, y acto seguido, abrió la guantera y le enseñó la dirección de Nick Witty.

Coincidencia con mucho voltaje

El distinguido poeta Craig Raine cuenta que una vez el compositor Nigel Osborne le pidió que escribiera un libreto para la ópera *The Electrification of the Soviet Union.*

«Nigel me llamó una noche y me preguntó si estaba interesado en escribir una ópera. Lo pensé durante unos quince segundos y acepté. Entonces le pregunté si tenía alguna idea en mente, a lo que él respondió que estaba pensando en una historia de Boris Pasternak llamada *El último verano.* Sorprendido le comenté que, aunque pareciera mentira, el día anterior había tomado mi ejemplar de ese preciso libro porque había sentido unas inmensas ganas de volver a leerlo.»

–Sólo existe un posible problema –dijo Nigel–, quizá no consigamos el permiso por parte de los administradores de los derechos de la obra de Pasternak.

–No te preocupes por eso –le respondí–. Mi esposa es la sobrina de Pasternak.

CAPÍTULO 9
Afirmativo: el mundo es un pañuelo

Al igual que el efecto de que el mundo es un pañuelo puede proporcionarnos gratas sorpresas y encuentros entrañables, o rescatarnos de una muerte inminente, también puede comportar dolor, humillación e incluso una atención no deseada de la policía. En esos casos, nuestro pequeño mundo se vuelve demasiado pequeño, asfixiante, diríamos. Muchas de las personas que fueron víctimas de las siguientes historias desearían seguramente haber nacido en un planeta mucho más grande.

Dos hermanas

Dos hermanas que conducían cada una su vehículo por una autopista en el estado de Alabama, en Estados Unidos, chocaron y murieron en el accidente. Las dos habían decidido, independientemente, ir a visitarse. Según la policía, ambas conducían dos «jeeps» idénticos en direcciones contrarias cuando uno de los vehículos atravesó la línea divisoria central y colisionó con el otro vehículo.

La venganza de la víctima

Mark Andrews se encontró de repente sin un céntimo en París durante una breve estancia de dos días en la ciudad de la luz. Le habían robado todo el dinero mediante un timo en el que demostró bastante ingenuidad.

Llovía, y Mark se había cobijado debajo de la marquesina de las galerías Lafayette cuando un coche se detuvo delante de él. El conductor llevaba un mapa en la mano y le preguntó a Mark si sabía dónde estaba la salida de la ciudad en dirección sur, ya que era italiano y quería regresar a su país.

Andrews le explicó que él era inglés y que no conocía la ciudad, por lo que no podía ayudarlo.

–Ah, me gustan los ingleses –manifestó el conductor, y a continuación añadió que su hija estaba trabajando de niñera en Londres y que él estaba en París por negocios.

–Soy representante de ropa de hombre –añadió. Luego señaló a Andrews–. Veo que necesitas un abrigo. Hace frío y llueve. Me sobra uno del muestrario; toma, te lo doy. –A través de la ventanilla le pasó algo envuelto en una manga de plástico que colgaba de una percha. Después puso el coche en marcha y desapareció.

Andrews empezó a caminar cuando unos pocos metros más adelante, el mismo automóvil volvió a detenerse bruscamente a su lado. El conductor bajó la ventanilla y le dijo: «Oye, te he dado un buen abrigo. Ahora tienes que ayudarme. Necesito dinero francés para poder repostar gasolina y regresar a casa.»

En ese momento, la petición no le pareció descabellada a Andrews. Después de todo, el individuo acababa de regalarle un abrigo. Le ofreció 100 francos, pero el individuo le indicó que no tenía suficiente e insistió en que le diera 200 francos más. Aunque parezca increíble, dice Andrews, le entregó el dinero. Le parecía una cifra razonable, a cambio del abrigo. Mas, cuando el vehículo desapareció de la vista, Andrews se dio cuenta que la bolsa no contenía ningún abrigo sino unas cuantas cartulinas dobladas.

Cuatro días más tarde, Andrews estaba de vuelta en Londres, colocando unos paquetes en el maletero de su coche cerca de Regent Street cuando un coche se detuvo a su lado y un tipo lo llamó. Era el mismo coche, ¡y el mismo hombre! Antes de que el individuo reconociera a su reciente víctima, Andrews se abalanzó sobre él a través de la ventanilla y se apoderó de las llaves del automóvil. «Si no me devuelves el dinero que me robaste, llamo ahora mismo a la policía», le dijo. El tipo le devolvió el dinero, con intereses. –¿Coincidencia? –pregunta Andrews–. ¿Destino? ¿O hay alguien ahí arriba que me quiere mucho?

Se equivoca de número

Cuando Amanda llegó a su casa y descolgó el teléfono reconoció la voz que escuchaba en su buzón de voz, aunque la persona que llamaba se había equivocado de número. La voz masculina también reconoció la voz de Amanda.

–Me he equivocado de número, pero reconozco tu voz, aunque haga más de quince años que no hablamos –dijo el hombre–. He escuchado el mensaje de tu contestador una docena de veces y estoy seguro que eres tú.

Amanda pensaba que John había desaparecido de su vida para siempre. Quince años antes habían vivido un romance apasionado, pero él rompió la relación a causa de otra mujer. Ahora John estaba casado y tenía tres hijos. Amanda también se había casado y tenía cuatro hijos.

John dejó otro mensaje en el que le pedía a Amanda que lo llamara. Ella lo hizo, y después fue a verlo. Ahora son un par de amantes que buscan una salida viable para que sus familias sufran lo menos posible; y todo por culpa de una coincidencia con un número de teléfono equivocado.

¿Coincidencia, o pura venganza?

Un hombre que se encontraba en un campo de golf de Manchester sufrió el fuerte impacto de una pelota. Diez días más tarde, su esposa también fue víctima del impacto de otra pelota, en el mismo lugar, y lanzada por el mismo golfista.

Jaque mate

Vincent Leon Johnson y Frazier Black eligieron al trabajador de una sucursal de banco equivocado cuando intentaron cobrar un cheque robado.

En el juicio que tuvo lugar un tiempo después en Austin, Texas, se relató cómo los dos ladrones habían entrado en la casa de David Conner y se habían llevado dos televisores y varios talonarios que pertenecían a Conner y a su novia, Nancy Hart, mientras la pareja se encontraba en sus respectivos trabajos. Unas horas después, Johson y Black entraron en el banco donde Nancy trabajaba como cajera. Le mostraron un cheque que ellos habían falsificado por un valor de unos 150 euros aproximadamente, emitido por Hart a favor de Conner. El personal de seguridad del banco retuvo a los dos individuos hasta que llegó la policía.

Fuente: *Associated Press,* 1977, Austin, Texas

El coche de Karpin

Los agentes del servicio de inteligencia francés arrestaron a un espía alemán, Peter Karpin, en Francia, justo después de que estallara la Primera Guerra Mundial. Mantuvieron el arresto en secreto y enviaron informes falsos firmados por Karpin a sus superiores, al tiempo que interceptaban el dinero enviado para Karpin en Francia. Los fondos fueron utilizados para comprar un coche. Karpin escapó en 1917. Dos años más tarde, cuando la guerra tocó a su fin, ese mismo coche atropelló y mató a un individuo en la zona alemana del Ruhr ocupada por los franceses. La víctima era Peter Karpin

Fuente: *Ripley's Giant Book of Believe It or Not!*

Hasta la muerte

Dos coches colisionaron a gran velocidad en París en 1996. Ambos conductores –que resultaron ser marido y mujer– fallecieron en el accidente. La pareja había estado separada durante unos meses, y ninguno de los dos sabía que el otro estaría esa noche en la carretera. La policía consideró primero la posibilidad de un extraño asesinato-suicidio, pero finalmente concluyó que se trataba de una trágica coincidencia.

El bolso equivocado

La policía de la localidad de Bari, en Italia, cazó a un carterista que acababa de robarle el bolso a una señora por el procedimiento del tirón. La mujer era la madre del carterista y, al reconocer a su hijo, decidió denunciarlo.

Chaqueta a medida

Un ladrón belga pensó que era mejor presentarse bien vestido ante el juez que iba a instruir su caso en el que le acusaban de varios robos, así que se presentó en el juzgado con su chaqueta más elegante. Al acusado le salió el tiro por la culata cuando el fiscal asignado al caso, Marc Florens, reconoció la chaqueta: era la misma que le habían sustraído de su casa a principios de año, junto con una máquina de fotos y una pequeña cantidad de dinero en efectivo. Florens recuperó la chaqueta, pero como parte interesada, tuvo que ser reemplazado por otro abogado para que el caso pudiera prosperar.

Esa canción no, por favor

Sarah, la vecina de Peter Robertson, se presentó un día en casa de Peter en un estado muy alterado porque había discutido con su novio. Con mucho tacto, Peter puso un poco de música lenta para calmarla, pero Sarah prorrumpió en incontrolables sollozos después de oír la primera nota de la canción de Van Morrison *Someone Like You.* Era la canción preferida de ella y de su novio.

Con un suizo es suficiente

Durante la Guerra Civil Nortemericana había un único soldado que entendía una de las lenguas cantonales de Suiza en el bando del ejército confederado, y fue una desventura para los prisioneros suizos capturados mientras luchaban a favor del ejército de la Unión que dicho soldado estuviera de guardia la noche que planearon su fuga. Bev Tucker alertó a sus camaradas después de oír a los prisioneros susurrar el plan en la lengua de su cantón nativo, donde Tucker había ido a la escuela. Los conspiradores desafortunados se encontraron rodeados por un círculo de bayonetas cuando intentaron escapar del tren que los llevaba hasta un campo de prisioneros en Maryland.

Iguales, pero diferentes

Un respetable hombre de negocios y líder de su comunidad fue denunciado por aparecer indecorosamente en tres salones de belleza después de ser identificado por las trabajadoras de dichos salones. Al señor J. D. Mullen, un ex director de la Cámara de Comercio, se le acusó de entrar en los tres salones vestido con pantalones elásticos ajustados y, acto seguido, llevar a cabo actos exhibicionistas obscenos. Como consecuencia de las denuncias, Mullen perdió su empleo y fue rechazado por la comunidad de vecinos.

Siete meses más tarde, sin embargo, retiraron todos los cargos cuando descubrieron que habían acusado al hombre equivocado. Mullen guardaba un increíble parecido con Michael Long, conocido por la policía con el sobrenombre de *el hombre de los elásticos*, que ya había sido arrestado varias veces por comportamientos similares. Los testigos confesaron que el parecido físico de ambos hombres era sorprendente. Mullen dijo: «La calumnia destrozó a mi familia. Aunque hayan retirado todos los cargos, el daño ya está hecho.»

CAPÍTULO 10
¡Qué alegría verte por aquí!

Este mundo no es simplemente un pañuelo; es un pañuelo habitado por miles de millones de personas. En el momento en que escribíamos esta frase había, según marca el reloj de la población mundial de Internet, 6.400.311.262 personas viviendo en este planeta. El citado número habrá aumentado considerablemente en el momento en que el lector tenga un ejemplar de este libro en sus manos. No es extraño, pues, que constantemente nos encontremos con gente por casualidad.

Para comprender mejor la naturaleza de estas clases de coincidencias debemos tener en cuenta la Teoría de los seis puntos de separación.

Primero imaginemos un campo muy, muy grande. En dicho campo colocaremos a toda la gente que conocemos. A continuación, añadiremos toda la gente que nuestros conocidos conocen, más toda la gente que los conocidos de nuestros conocidos conocen, más toda la gente que ellos conocen, más toda la gente que ellos conocen, más toda la gente que ellos conocen, más toda la gente que ellos conocen.

Con esa acción, de acuerdo con la teoría, reuniríamos a toda la gente del planeta, incluyendo a los ermitaños de las montañas del Himalaya y a los aborígenes de los lugares más recónditos de Australia. Si el lector no nos cree, puede hacer la prueba.

Quizá, lo sorprendente de esta teoría es que en un mundo tan pequeño y tan densamente poblado, los encuentros fortuitos no sucedan con más frecuencia. Es probable que los comediantes Peter Cook y Dudley Moore* acierten de lleno en su número cómico:

PETER: Hola
DUDLEY: Hola
PETER: ¿Qué tal?
DUDLEY: Muy bien. ¿Y tú?
PETER: También muy bien.
DUDLEY: Lo cierto es que tienes un aspecto formidable.
PETER: Es que estoy realmente en forma. ¿No es... sorprendente, encontrarnos así, por casualidad?
DUDLEY: Sí, y sobre todo en este lugar.
PETER: Eso, sobre todo en este lugar. Veamos, no te había visto desde... ejem...
DUDLEY: Esto... espera un segundo... ¿cuándo fue la última vez?... No nos habíamos visto desde... ejem...
PETER: Bueno, lo cierto es que no nos habíamos visto nunca.
DUDLEY: No, no nos habíamos... ejem... visto nunca.
PETER: Es cierto. No nos habíamos visto antes, ¿a que no?
DUDLEY: No.
PETER: No me conoces.
DUDLEY: No, no te conozco. Qué pequeño que es el mundo, ¿verdad?
PETER: Pues sí, es cierto. ¡El mundo es un pañuelo!

A continuación relatamos unos cuantos encuentros fortuitos extraordinarios entre personas que, a diferencia de Pete y Dud, sí que estaban relacionadas.

Tan lejos como en la próxima esquina

Nellie Richardson se despidió de su hermano Joseph a principios de la década de los cuarenta y no lo volvió a ver hasta cincuenta años después. Joseph era un adolescente que se acababa de alistar en la marina. A medida que pasaron los años, Nellie perdió toda esperanza de volver a ver a su hermano, pero un día, sentada en un

* N. del E. Conversación extraída de *The Dagenham Dialogues,* Methuen Publishing Limited, 2003.

asilo de ancianos, se quedó de piedra cuando vio al octogenario que descansaba al final de la sala. Inmediatamente supo que era Joe. El encuentro entre los dos hermanos es increíble, pero todavía es más inaudito que sus caminos se hubieran desarrollado de forma paralela y muy próxima durante muchos años sin que llegaran nunca a cruzarse. En el momento en que tuvo lugar la reunión de los dos hermanos, Joe llevaba viviendo en el asilo seis meses, y en las décadas anteriores, los dos habían residido en Manchester, a tan sólo un kilómetro de distancia. Cada uno de ellos tenía una hija de cincuenta y cinco años llamada Sandra.

Marcia y Peter se vuelven a encontrar

Peter y Jean y Paul y Marcia eran dos parejas que vivían separados únicamente por un par de kilómetros de distancia. Tenían un amigo común que nunca los había presentado. Una noche ese amigo organizó una cena seguida de baile para ochenta personas. La casualidad quiso que Peter y Marcia se sentaran uno al lado del otro, según ambos, por primera vez.

Peter se fijó en la tarjeta de identificación que colgaba del bolso de Marcia y le dijo:

–No olvidaré tu nombre, porque hace sesenta años yo jugaba con una niña pequeña llamada Marcia en la India.

–Y yo acostumbraba a jugar con un niño pequeño que se llamaba Peter en la India –respondió ella sonriendo.

Ambos acababan de recuperar una amistad de la infancia.

Acertó con el conductor

Nunca se sabe a quién vamos a conocer cuando hacemos autostop. Los padres de Tim Henderson se divorciaron cuando él todavía era muy joven. Su padre se volvió a casar y de la nueva unión nació un hijo, pero Tim nunca llegó a conocerlo. Bueno, así fue hasta que Tim subió a un automóvil un día que hacía autostop. El conductor se llamaba Mark Knight y era ingeniero. Durante el largo trayecto que separaba Newcastle de Londres, ambos descubrieron que eran hermanos.

Fuente: *Derby Evening Telegraph,* 2 de febrero de 1996

Hermano, ¿dónde estás?

Todos hemos pasado por la experiencia de perder algún objeto y luego encontrarlo justo delante de nuestras narices. Eso fue lo que le pasó a Rose Davies... con su hermano.

Rose sólo tenía tres meses de vida cuando fue dada en adopción. Unos años más tarde descubrió que tenía tres hermanos: Sid, John y Chris, y decidió buscarlos.

Rose encontró primero a Sid y después a John, pero no tuvo que buscar demasiado lejos para encontrar a Chris. Éste vivía justo en la casa de enfrente.

Rose tenía entonces cuarenta años, y su sorpresa fue inmensa cuando averiguó que el hombre que acababa de mudarse a la casa contigua era su hermano.

«Sólo conocía a la familia desde hacía tres meses, pero pensé que era una gente muy agradable.»

Chris tenía treinta y siete años. Cuando Rose le dijo quién era no se lo podía creer. Él también había estado buscado a su hermana.

Familias felices

Martin Plimmer y su esposa eran buenos amigos de dos parejas; llamémosles Janet y John y Antonio y Cleopatra. Cada una de las tres parejas tenía dos niños, y cuando llegaba el verano acostumbraban a irse de vacaciones juntas, o bien los Plimmer con Janet y John, o los Plimmer con Antonio y Cleopatra. A veces también coincidían las tres parejas. Era fantástico, ya que los niños se llevaban muy bien entre ellos.

Ese estado tan feliz y armonioso cambió radicalmente cuando Antonio y Cleopatra se separaron. La dinámica de la amistad se resquebrajó y se hizo añicos. El problema fundamental era que Janet no soportaba a Rodolfo, la nueva pareja de Cleopatra, y a su vez Rodolfo no se sentía nada cómodo con Janet. En su primer y único encuentro social, Janet y Rodolfo se enzarzaron en una discusión y acabaron intercambiando numerosos insultos. En las semanas siguientes a la pelea, el resentimiento entre ambos fue en aumento. Además, Cleopatra se enfadó con Janet porque no aprobaba a su nuevo amor, y Janet se enfadó con Cleopatra por ponerse de parte de Rodolfo.

Ante tal situación, las expectativas de realizar unas vacaciones todos juntos se esfumaron por completo. Los Plimmer decidieron ir con Janet y John y dejar que Cleopatra y Rodolfo exploraran su nuevo amor sin ninguna pareja de compañía.

Con todos los problemas que habían surgido, nadie se había preocupado por realizar las reservas pertinentes para las vacaciones. Los Plimmer y Janet y John decidieron alquilar una casa en la Provenza. Cleopatra y Rodolfo, de forma independiente, decidieron alquilar una casa en la Provenza, también. Los Plimmer y Janet y John encontraron una casa encantadora en un pueblecito llamado Saint Antonin du Var. Cleopatra y Rodolfo, de forma independiente, encontraron una deliciosa casita en un pueblecito llamado Pontevès. Pero unos días antes de iniciar las vacaciones, el propietario del inmueble en Pontevès llamó a Cleopatra para disculparse. Había alquilado la casa a otra pareja para el mismo periodo vacacional por error, pero dijo que tenía otra casa en Saint Antonin du Var y que a causa del malentendido accedía a alquilársela a un precio inferior. Y así fue como las tres parejas acabaron veraneando en el mismo pueblecito.

Hola, muñeca

Cuando la niña de cinco años llamada Zena Snow fue evacuada de la población inglesa de Hull a Cambridge durante la Segunda Guerra Mundial, se llevó consigo un regalo que le había dado su madre, una muñeca de trapo a la que ella llamaba Calderilla. Su mamá la había hecho a partir de unos viejos jerséis de su papá, y había adornado su cara con una enorme sonrisa para que Zena se acordara siempre de la felicidad que se respiraba en su casa. Pero la tía de Zena la animó para que dejara a Calderilla en un mercadillo de Cambridge que la iglesia había organizado con fines benéficos. La tía le dijo a Zena que era una buena obra de caridad. Al cabo de cincuenta y tres años, en una visita a Cambridge, Zena y su marido estaban paseando por un mercadillo cuando Zena descubrió a Calderilla en una de las paradas. La muñeca estaba de nuevo a la venta en un mercadillo que la iglesia había organizado con fines benéficos.

Fuente: *Daily Mail,* 18 de noviembre de 1996

De repente, un extraño

Qué extraño nos parece cuando conocemos a alguien y averiguamos que ya nos habíamos cruzado con esa persona en el pasado, cuando todavía no nos conocíamos, pero todavía es mucho más extraño cuando tenemos, además, una foto de esa persona.

El pasatiempo preferido de Graham Freer es la fotografía. Le encanta hacer fotos y luego revelarlas. En una de ellas, aparece un grupo de personas en la plaza del ayuntamiento de una importante ciudad inglesa. Al principio esa foto destacó únicamente porque fue la imagen que Graham eligió al azar para realizar unas pruebas de calidad con unas teleobjetivos nuevos. Unos años más tarde, conoció a una chica y se hicieron buenos amigos. Cuando volvió a revisar sus viejas fotos, la prueba fotográfica sin ningún valor sentimental que había realizado previamente se convirtió en algo más. No, la imagen no había cambiado, pero el fotógrafo sí, y también su relación con una de las chicas que caminaba por la plaza. Se trataba de su nueva amiga.

CAPÍTULO 11
Perdido y hallado

Una trotamundos cuenta una anécdota interesante: parece ser que perdió las lentes de contacto mientras se bañaba en las cascadas de unas montañas de Perú. Tres días más tarde, estaba lavando su ropa interior en un tramo más abajo del mismo río cuando avistó algo brillante sobre una roca cercana al agua. ¡Eran las lentes de contacto que había perdido! ¿Demasiado increíble para ser verdad? Posiblemente, pero lo que es cierto es que si algo puede suceder, tarde o temprano sucederá. Así que si alguien pierde las lentes de contacto mientras se baña en una cascada, sobre todo, que no pierda la esperanza. Sólo hay que ser paciente.

También es posible encontrar historias de coincidencias –no, en este caso las historias no se habían extraviado– de la forma más extraña y casual. Durante la fase de investigación de este libro, Brian King se desplazó hasta la emisora de la BBC para realizar un trabajo informático en el departamento de anuncios de Radio 4. Estaba explicando a Amanda Radcliffe, una de las productoras del departamento, que estaba buscando anécdotas para un libro sobre coincidencias cuando la mujer lo interrumpió y le dijo: «Echa un vistazo al correo electrónico que mi amiga Cathy me acaba de enviar desde Australia.» Cathy contaba una coincidencia extraordinaria de la que acababa de ser testigo. Ésta es la historia, se llama *Dos anillos en la bahía,* y la ilustramos con otros cuentos interesantes sobre personas y cosas perdidas y halladas.

Dos anillos en la bahía

Graham Cappi, de Bristol, quedó completamente abatido cuando su anillo de matrimonio se perdió en las profundas aguas de la Bahía de Nelson, en Australia, durante su luna de miel. Cuando Graham regresó a Inglaterra, había perdido toda esperanza de recuperar la alianza.

Quince meses más tarde, Nick Deeks, otro inglés que estaba de vacaciones en la Bahía de Nelson, también perdió su anillo nupcial mientras buceaba. Al día siguiente, regresó al mismo lugar con expectativas de encontrarlo. Tras varios intentos, finalmente subió a la superficie con aire triunfal: ¡había encontrado el anillo! Pero después de observarlo detenidamente, se dio cuenta de que no era su anillo; era el de Graham Cappi. Animado por el hecho de haber encontrado una alianza, volvió a sumergirse, y esta vez, aunque parezca increíble, encontró su propio anillo de matrimonio. No tenía ninguna posibilidad de averiguar quién era el propietario del otro anillo, pero por casualidad, decidió preguntar en la localidad y varias personas se acordaron del visitante inglés que había hablado sobre un anillo perdido. Finalmente logró contactar con Graham Cappi en Inglaterra. Graham sintió una inmensa alegría cuando oyó que alguien había encontrado su anillo. Nick entregó la alianza a una chica de la localidad que tenía que ir a Inglaterra de viaje. Ella también mostró una enorme sorpresa cuando vio que la fecha grabada en el interior del anillo, que correspondía al día de la boda de Graham, coincidía con el día de su cumpleaños.

La caja de cerillas de oro

El Príncipe de Gales entregó una caja de cerillas de oro a su amigo y compañero de cacería, Edward H. Sothern, un actor muy famoso en la década de los ochenta.

Un día, durante una jornada de caza, Sothern cayó de su caballo y perdió la caja de cerillas que llevaba atada a una cadena. Sothern encargó un duplicado que, tras su muerte, heredó su hijo Sam. Sam, que era también actor, se llevó la caja de cerillas a un viaje a Australia y allí la entregó a un señor llamado Labertouche. Cuando regresaba a Inglaterra, Sam se enteró de que de veinte años después de que su padre perdiera la caja original, un granjero la había encontrado mientras araba un campo esa misma mañana.

Sam explicó lo que había sucedido a su hermano Edward H., el tercer actor de la familia, que en esos momentos se encontraba de gira por Estados Unidos. Edward leyó la carta mientras viajaba en tren junto con uno de sus compañeros, Arthur Lawrence. Edward le contó a Lawrence la historia, lo que provocó la reacción instantánea de su amigo de tomar rápidamente la cadena que colgaba de su bolsillo. Del extremo de la cadena pendía el duplicado de la caja de cerillas de oro, un regalo de parte de un señor australiano llamado Labertouche.

En medio de desperdicios

Bárbara Hutton tiró de la cadena del lavabo junto en el instante en que se le partió la pulsera y ésta fue a parar al retrete. Unos meses más tarde, Bárbara estaba en una joyería cuando entró un hombre que deseaba que le tasaran un brazalete. Era la pulsera de Bárbara. El individuo la había encontrado mientras realizaba unos trabajos en una alcantarilla.

Regreso desde la muerte

Alpha Mohammed Bah no podía soportar la devastadora idea de que su compañera y sus hijas hubieran muerto. Para él, el momento en que se reunió de nuevo con ellas gracias a una coincidencia fue como volver a nacer.

A principios de 1997, Alpha estaba trabajando como fotógrafo profesional en Freetown, la capital de Sierra Leona. Su compañera, Fatmata, y sus dos hijas vivían en el otro extremo de la ciudad.

«No nos podíamos quejar –explica Alpha–. Gozábamos de un buen nivel de vida. Nuestros ingresos dependían de mi trabajo y, afortunadamente, el negocio iba bien.»

Pero todo cambió radicalmente cuando la junta militar ocupó el poder y obligaron a Alpha a actuar como jefe de seguridad de una comunidad local.

«Todo el mundo tenía pánico del gobierno. Cada día éramos testigos de ejecuciones y de un sinfín de otras atrocidades. Yo no quería perseguir a gente inocente, pero si me negaba, me fusilarían. Finalmente, decidí que lo mejor era abandonar el país.»

Alpha tuvo que escapar sin poder despedirse de su esposa ni de sus hijas –en esos momentos, una tenía tres años y la otra era un bebé– por la imposibilidad de cruzar los controles que lo separaban del otro lado de la ciudad, donde ellas vivían. Voló hasta Nueva Guinea con la resolución de no regresar a su casa hasta que las cosas no se calmaran. En 1998, la junta militar fue derrocada durante un intervalo de varios meses, y Alpha regresó con la intención de hallar a su familia.

«Busqué por los campos de refugiados, pero no las encontré. En el transcurso de la búsqueda, no localicé a nadie que pudiera confirmarme si estaban vivas o muertas. Ante la falta de evidencias, empecé a hacerme a la idea de que habían muerto.»

La situación política empezaba nuevamente a deteriorarse, y Alpha tomó la decisión de emigrar a Estados Unidos. Por el camino, fue detenido e interrogado por los oficiales de emigración del aeropuerto de Heathrow, en Londres, así que decidió solicitar asilo político en Gran Bretaña. Se instaló en Cardiff, la capital de Gales, donde realizó tareas de traducción e interpretación para ayudar a otros refugiados a formalizar las solicitudes de asilo. Unos meses después, un amigo contactó con él para pedirle que ayudara a una mujer y a sus dos hijas de Sierra Leona que acababan de llegar a Gran Bretaña.

No pudo dar crédito a lo que veían sus ojos: delante de él estaban Fatmata y sus dos hijas.

«Era imposible creerlo –confiesa–. Fatmata y yo empezamos a llorar de alegría. Más tarde, mi esposa me contó que había perdido toda esperanza de volver a encontrarme con vida.»

La brocha de afeitar regresa a casa

Durante la Primera Guerra Mundial, un soldado del ejército de Estados Unidos estaba a bordo de un buque de guerra que fue torpedeado frente a las costas francesas y se hundió. Logró sobrevivir a aquella tragedia, pero perdió todas sus pertenencias. Cuando la guerra terminó, lo licenciaron y regresó a su tierra natal. Un día, mientras paseaba por la costa cerca de Brooklyn, encontró una brocha de afeitar atrapada entre unas rocas. La brocha tenía un número del ejército grabado en la parte posterior. Era su propia brocha de afeitar.

La foto delatora

Colin Evens salió de la tienda que regentaba en Sydney y se apoyó en la pared de la calle para tomar un poco de aire fresco de la mañana. De repente, un hombre se le acercó, lo miró fijamente y se presentó. Se llamaba Derek, y trabajaba en la oficina de correos de la localidad.

–Acabo de ver una foto tuya –dijo el extraño–. Estabas sentado, cerca del puerto de Sydney.

Derek convenció a Colin para que lo acompañara hasta la oficina de correos. Una vez allí, le mostró unas fotos que había encontrado desperdigadas en medio del correo que acababa de llegar. Efectivamente, se trataba de unas fotos de Colin. Su madre las había hecho durante una visita a su hijo y se las había enviado desde el condado de Yorkshire, en Inglaterra.

Una cálida bienvenida para Jack Frost

La novelista Anne Parrish se alegró mucho al encontrar un ejemplar del libro *Jack Frost*, publicado en inglés, en una parada de libros de segunda mano cerca de la Ille de la Cité, en París. Era su libro preferido cuando era una niña y vivía en Colorado Springs, Estados Unidos, pero no había visto ningun ejemplar de él desde entonces. Mostró el libro a su esposo, éste lo abrió por la primera página y encontró la siguiente inscripción: Anne Parrish, 209 N. Weber Street, Colorado Springs.

Un recorte de diario

Un diario perdido en un campo cerca del condado de Sussex en 1952, apareció justo bajo los pies de su dueño. León Goosens, un reputado músico, se había detenido en ese mismo campo para encender un cigarrillo, recogió el objeto maltrecho y lo ojeó. Las cubiertas estaban completamente ajadas, y se podía apreciar claramente la práctica normal utilizada en esa época para encuadernar libros consistente en reforzar las tapas con recortes de periódicos. Hasta ahí, nada parecía extraño, pero lo que sorprendió a León fue que ese recorte de periódico en particular hablaba sobre él. Se trataba de un artículo de hacía diecinueve años sobre el día de su boda en 1933.

CAPÍTULO 12
La vida, imitadora del arte

Seguramente, la siguiente escena resultará familiar a millones de cinéfilos: Leonardo DiCaprio en el papel de Jack Dawson y Kate Winslet como Rose DeWitt Bukater debatiéndose entre la vida y la muerte en las gélidas aguas del Atlántico Norte después de que el legendario *Titanic* es engullido por el mar mientras Celine Dion entona una canción con una fuerza morrocotuda.

Desde un punto de vista histórico, la película de James Cameron deja mucho que desear, pero ése es otro cantar del que aquí nos ocupa.

El hecho es que la reconstrucción del trágico hundimiento del *RMS Titanic* fue una muestra del arte como imitador de la vida. Lo que mucha gente no sabe es que los eventos reales que rodearon el funesto viaje del *Titanic* en 1912 parecen ser una muestra de la vida como imitadora del arte.

El *Titanic* no es el único ejemplo de este fenómeno que tiene tanto de misterioso como de espectacular.

El *Titán* y el *Titanic*

Nadie ha logrado hallar una teoría aclaratoria sobre los extraordinarios paralelismos entre la novela *Vanidad*, escrita por Morgan Robertson en 1898 acerca del hundimiento de un lujoso trasatlántico llamado *Titán*, y los eventos reales que rodearon el hundimiento del

RMS Titanic catorce años después, en 1912. Por las sorprendentes semejanzas en un buen número de detalles, parece como si Robertson hubiera escrito un artículo periodístico describiendo el trágico hundimiento. El mes del naufragio, el número de pasajeros y de la tripulación, el número de los botes salvavidas, el tonelaje, la magnitud e incluso la velocidad del impacto contra el iceberg, todos esos datos son prácticamente exactos.

Merece la pena leer con detenimiento la novela de Morgan para descubrir las similitudes con la tragedia que tan misteriosamente parece profetizar. El libro empieza así:

> Era el mayor trasatlántico de pasajeros construido por el hombre. En su montaje y mantenimiento se emplearon todas las ciencias, profesiones y oficios conocidos por la civilización. En el puente de mando había oficiales que, además de ser los mejores de la Marina Real Inglesa, habían superado unos exámenes ciertamente duros en los que habían demostrado sus extensos conocimientos sobre los vientos, las mareas, las corrientes y la geografía del mar; no eran sólo marineros, eran científicos.
>
> [...] Dos bandas de instrumentos de metal, dos orquestas, y una compañía teatral entretenían a los pasajeros durante las horas no destinadas a dormir.
>
> [...] Desde el puente de mando, la sala de máquinas, y una docena de enclaves del barco, las 92 puertas herméticas de los diecinueve compartimentos estancos se podían cerrar en medio minuto con tan sólo accionar una palanca. Esas puertas se cerraban también automáticamente ante la presencia de agua. Con nueve compartimentos sumergidos, el barco todavía se mantendría a flote, y como no se tenía constancia de ningún accidente marítimo en el que se hubieran inundado tantos compartimentos, el barco de vapor *Titán* estaba considerado prácticamente insumergible.
>
> [...] Medía 275 metros de eslora, tenía una capacidad para tres mil pasajeros, un tonelaje de setenta mil, disponía de tres propulsores y dos mástiles, y alcanzaba la velocidad de veinticinco nudos. En resumen, era una ciudad flotante, acolchada con paredes de acero para minimizar los peligros e incomodidades del viaje a través del Atlántico; tenía todo lo necesario para que la travesía fuera un verdadero placer.
>
> [...] Insumergible, indestructible; sólo disponía de veinticuatro botes salvavidas, los mínimos requeridos por la ley. Estos estaban cubiertos y estibados en pescantes individuales en la cubierta

superior. Cada uno de ellos tenía una capacidad para quinientas personas.

Las estadísticas comparativas entre el *Titán* de Morgan Robertson y el *Titanic* son remarcables, pero lo que es ciertamente espeluznante es la descripción de Robertson del choque del *Titán* contra el iceberg, como un vaticinio de la aterradora realidad que acaecería catorce años más tarde:

> Las campanas de alarma sonaron dos veces, luego tres. El contramaestre y sus hombres estaban en cubierta fumando un cigarrillo plácidamente cuando, de repente, oyeron la voz aguda del vigía desde la cofa del barco.
>
> [...] –¡Hielo a la vista! ¡Iceberg a proa! –gritó el vigía–. El primer oficial corrió hacia la proa, y el capitán, tras ver con sus propios ojos lo que se les echaba encima, se precipitó hacia la sala de máquinas e intentó una maniobra desesperada, pero ya era tarde. En cinco segundos, la proa del *Titán* empezó a levantarse, y allí delante, a través de la niebla, la tripulación pudo distinguir un enorme campo de hielos con una altura de más de treinta metros.
>
> [...] La nave de setenta mil toneladas –un verdadero peso muerto– se deslizaba a toda máquina a través de la niebla a una velocidad de veinticinco nudos cuando impactó contra un iceberg.
>
> [...] Los mecanismos de retención de las doce calderas y de los tres motores de triple expansión, que no habían sido diseñados para sostener tales pesos en un plano perpendicular, se rompieron, y esas moles de acero y hierro salieron despedidas contra las paredes del barco, agujereándolas, sin importar que éstas estuvieran protegidas por el otro costado por un témpano de hielo sólido y resistente. Las salas de máquinas y de las calderas se llenaron de vapor hirviendo, provocando la muerte casi instantánea aunque terriblemente dolorosa de los cien hombres que se hallaban en ellas.
>
> [...] En medio del aterrador rugido del vapor emergente, de los agonizantes gritos de socorro de casi trescientas voces humanas atrapadas en el interior de la nave, y del silbido del aire que se filtraba a través de cada uno de los agujeros de la pared reventada de estribor, la proa del *Titán* se levantó lentamente y el barco volcó hacia uno de sus costados. El monstruo agonizaba y emitía unos gemidos espantosos; estaba herido de muerte.

Ya entrada la noche del domingo 14 de abril, catorce años después de la publicación de la novela de Robertson, el *RMS Titanic,* proclamado como prácticamente insumergible por sus propietarios, la naviera White Star Line, chocó contra un iceberg que abrió una brecha en el casco del trasatlántico. En menos de tres horas, el barco se hundió bajo las olas. De las 2.200 personas a bordo, sólo 705 fueron rescatadas con vida, básicamente mujeres y niños.

El lado más salvaje de la vida

Algunas de las escenas de una serie televisiva británica de gran éxito llamada *Wildside* fueron filmadas en el Blackmarket Café situado en uno de los barrios más céntricos de la ciudad de Sydney como telón de fondo. En una de las escenas, dos pandillas con motociclistas se enzarzaban en una reyerta con un tiroteo incluido. Unos días más tarde, en ese mismo local tuvo lugar una pelea real entre dos pandillas con motocicletas que acabó con tres muertos. Con el fin de parecer lo más realistas posibles, los productores de la serie *Wildside* habían tomado prestadas varias motocicletas de una de las bandas que días después se vería envuelta en el tiroteo real.

¡Maldito tobillo!

Justo antes de la noche de estreno del musical *42nd Street,* la actriz Jan Adele resbaló y se hizo un esguince en el tobillo. El argumento del musical gira en torno a un director de Broadway que intenta conseguir un éxito más antes de retirarse. Sus esperanzas se vienen abajo cuando la artista principal de su espectáculo se tuerce el tobillo justo antes de la noche inaugural.

La serpiente

Una serpiente venenosa estuvo a punto de acabar con la vida de la actriz Trudie Styler en la selva amazónica, pero la casualidad hizo que la actriz supiera cómo debía actuar, ya que acababa de filmar una película en la que hacía el papel de una mujer encerrada en un piso con una mamba asesina. Trudie afirma que la película le salvó la vida.

La coincidencia se vuelve todavía más interesante si tenemos en cuenta que Styler siente una auténtica fobia por las serpientes, y por eso no tenía ni el más mínimo interés en formar parte del reparto de la película. Hace poco la actriz afirmaba: «Ni siquiera puedo mirar una foto de una serpiente. Si aparece una en algún programa televisivo, salgo inmediatamente de la habitación. Es una reacción instantánea fuera de mi control.»

Todo parecía estar en contra para que Styler aceptara el citado papel. Cuando su agente se lo planteó ella respondió: «¡Ni lo sueñes!». El director italiano Mario Orfini tampoco parecía interesado en ella.

–Encantado de conocerte –le dijo el director–, pero siento decirte que estoy pensando en Kim Basinger para interpretar el papel.

Styler no se amilanó. Sin perder la compostura le contestó:

–Pues tendrás que esperar mucho tiempo, porque no tienes el dinero suficiente para pagar su altísimo caché.

–Entonces, la siguiente persona en nuestra lista es Rosanna Arquette –prosiguió el director.

–Rosanna es una buena amiga, y sé que tiene varios proyectos firmados, por lo que no estará libre hasta el año que viene –replicó Styler–. Además, yo me parezco un poco a ella.

Según Trudie, no tenía la menor intención de aceptar el papel si al final el director se lo ofrecía, pero el tema se había convertido en una cuestión de orgullo. La actriz no aceptaba de ninguna manera que la rechazaran.

Al cabo, el director le presentó una oferta y ella aceptó, básicamente porque Trudie se dio cuenta de que el papel principal femenino desbordaba una enorme fuerza, lo cual es bastante inusual.

Cuatro meses más tarde, Styler se encontraba en la jungla tropical de Brasil con Sting, su compañero sentimental que además es un cantante de reconocida fama mundial, realizando los preparativos para fundar la Rainforest Foundation, una asociación con ánimo de proteger la selva amazónica. Una noche, la actriz se despertó con el presentimiento de que algo iba mal.

«Salí de la tienda, con una sensación de absoluto malestar, puse el pie sobre la hierba (iba descalza), tomé la linterna y caminé unos pocos metros, entonces me quedé petrificada. Allí, delante de mí, había esa serpiente enorme, con la boca abierta, lista para atacar. Mi mano estaba a tan sólo escasos centímetros de su cabeza; podría haberme mordido en un abrir y cerrar de ojos. Me mantuve muy quieta. Sabía lo que tenía que hacer porque lo había aprendido durante el rodaje. Parecía como si estuviéramos filmando de nuevo una de las escenas de la película.

»Respiré lenta y profundamente, porque esos bichos pueden percibir el pánico. Las serpientes son sordas, así que sabía que si no me movía ni un ápice, podía pedir ayuda, y eso fue lo que hice; grité: ¡Sting, hay una serpiente!, pero él estaba profundamente dormido y no me oyó. Es realmente irritante cuando nadie te hace caso y tú estás a punto de morir, así que alcé todavía más la voz, y esa vez logré alertar a varios nativos del poblado, que se personaron en un santiamén delante de la tienda con un garrote y mataron a la serpiente.»

Inventando austriacos

En 1966 tres escritores se hallaban sentados alrededor de una mesa pensando en posibles ideas para el argumento de una novela. Pearl Binder, que publicó su propia novela satírica en el año 1972, sugirió que la historia podía suceder en el futuro, cuando un exceso de población obligara a establecer campos de refugiados y vagabundos en Hyde Park, el extenso parque londinense. Olive, la esposa de George Ordish, sugirió que se podía incluir a un profesor en el campo de refugiados. George Ordish agregó que el profesor podía ser oriundo de Viena, un tipo viejo y cansado, con uno de esos impronunciables nombres austrohúngaros. Olive Ordish lo bautizó: Nadoloy... Horvath-Nadoloy...

Un par de días después, los escritores leyeron un artículo en la prensa sobre un viejo vagabundo extranjero que merodeaba por Hyde Park y que había dicho a la policía que su nombre era Horvath-Nadoloy.

«Nos sentimos como si hubiéramos inventado a ese vagabundo –dijo Binder– y, en el proceso, el personaje hubiera cobrado vida.»

Fuente: anécdota contada a Arthur Koestler por Pearl Binder

El doble desastre del *Caroline*

El dramaturgo Arthur Law se quedó atónito cuando descubrió que una novela que él había escrito parecía predecir un evento que acababa de suceder. Su tragedia, *Caroline,* escrita en 1885, trataba de Robert Golding, el único superviviente en el naufragio de un barco llamado *Caroline.* Justo unos días después de que la obra se estrenara en el teatro, un barco llamado *Caroline* se hundió. Su único superviviente fue un hombre llamado Golding.

El hombre que inventó a su esposa

Una muchacha idealizada se materializó en una cafetería de Berlín en 1929, cuando el dramaturgo y novelista alemán Leonhard Frank creyó a pies juntillas que estaba presenciando a la misma chica que había soñado tantas veces y que finalmente había descrito en una de sus novelas. Incapaz de moverse ante la emoción que sentía y plenamente consciente de la diferencia de edad que los separaba (Leonhard tenía cuarenta y ocho años, y ella no llegaba a los veinte), Frank la estuvo observando durante un largo rato pensando cómo iniciar una conversación con ella. En el momento en que iba a acercarse, un joven entró en la cafetería, se dirigió hacia ella, se disculpó por llegar tarde y los dos abandonaron el local. Durante las siguientes semanas, Frank asistió innumerables veces al Romanisches Café con la esperanza de volver a verla, mas ella no apareció. Tuvo que esperar diecinueve años antes de volver a tener la oportunidad de hablar con ella.

Después de tres años de ese primer encuentro, Frank se vio obligado a abandonar Alemania para evitar la persecución nazi.

En 1927 había escrito una novela en la que describía a Hanna, un personaje con unas cualidades que la convertían en una mujer joven ideal. Era grácil, esbelta, con carácter, con la piel fina y aceitunada, irradiaba una fuerza emocional, tenía un gran sentido del humor y mostraba una curiosidad innata frente a la vida. La aparición de la Hanna real en el Romanisches Café sucedió dos años después. Frank no podía dejar de mirarla. Esa mujer era todo lo que él había soñado. Pero ella no se fijó en él. En aquel caluroso verano de 1948 Frank estaba viviendo en Estados Unidos, donde había encontrado trabajo como guionista de Hollywood. Residía en Nueva York, pero había alquilado una habitación en una granja situada en el campo para escapar durante unas semanas del insoportable calor de la ciudad. Y allí fue donde nuevamente volvió a ver a su Hanna. Estaba sentada tal y como él la recordaba. Frank necesitó un día entero para poner en orden sus ideas y reunir el coraje suficiente para acercarse a ella. Le contó que la había visto por primera vez en Berlín, también le comentó que se parecía mucho a la muchacha que él había idealizado en uno de sus libros; acto seguido, intentó besarla. Ella lo apartó drásticamente. Estaba casada con el chico joven que Frank había visto en el café de Berlín, le explicó ella. Además, su nombre no era Hanna sino Charlote.

Charlotte hizo todo lo posible por evitar encontrar a Frank durante las siguientes semanas, pero de nuevo volvieron a coincidir y esta vez, los sentimientos del escritor se vieron correspondidos por los de ella. A la mañana siguiente, Charlotte llamó a su esposo y le pidió el divorcio. Al final de una prolongada cadena de eventos fortuitos, Frank se casó con su Hanna. Para Frank la historia confirmaba una vez más su creencia de que los encuentros fortuitos en la vida pueden ser sinónimo de destino.

Central de espías

Norman Mailer escribió una novela sobre un escritor y un grupo de espías que tituló *Barbary Shore* cuando vivía en Nueva York. Al principio no tenía intención de escribir un relato de espionaje, pero a medida que la trama se fue desarrollando, introdujo a un espía ruso y gradualmente el personaje empezó a dominar la acción. Después de que su libro fuera publicado en 1951, el Servicio de Emigración de Estados Unidos arrestó a un tipo que vivía justo en el piso de arriba de Mailer. Se trataba del coronel Rudolf Abel, el espía ruso más buscado en Estados Unidos en esa época. El dramaturgo Arthur Miller también vivía en el mismo edificio, aunque Mailer no escribió ninguna novela sobre dramaturgos.

Palabras letales

El legendario líder del cartel de Medellín, Pablo Escobar, leyó el guión de su propia muerte. Tom Clancy, el autor de *Clear and*

Present Danger –que posteriormente se convirtió en un éxito cinematográfico de la cantera de Hollywood– basó su ficticio jefe supremo del narcotráfico en la figura de Escobar. Clancy describió la forma en que este cabecilla moría acribillado a balazos por la policía nacional colombiana como resultado de una llamada interceptada que Escobar realizó a su familia a través de un teléfono móvil. En la vida real, Escobar fue localizado gracias al rastreo electrónico de dos llamadas telefónicas que hizo a su familia en Bogotá. En escasos minutos, la policía localizó el lugar de la llamada y se desplazó hasta allí. Escobar fue abatido por tres disparos. En el apartamento del narcotraficante se encontró un ejemplar de la novela de Clancy con muchas anotaciones y párrafos señalados. Uno de esos párrafos era el que relataba la llamada telefónica delatora. El día en que Escobar murió, estaban filmando precisamente esa escena.

El grumete Richard Parker

En 1884, un muchacho de diecisiete años llamado Richard Parker se embarcó en el barco *Mignonette* como grumete. El resto de la tripulación lo formaban el capitán Thomas Dudley y los marineros Edwin Stephens y Edmund Brooks. Zarparon en dirección a Australia desde el puerto de Southampton, en Inglaterra.

Se hallaban ya lejos de tierra firme cuando un huracán los embistió en los mares del Sur. El *Mignonette* sufrió la furia de las inmensas olas y se hundió. En los momentos de pánico antes de subir al bote salvavidas, la tripulación no tuvo tiempo de tomar ni agua ni provisiones, excepto dos pequeñas latas de nabos.

Al cabo de diecinueve días, el hambre y la sed consumía a los cuatro hombres, y la desesperación comenzaba a apoderarse de ellos. Richard Parker bebió agua salada y quedó inconsciente. El capitán Dudley consideró la posibilidad de echarlo a suertes y elegir una víctima para alimentar al resto de la tripulación. Brooks se opuso a matar a nadie, y Stephens estaba indeciso, así que el capitán decidió sacrificar al muchacho, ya que el estado de inconsciencia del joven grumete hacía suponer que era el que tenía menos esperanzas de continuar con vida.

Rezaron alrededor del cuerpo dormido de Richard y luego Dudley le dijo: «Richard, ha llegado el momento». Los tres marineros cenaron y sobrevivieron gracias a los restos de Richard durante treinta y cinco días, hasta que fueron rescatados por la embarcación *SS Moctezuma*, barco bautizado en honor a un rey azteca caníbal.

El caso de los tres individuos fascinó a toda la sociedad victoriana y se convirtió en el mejor estudio documentado de canibalismo en el Reino Unido. Dudley, Stephens y Brooks fueron condenados a seis meses de trabajos forzados. Después de cumplir la pena, los tres emigraron y no regresaron jamás a su país.

Esta historia está vinculada con un incidente realmente misterioso: medio siglo antes del desagradable suceso, en 1837, Edgar Allan Poe escribió *Las aventuras de Gordon Pym.* Este libro relata las peripecias de cuatro náufragos que después de muchos días sin probar bocado lo echan a suertes para decidir cuál de ellos será sacrificado para que el resto pueda sobrevivir.

El grumete es el que saca la pajita más corta. Además, se llama Richard Parker.

Epílogo de Richard Parker

Parece que las coincidencias atraen a las coincidencias.

El abuelo de Craig Hamilton Parker era un primo del joven grumete Richard Parker. Craig se encargó de realizar un estudio comparativo sobre más coincidencias vinculadas con la trágica historia de su pariente.

«Mi primo Nigel Parker fue el primero en darse cuenta de la conexión entre la historia de Poe y los eventos reales. Escribió un artículo y lo envió a Arthur Koestler, quien lo publicó en *The Sunday Times* el 5 de mayo de 1974.

»Koestler, autor del libro *Roots of Coincidence,* relata cómo después de enviar la historia al periódico, casualmente la mencionó a John Beloff, un profesor de la Universidad de Edimburgo, quien ese preciso día había escrito una entrada sobre esa historia en su diario.

»El padre de Nigel, Keith, pensó que la historia de Richard podría ser un tema interesante para una novela radiofónica, y empezó a desarrollar la sinopsis. En esa época, revisaba libros para la editorial Macmillan para sacar un suplemento del sueldo que ganaba como escritor. El primer libro que recibió por correo fue *The*

Sinking of the Mignonette (El hundimiento del *Mignonette*). Unas semanas después, recibió el encargo de revisar otra novela que formaba parte de un grupo de relatos cortos y que se llamaba *The Raft* (La balsa). Se trataba de un cuento para niños que no tenía nada de siniestro, a no ser por la ilustración de la portada: el dibujo mostraba a tres hombres en postura amenazante hacia un muchacho, un comportamiento sin ninguna conexión con la historia narrada. El autor de ese relato breve era un tal Richard Parker.

»En el verano de 1993, mis padres hospedaron en su casa a tres estudiantes españoles. Una noche, mientras cenaban, mi padre les relató la historia de Richard Parker. El televisor estaba encendido en la sala contigua al comedor. La conversación cesó en seco cuando en el programa de la tele empezaron a narrar la historia del desafortunado grumete. Papá rompió el silencio y dijo que siempre sucedían coincidencias extrañas cuando alguien mencionaba la historia de Richard. Entonces les contó el relato de Edgar Allan Poe. Al instante, dos de las estudiantes se pusieron muy pálidas. Una de ellas dijo que había comprado un ejemplar de la historia de Poe esa tarde. La otra muchacha la interrumpió y dijo que ella también había comprado el mismo libro. Ambas habían adquirido ese mismo día, independientemente, un libro que contenía la historia de Richard Parker.»

Patricia Hearst

Patricia Hearst, hija del magnate de los medios de comunicación Randolph Hearst, fue secuestrada en 1974 por un grupo radical terrorista llamado el Ejército de Liberación Simbionés. Fue uno de los secuestros más extraños que jamás haya sucedido.

Igual de extraño fue el hecho que la novela pornográfica llamada *Black Abductor,* escrita por James Rusk Jr. (bajo el pseudónimo de Harrison James) y publicada dos años antes del secuestro, describiera con una precisión impresionante muchas de las peripecias que pasó Hearst.

Tan pronto como el secuestro se hizo público, los editores Dell-Grove no perdieron el tiempo y reeditaron el libro con el nuevo título *Adbuction: Fiction Before Fact* (Secuestro: La ficción previa a la realidad). Aunque la historia está salpicada de escenas sexuales muy subidas de tono, contiene numerosas analogías con el caso Hearst. Todo un misterio. El libro relata la historia de una joven estudiante universitaria llamada Patricia e hija de un rico miembro de la extrema derecha que es secuestrada cerca del campus de la universidad mientras pasea con su novio.

El novio es agredido gravemente, y se convierte en el principal sospechoso del FBI, pero al final descubren que los secuestradores pertenecen a un grupo multirracial de activistas radicales que toman como modelo a un grupo de terroristas latinoamericanos. Su líder es un joven ex convicto negro.

El grupo solicita que dejen en libertad a un camarada que está preso acusado por el asesinato de un policía, y envía unas fotos de Patricia realizadas con una Polaroid en las que describen el secuestro como el primer secuestro político en Estados Unidos.

Al principio la chica es una prisionera contra su voluntad, pero más tarde acaba simpatizando con los objetivos del grupo y se une a él. Los secuestradores del libro predicen que tarde o temprano la policía descubrirá su escondite, que entonces los sitiarán, les echarán gases lacrimógenos y los matarán. Ante tales similitudes, el FBI consideró la posibilidad de que Rusk hubiera planeado el secuestro o que el Ejército de Liberación Simbionés hubiera tomado la idea después de leer dicho libro.

Fuente: *Incredible Phenomena*, Orbis Publishing

Marie Collier

El 8 de diciembre de 1971, la cantante de ópera Marie Collier se precipitó al vacío desde el balcón de su casa en Londres. Estaba hablando con su asesor financiero sobre una nueva gira por Estados Unidos cuando abrió la ventana y sufrió el accidente que le costó la vida. Marie Collier se había hecho famosa por su papel de Tosca, mujer que se suicida lanzándose desde una muralla en la última escena. Tosca fue la última actuación de Collier antes de que se cayera por la ventana.

El juez David Yeldham

Éste es uno de esos casos en que la vida imita al arte, pero en esta ocasión, los hechos suceden incluso antes de que el arte se convierta en un tema de dominio público. David Yeldham, un juez ya retirado de la Corte Suprema, se suicidó unos días después de que algunos miembros del Parlamento británico vincularan su nombre con un caso de pedofilia. El magistrado tenía tres hijos, y negó rotundamente los cargos. En la nota que escribió antes de quitarse la vida manifestó que se había sentido devastado por la citación judicial para que compareciera ante una comisión real que investigaría la denuncia que habían efectuado algunos miembros del parlamento contra su persona.

El juez se encerró en su garaje, puso su coche en marcha y murió por asfixia a causa de los gases tóxicos. El mismo final trágico es el que acompañó a dos individuos acusados de pedofilia en una película escrita por el hermano guionista del juez, en la cual narra una historia de corrupción de la policía y de otras autoridades legales que protegen a unos culpables de abusos sexuales de menores de edad. La película se basa en el libro con el mismo título escrito por Gabrielle Lord, en el cual el personaje principal es un juez de la Corte Suprema. Su lanzamiento al mercado estaba previsto justo cinco días antes de que el juez se suicidara.

Capítulo 13
Manifestaciones periódicas

Hoy, en la oficina, has conseguido captar la atención de todos tus compañeros. Te sientes imparable y admirado, y por eso continuas criticando al incompetente de tu jefe. Te quejas de su arrogancia y de su incapacidad por entender incluso los aspectos más esenciales de la dirección de una empresa. De repente, te das cuenta de que los compañeros no te escuchan. Todos tienen la vista clavada en un punto justo detrás de ti. Te das la vuelta y descubres al gran individuo que está de pie, en la puerta y te mira con desprecio...

Las manifestaciones de ese tipo son la cara negativa de la moneda de las coincidencias. A veces, por suerte, pueden actuar a favor nuestro.

La conquista del espacio

Charles Carson sentía una enorme frustración. Estaba preparando unas diapositivas con ilustraciones de varios libros para la conferencia que tenía que impartir en una sociedad de astronomía y le faltaba el libro principal. Por desgracia, no había manera de encontrarlo.

Su charla trataba sobre artistas que habían pintado representaciones del espacio. Carson disponía de un gran número de ese tipo de pinturas, pero no tenía ninguna del artista más respetado en ese campo, Chesley Bonestell. El libro que necesitaba, *La conquista del espacio,* estaba lleno de ilustraciones de Bonestell, pero tras una búsqueda informática en la biblioteca local tuvo que aceptar que no quedaba ni una sola copia de dicho libro en toda la ciudad de Londres.

Un par de horas más tarde, Charles acompañó a su esposa a un mercadillo benéfico. Allí se entretuvo ojeando libros de segunda mano, pero como no había ninguno de su interés, empezó a hurgar entre una pila de anuarios infantiles para pasar el rato. En medio de ellos encontró una copia de *La conquista del espacio.*

Esta isla es un pañuelo

Antes de convertirse en un escritor famoso, Bill Bryson trabajó como periodista en régimen de autónomo. Un día, una revista lo contrató para que escribiera un artículo sobre coincidencias curiosas. Logró reunir mucha información, pero no encontró suficientes ejemplos para ilustrar el artículo, así que escribió una carta a la revista comunicándoles que no podía realizar el trabajo. Dejó la carta en el comedor, con la intención de echarla al correo al día siguiente. Llegó el día siguiente y antes de salir de su casa Bill recogió el correo que acababa de recibir. Desde el *The Times* le enviaban unos libros y le pedían que los revisara. Sus ojos se fijaron irremediablemente en un libro llamado *Remarkable True Coincidences* (Extraordinarias coincidencias verídicas). Lo abrió por una página al azar y vio que narraba la anécdota de un hombre llamado Bryson (ver página 212). El libro había encontrado a su hombre.

Fuente: *Notes From a Small Island,* Bill Bryson

El actor y el libro

A George Feifer le robaron del coche su ejemplar personal de la novela *La chica de Petrovka,* con cuantiosas anotaciones en los márgenes, en una calle de Londres en 1971. Dos años después vendió los derechos de la novela a un director de cine. Anthony Hopkins fue elegido para interpretar el papel del personaje principal en la película.

Hopkins salió un día de su casa con la intención de comprar un ejemplar del libro, pero a pesar de visitar numerosas librerías en Londres, no encontró ni un solo ejemplar de la novela. Decepcionado, decidió regresar a su casa. Por el camino, se fijó en un paquete abierto que había sobre uno de los asientos de la estación de metro de Leicester Square. Pensó que podía ser una bomba, así que lo inspeccionó con cautela y... no, no era una bomba sino una copia de *La chica de Petrovka,* precisamente el libro que estaba buscando. Unos meses después, en un encuentro con Feifer en Viena, Hopkins le enseñó el libro al autor y éste mostró una enorme sorpresa; era su copia personal, la que le habían sustraído del coche unos años antes.

Si Mahoma no va a la montaña...

Mark George, encargado de una agencia de fotógrafos, decidió celebrar el ochenta cumpleaños de su padre invitándolo a cenar en el hotel Savoy de Londres. Durante la cena, Mark le relató una lamentable experiencia que había tenido con un director engreído en un hotel en Escocia.

Mark se había escapado unos días a bucear con unos amigos al lago Ness, y esa noche decidieron cenar en el hotel Inver Lodge. Una de las características del comedor del hotel son las ventanas con unas maravillosas vistas al lago Ness, desde donde además se divisa toda la línea de la costa. El restaurante estaba prácticamente vacío esa noche, y cuando el camarero les indicó una mesa en la parte interior de la sala, Mark preguntó si podían sentarse en una de las mesas junto a una ventana. El camarero pareció dudar unos instantes y, entonces, el director del hotel que estaba cenando en una de las mesas privilegiadas, se levantó y les dijo que no podían sentarse en esas mesas porque las estaban ya preparando para el desayuno del día siguiente.

Con gran desgana, el grupo aceptó una mesa al fondo de la estancia. Más tarde, llegó un amigo que había estado buceando con ellos y se sentó en la mesa para tomar una copa con el resto del grupo. No tenía hambre, así que pidió sólo una copa de vino. El camarero tomó nota y desapareció. Al cabo de unos instantes, reapareció el director y les advirtió que no era posible servir únicamente vino en el restaurante; el cliente tenía que pedir algo de comer. Exasperado, el grupo pidió un menú completo para que su amigo eligiera alguna cosa insignificante para comer. En ese momento, el director les comunicó que la cocina ya estaba cerrada.

«No podía creer que existiera alguien tan difícil –le dijo Mark a su padre, sacudiendo la cabeza–. Incluso escribí una carta de queja al hotel, pero no recibí respuesta.»

En ese momento, un individuo que estaba cenando en la mesa contigua a la de Mark se levantó y se presentó. Era un tal lord Vestey, y dijo que aunque no le gustaba inmiscuirse en las conversaciones ajenas, no había podido evitar escuchar la de Mark. Lord Vestey era el propietario del hotel Inver Lodge. Pidió disculpas a Mark por lo ocurrido y le prometió investigar qué había sucedido. Además, invitó a Mark a visitar el hotel de nuevo, pero esta vez con todos los gastos pagados. Invitaba la casa.

La partida de ajedrez

Arthur Koestler describió el siguiente incidente como «un caso típico y bastante trivial de un modelo recurrente».

Escribió: «en la primavera de 1972, el *Sunday Times* me invitó a escribir un artículo sobre la partida entre Boris Spassky y Robert Fischer en un campeonato de ajedrez que iba a tener lugar ese mismo año en Reykjavik, en Islandia. El ajedrez ha sido uno de mis pasatiempos favoritos desde mi época de estudiante, pero creí necesario ponerme al día en cuanto a los últimos avances. También quería documentarme acerca de Islandia, que sólo conocía por haber pasado unas escasas horas en el aeropuerto de la capital una vez que hice escala durante un vuelo trasatlántico. Así que un día de mayo fui a la biblioteca Saint James Square de Londres con la intención de llevarme a casa varios libros relacionados con esos dos temas. Durante unos instantes dudé sobre cómo realizar la búsqueda, si empezar por la letra *A* de ajedrez o por la letra *I* de Islandia. Finalmente me decidí por la *A* porque era la que tenía más cerca. Encontré unos veinte o treinta libros sobre ajedrez en las estanterías, y el primero que captó mi atención fue un enorme y pesado volumen con el título: *Ajedrez en Islandia y en la literatura islandesa*.

Salvada por la canción

Phyllis Harding, una cantante y bailarina inglesa, recuerda la coincidencia extraordinaria que la salvó de una muerte casi segura en el escenario.

«Estaba actuando con la compañía de teatro norteamericana de Noel Coward. Después de nuestra temporada en Nueva York, iniciamos una breve gira por Canadá. En una de las representaciones, nos hallábamos todos sobre el escenario interpretando una coreografía que terminaba con la canción *Britannia Rules de Waves* interpretada por Miss Beatrice Lillie. Al final del segundo verso, estábamos alineados justo en el centro del escenario, escuchando a Miss Lillie, cuando de repente, me fijé en la cara angustiada de la cantante. Para nuestro asombro, repetía sin cesar el segundo verso completo, con lo cual nos obligaba a no movernos de nuestro sitio en el escenario.

»De repente, oímos un grancestrépito y una de las enormes lámparas del teatro se desprendió del techo y fue a aterrizar justo en el centro del escenario, en el lugar preciso en el que nosotros deberíamos haber estado si hubiéramos seguido la coreografía. La lámpara se partió por la mitad y los fragmentos de cristal salieron despedidos en todas direcciones. Sin pestañear, Miss Lillie se acercó con calma al coro y obedientemente nos desplazamos hasta nuestras posiciones en el escenario.

»Miss Lillie no había sufrido nunca un lapso de memoria como ése, y nunca más le volvió a suceder.»

Fuente: *Incredible Coincidence,* Alan Vaughan

Se busca animador para una fiesta

Tony Mills planeó pedirle a su buena amiga Harriet que cantara en su boda en junio de 1996. Se lo mencionó unos meses antes del día en cuestión, pero cuando se acercó la fecha, los novios se vieron obligados a cambiar de planes y reorganizar la recepción a toda prisa. El director del pub en el que deseaban ofrecer la fiesta le dijo a Tony que él se ocuparía de los preparativos, que conocía a un magnífico dúo que amenizaría toda la velada. Tony llamó rápidamente a Harriet para explicarle lo sucedido; no quería que su amiga se ofendiera. Harriet le respondió que acababa de recibir una llamada telefónica con una oferta para cantar durante la recepción de una boda: precisamente para la fiesta de Tony y su novia.

Aquí tienes tu maldita pala

El 23 de diciembre de 1946, Bill McCready, un chiquillo de siete años, montó en el coche junto a sus padres y su hermanita menor y, acto seguido, se pusieron en camino para ir a celebrar el día de Navidad con los parientes que tenían en Glasgow. El viento arreciaba, y el viaje terminó en desastre cuando el coche quedó atrapado en una zanja bastante profunda. Afortunadamente, los McCready fueron rescatados por un camionero que los ayudó a sacar el coche de la cuneta con una pala. Luego, el individuo desapareció y se dejó la pala. El padre de Bill guardó siempre la pala en el maletero como un talismán. Diecisiete años después, Bill, que por entonces tenía veinticuatro años, se encontró con su padre en un restaurante de Glasgow.

«Estábamos los dos sentados a dos mesas de distancia de tres hombres –explica Bill–. Uno de ellos hablaba sobre el duro invierno de 1946 y contó cómo se había topado con una familia cuyo coche había quedado atrapado en una zanja. Se quejaba de que, tras ayudarlos a salir del apuro, se había ido precipitadamente y se había olvidado su maldita pala.

»Mi padre no dijo nada; se levantó, se fue hacia su coche que estaba aparcado fuera del local y regresó con la pala. Le dio una palmada al individuo en el hombro y le dijo: "Aquí tienes tu maldita pala".»

Réquiem de un mirlo

El hermano de Roy Smith murió en 1993. Siempre había demostrado un gran interés por los pájaros y antes de morir había conseguido domesticar a un mirlo: el pajarillo venía cada día hasta su jardín y comía de su propia mano. El día del entierro estuvo marcado por una cascada de lluvia torrencial. La ceremonia fue realmente conmovedora.

«Estábamos situados alrededor de la tumba, cobijados bajo los paraguas, mientras el párroco pronunciaba unas palabras –dice

Smith– cuando de repente escuchamos el maravilloso canto de un pájaro. En el tejado de la casita de herramientas del jardín se había posado un pájaro y cantaba una larga y bella melodía, sin parecer importarle la enérgica lluvia. Todos los allí presentes quedamos completamente extasiados.

»Era tan extraño ver un pájaro en un tiempo tan infernal, particularmente cantando como lo hacía ése, que el párroco declaró que a partir de ese momento dejaba de creer en las coincidencias. Para mí –agrega Smith–, fue la mano de Dios que quiso aportar un poco de consuelo a nuestro corazón afligido.»

Caballeros, es la hora

La alarma del reloj despertador del papa Pablo VI sonó a las 9.40 de la noche del 6 de agosto de 1978, pero el Papa no se despertó. Lo cierto es que murió en ese preciso instante. Aunque parezca extraño, la alarma tenía que sonar a las seis de la mañana siguiente.

Cuentan que algo similar sucedió cuando el rey Luis XIV de Francia murió a las 7.45 horas de la madrugada del 1 de septiembre de 1715, aunque en dicha ocasión, en lugar de ser un despertador fue un enorme reloj el que se detuvo. Teniendo en cuenta que Luis XIV tenía una colección de unos diez mil relojes, quizá esta coincidencia no sea tan remarcable.

CAPÍTULO 14
Mala suerte y mal de ojo

El profesor Christopher French es el director de la Unidad de Investigación de Psicología Anomalística del Goldsmiths College, en Londres. Su objetivo es explorar los hechos que se esconden detrás de los casos relacionados con fenómenos parapsicológicos, como por ejemplo: personas que afirman que han sido abducidas por alienígenas.

El profesor French es escéptico de que tales casos tengan por base cualquier realidad científica posible, y amplía dicho escepticismo a las rachas de mala suerte y al mal de ojo.

En la maldición que pesa sobre Superman, que ya hemos tratado en un capítulo previo de este libro, French dice que el cuadro de mala suerte que parece envolver a la gente asociada con la historia de este personaje de cómic es pura coincidencia. Los creadores originales de la historia de Superman vendieron los derechos a un precio irrisorio, y muchas de las estrellas de las adaptaciones televisivas y cinematográficas han sufrido trágicos accidentes y terribles enfermedades –entre ellos, el caso más grave es el del fallecido Christopher Reeve, después de padecer una caída de un caballo–. Pero el profesor French señala que son también numerosas las personas que han amasado una fortuna con el negocio de Superman. «Yo estaría encantado de recibir los derechos de la historia de Superman –afirma–. No me importaría correr el riesgo de caer en una maldición.»

French muestra la misma incredulidad ante la mala suerte, que según cuenta la leyenda, persigue a aquellos que profanan las tumbas de los faraones.

Uno de los casos sucedió en la década de 1890, cuando el profesor S. Resden abrió una tumba egipcia que contenía una inscripción: «Aquél que ose profanar la tumba del príncipe Sennar será alcanzado por las arenas y destruido.»

Resden sabía que estaba maldito, porque así lo decía la inscripción. Abandonó Egipto por mar y murió a bordo del barco, víctima de una asfixia sin ninguna causa aparente. Se dijo que en sus puños cerrados encontraron un montoncito de arena.

El profesor French cree que la mayoría de esas historias de misteriosas muertes prematuras son ridículas. Pero para aquellos que no profesan tal escepticismo, siempre queda la duda sobre qué es lo que se esconde detrás de esa clase de coincidencias. ¿Qué fuerza sobrenatural, maldición o mala suerte yace bajo los siguientes relatos de desastres, muertes y descargas eléctricas múltiples?

La maldición de la momia

Howard Carter, arqueólogo y el quinto conde de Carnarvon, descubrieron la tumba del joven faraón Tutanjamon el 26 de noviembre de 1923, después de muchos años de búsqueda.

Lord Carnarvon no pudo saborear su éxito demasiado tiempo. Lo cierto es que no vivió ni siquiera lo suficiente para ver con sus propios ojos el fabuloso tesoro que se escondía dentro de la tumba. Después de cuatro meses de haber hallado la entrada oculta, murió a causa de la picadura de un mosquito. Tenía cincuenta y tres años.

Dicen que en el momento de su muerte, hubo un apagón general en la ciudad de El Cairo. La compañía suministradora de energía no encontró ninguna explicación. Algunos informes también cuentan que en ese preciso momento, el perro de lord Carnarvon, que estaba en Inglaterra, empezó a aullar y en cuestión de segundos cayó muerto al suelo.

Carnarvon falleció justo un par de semanas después de que la novelista gótica Marie Corelli hiciera público que disponía de un antiguo texto árabe que mencionaba las maldiciones que seguirían a la apertura de la tumba. Arthur Conan Doyle, el creador de

Sherlock Holmes y fiel creyente de las fuerzas ocultas, anunció que la muerte de Carnarvon podía estar vinculada con la maldición del faraón. La prensa sensacionalista incluso llegó a publicar una maldición que había sido escrita en uno de los jeroglíficos de la entrada de la tumba. La traducción del mensaje sería:

La muerte golpeará con su bieldo a aquél
que turbe el reposo del faraón.

Más tarde se descubrió que la noticia era completamente falsa, si bien una inscripción hallada dentro de la tumba decía:

Soy yo el que evito que la arena penetre en la cámara secreta.
Soy la protección de los muertos.

Y como no, un reportero con mucha imaginación agregó:

...y mataré a aquellos que crucen el umbral y entren en
los recintos sagrados del rey inmortal.

Los periodistas determinados a incrementar el sensacionalismo que se estaba gestando alrededor de la maldición de la momia, informaron acerca de otras muertes atribuidas a la profanación de la tumba del faraón.

Cinco meses después de la muerte de lord Carnarvon, su hermano menor murió repentinamente. Otra de las víctimas fue el canario de Howard Carter, el hombre que descubrió la tumba. Una cobra devoró al pobre pajarito el mismo día que abrieron la tumba. Algunos no perdieron la oportunidad de señalar que la cobra era el símbolo tradicional del poder del faraón.

Según una lista que se publicó, de los veintiséis individuos presentes durante la apertura oficial de la tumba, seis habían muerto en esa misma década. No obstante, muchos de los hombres clave asociados con el descubrimiento y trabajos en la tumba vivieron muchos años.

Como descubridor de la tumba, Horward Carter podría considerarse el objetivo principal de la maldición. Se había pasado prácticamente una década trabajando dentro de ella. Pero Carter no murió hasta marzo de 1939, justo después de su sesenta y cinco cumpleaños y casi diecisiete años después de la primera vez que entró en la tumba.

Incluso cuando algunos de los tesoros de Tutanjamon cruzaron el mar en la década de los setenta para ser exhibidos en distintas ciudades del globo, algunas personas todavía creían que la maldición podía seguir vigente. En septiembre de 1979, un guardia de seguridad de un museo de San Francisco, en Estados Unidos, sufrió una apoplejía mientras observaba la máscara de oro de Tutanjamon. Denunció a las autoridades de la ciudad y solicitó una paga por larga enfermedad, alegando que había sufrido el ataque de apoplejía mientras trabajaba y que era probable que hubiera sido provocado por la maldición que pesaba sobre cualquiera que estuviera relacionado con la profanación de la tumba. El juez no admitió la denuncia.

La maldición de *Papa Doc*

¿Fue Robert Debs Heinl, coronel retirado de la marina de Estados Unidos, víctima de una maldición vudú?

Desde 1958 hasta 1963 Heinl estuvo destinado en Haití como jefe de la misión naval de Estados Unidos; mientras tanto, su esposa Nancy se dedicó a estudiar la religión vudú. Más tarde, ya de vuelta en Estados Unidos, la pareja empezó a escribir un libro sobre la historia de la isla que llevaba por título *Escrito en sangre: la historia del pueblo haitiano*. El relato era esperado con enorme expectación porque se sabía que era muy crítico con la dinastía gobernante de François *Papa Doc* Duvalier. Tras la muerte de Papa Doc, los Heinl se enteraron por un periódico publicado por exiliados haitianos que Simone, la viuda de Papa Doc, había lanzado una maldición sobre el libro que los Heinl habían escrito.

La incredulidad inicial dio paso a un claro malestar cuando una serie de desgracias se abatieron sobre el libro. Primero, el manuscrito se perdió cuando lo llevaban a la editorial. Los Heinl prepararon otra copia y la enviaron a encuadernar, pero la máquina encuadernadora se rompió y no pudieron terminar el trabajo. Un reportero que el *Washington Post* envió para entrevistar a los autores sufrió un ataque de apendicitis aguda durante el viaje. Luego, el coronel Heinl se cayó de una tarima mientras realizaba un discurso y se lesionó una pierna. Un día, cuando el coronel paseaba apaciblemente cerca de su casa, fue atacado por un perro que lo hirió gravemente.

El 5 de mayo de 1979, los Heinl estaban de vacaciones en la isla de San Bartolomé, cerca de Haití, cuando el coronel cayó fulminado al suelo a causa de un ataque de corazón. Parece ser que su viuda Nancy comentó: «Existe la creencia de que cuanto más te aproximas a Haití, más poderosa se vuelve la magia.»

Fuente: *Incredible Phenomena,* Orbis Publishing

Las piedras malditas

Cuenta la leyenda que una poderosa maldición cuelga sobre el volcán hawaiano Mauna Loa.

Los habitantes de la bella isla avisan a los visitantes de que si alguien se lleva piedras volcánicas, provoca la ira de Pele, la diosa del volcán. No obstante, algunas personas hacen caso omiso de la advertencia.

Durante el verano de 1977, Ralph Loffert, el vicepresidente de una compañía aérea estadounidense, visitó el volcán junto con su mujer y sus cuatro hijos. Sin prestar atención a la maldición, decidieron llevarse a casa unas cuantas piedras a modo de recuerdo.

Poco después de que la familia Loffert regresara a casa, el Mauna Loa entró en erupción. En el transcurso de los siguientes meses, Todd, uno de los hijos del vicepresidente tuvo un ataque de apendicitis, y además lo tuvieron que operar de la rodilla y se fracturó la muñeca. Mark, otro de los hijos, se torció el tobillo y se rompió el brazo; Dan sufrió una infección ocular, y Rebecca, la única hija, se rompió los dos dientes incisivos superiores en una caída. En julio de 1978, la familia Loffert envió las piedras a un amigo en Hawai y le pidieron que las devolviera al volcán. Pero los desastres continuaron. Mark se lesionó la rodilla, Rebecca se rompió tres dientes más, Dan se fracturó un hueso de la mano y Todd se dislocó el hombro y se volvió a fracturar la muñeca. Mark confesó entonces que todavía guardaba tres piedras. Las enviaron de vuelta al volcán y la mala suerte cesó.

La señora Allison Raymond de Canadá y su familia también se llevaron algunas piedras del volcán. Allison relató las siguientes desgracias a los reporteros: «Mi esposo murió en un accidente de tráfico, y mi madre murió de cáncer. Tuvimos que ingresar a mi hijo menor a causa de unos problemas en el páncreas, y después, cuando ya se había recuperado, se rompió la pierna. El matrimonio de mi hija se fue casi a pique. Hasta que no devolví las piedras a su origen, nuestra suerte no empezó a mejorar.»

Nixon Morris, un comerciante de madera de Texas fue otra de las víctimas que en 1989 no hizo caso de las advertencias y se llevó una piedra del Mauna Loa a su casa. Morris se cayó del tejado, un relámpago impactó sobre su casa, y su esposa se puso enferma de una misteriosa infección que le provocó una tremenda hinchazón de la rodilla. Después, Morris se rompió la cadera mientras se peleaba con un ladrón que había entrado en su casa, y su nieta sufrió una aparatosa caída y se rompió el brazo.

Morris había partido la piedra de Mauna Loa en dos trozos y había entregado la otra mitad a un amigo.

«Me devolvió la piedra después de que chocó contra cuatro coches en menos de dos años –dijo Morris–, y eso que nunca antes había tenido ni un solo accidente de tráfico.»

El mes de marzo de 1981 Morris devolvió las piedras a Hawai.

John Erickson, un guardabosque del Parque Nacional de Volcanes de Hawai, explica que recibe muchos paquetes de piedras cada día de turistas que han regresado a casa y experimentado extrañas secuencias de mala suerte.

Fuente: *Incredible Phenomena,* Orbis Publishing

El coche del viernes por la tarde

James Dean murió en 1955 cuando su coche deportivo Porsche Spider se salió de la carretera y se estrelló. Llevaron el coche hasta un garaje, donde se desmoronó sobre un mecánico y le rompió una pierna. Vendieron el motor a un doctor que lo colocó en su coche de carreras. El doctor murió a causa de un accidente en el transcurso de una carrera en la que participaba. En la misma carrera, otro coche que usaba algunas piezas del automóvil de James Dean también sufrió un aparatoso accidente y el conductor también falleció. Durante una exposición en la que exhibían la carrocería del vehículo, la sala se incendió y quedó completamente destruida. Unos meses después, en otra exposición de la carrocería en Sacramento, ésta cayó del pedestal donde estaba emplazada sobre un espectador y le rompió la cadera. El coche fue transportado al estado de Oregón, pero se rompió el soporte sobre el que iba anclado y se incrustó contra un escaparate. Según cuentan, en 1959, el deportivo se rompió en nueve piezas mientras lo exhibían sobre una base de acero.

La silla procreadora

El personal femenino de la sede del consorcio de marketing del festival de arte de Cardiff, en el País de Gales, insistió en que se asignara una silla de la oficina en particular a un hombre, después de que cuatro de esas colegas, que habían usado la silla en 1987, quedaron embarazadas.

Todavía es más increíble la coincidencia que sucedió en un supermercado inglés, en el que nueve mujeres quedaron embarazadas en un periodo de diez meses. Todas habían trabajado en la caja registradora número 13.

El kimono que abrasó Tokio

Las tres jovencitas a las que había pertenecido un kimono de forma sucesiva, murieron antes de que tuvieran siquiera ocasión de estrenarlo. Las gentes creyeron que la pieza estaba maldita y lo quemaron en una ceremonia oficiada por un cura japonés en febrero de 1657. Durante el acto, un violento viento avivó las llamas y éstas se expandieron por todos los rincones sin control. En tremendo fuego destrozó tres cuartos de la ciudad de Tokio. Se llevó por delante 300 templos, 500 palacios, 9.000 comercios y 61 puentes. Además, mató a 100.000 personas.

Fuente: *Histoire de Tokyo,* Noël Nouet

¡Que te parta un rayo!

Casarse con Martha Martika tenía aspectos positivos, pero también negativos. Randolph, el primer esposo de esa mujer búlgara, murió fulminado por un rayo en una noche de tormenta. Martha quedó completamente abatida, pero al cabo de un tiempo se volvió a casar con un hombre joven llamado Charles Martaux. El joven también murió a causa de otra descarga eléctrica provocada por un rayo. Martha quedó sumida en una grave depresión y buscó apoyo en un doctor. La pareja se enamoró y se casó. Pero Martha tuvo de nuevo que vestirse de luto cuando el doctor salió durante una tormenta y un rayo lo fulminó.

Zeus ataca de nuevo

Un oficial de caballería británico llamado Summerford estaba luchando en los campos de Flandes durante el último año de la Primera Guerra Mundial cuando fue alcanzado por un relámpago y salió despedido de su caballo. A causa de la caída, sufrió una parálisis desde la cintura hasta los pies. Se fue a vivir a Vancouver, en Canadá, donde, seis años más tarde, mientras pescaba en un río, un rayo volvió a caer sobre él, provocándole esta vez una parálisis en el lado derecho.

Dos años después, el pobre hombre ya se encontraba suficientemente recuperado como para dar paseos por un parque de la localidad. Un día de verano de 1930, un relámpago volvió a agredirlo, y esta vez el oficial retirado sufrió una parálisis permanente. Murió al cabo de dos años.

Pero parece ser que Zeus, el Dios griego del rayo, todavía no estaba satisfecho, por lo que cuatro años más tarde, un relámpago destruyó la tumba de Summerford.

Apabullado por relámpagos

Kenny MacDonald se negaba a creer que los relámpagos se sintieran atraídos hacia su persona. Durante los treinta y cuatro años que trabajó como reparador de las líneas telefónicas, fue alcanzado nada menos que tres veces por un rayo.

«No es realmente algo tan sorprendente –admitió Kenny–. Estaba trabajando en algunas de las partes más remotas de Escocia, con una líneas telefónicas que tenían a veces una longitud de más de cincuenta o sesenta kilómetros. Era corriente que las líneas se averiasen repetidas veces cuando hacía mal tiempo, y era entonces cuando yo debía ir a repararlas. La gente en las comunidades remotas depende absolutamente de sus teléfonos para cualquier urgencia que les pueda surgir, así que quizá me expuse a algunos riesgos que no debería haber asumido.

»Si estás colgado de un poste al que va a parar un cable de unos cincuenta kilómetros en medio de una tormenta, existen muchas posibilidades de que un rayo te alcance. Se trataba de un riesgo laboral. Recibí tres o cuatro descargas durante esos años, pero aunque la electricidad me atravesó, todavía estoy vivo para contarlo. Si hubiera estado en el suelo en lugar de suspendido en el aire, habría muerto, pero todo lo que sentí fue un cosquilleo y mis pelos se pusieron completamente de punta. Después de las descargas, queda un amargo sabor a cobre en la boca.»

Eso era lo que pensaba Kenny un par de años atrás, cuando se jubiló. Él pensaba que sus tanteos con las fuerzas eléctricas habían terminado. Pero se equivocaba.

Un día ventoso se levantó temprano y se fue en coche con su hijo a pescar. Cuando se aproximaban al lugar planeado, el tiempo empezó a empeorar. Unos negros nubarrones cubrieron el cielo, empezó a granizar y después descargó una terrible tormenta. Padre e hijo se refugiaron rápidamente en el coche.

«De repente, un rayo cayó sobre el coche –explica Kenny, quien sabe lo que es un rayo con tan sólo olerlo–. ¡Incluso agujereó el techo del vehículo! Oímos un estruendo tremendo, entonces aparecieron unas llamas azules y notamos el olor a cobre. Nuestros oídos continuaron zumbando durante veinte minutos.

»Mi hijo me miró y me preguntó si lo que acabábamos de experimentar era lo que él pensaba; yo le dije que sí y él emitió un suspiro; estaba alucinado.»

Kenny cree que se salvaron porque las ruedas del coche evitaron que el rayo entrara en contacto con la tierra. Si hubieran tenido un pinchazo, habrían muerto con casi absoluta seguridad, pero Kenny todavía se resistía a pensar que los rayos lo buscaban con una fijación persecutoria. Así que cuando se disipó la tormenta, salió con su hijo del coche y se plantaron al lado del río, dispuestos a proseguir con el plan de un fantástico día de pesca. Hacia el final del día, Kenny había logrado pescar un enorme salmón. Lo consiguió con un tipo de anzuelo que se llama *Trueno y relámpago.*

Con la perspectiva que dan los años, Kenny no puede ahora evitar pensar que quizá es cierto que los relámpagos lo persiguen allí adonde va. Se considera a sí mismo una persona con mala suerte por haber sido alcanzado tantas veces por rayos, pero, por otro lado, se considera afortunado por haber salido ileso en todas esas ocasiones. Por lo que concierne al futuro, ha prometido ser más precavido durante las tormentas, particularmente si está pescando. «Esos nuevos carretes de fibra de carbono son un fantástico conductor de electricidad –comenta–. Todas las precauciones son pocas.»

A modo de conclusión, Kenny quiere añadir unas palabras de consuelo para aquellos que sienten pánico cuando oyen un trueno: «El trueno suena, pero no mata, pero el relámpago es silencioso y... ése sí que mata.»

CAPÍTULO 15
La historia se repite

El caso del motorista que falleció al colisionar contra el mismo taxi que había causado previamente la muerte de su hermano, con la misma moto y exactamente un año después del primer accidente, nos demuestra que la historia tiene la fea costumbre de repetirse.

¿Por qué tenemos la impresión de que son las cosas desagradables las que parecen tener una tendencia a repetirse en nuestras vidas?

Asesinatos muy similares

Dos chicas de la misma edad fueron asesinadas el mismo día del año y en el mismo lugar. La única diferencia es que el segundo crimen sucedió 157 años después. A Mary Ashford, de veinte años, la encontraron muerta al norte de Birmingham, en Inglaterra, el 27 de mayo de 1817. El cuerpo estrangulado de Bárbara Forrest, de veinte años, apareció exactamente en el mismo lugar el 27 de mayo de 1974.

Las dos muchachas habían visitado previamente a una amiga y después habían asistido a una fiesta. Las dos fueron violadas antes de ser asesinadas. Las muertes ocurrieron aproximadamente a la misma hora del día, y en los dos casos parecía claro que habían intentado ocultar los cuerpos. Los dos individuos que fueron arrestados por los dos casos tenían el mismo apellido «Thornton», Abraham Thornton y Michael Thornton. En los juicios a que fueron sometidos ambos negaron los cargos y ambos fueron absueltos.

Lisa Potter

En agosto de 1995 Lisa estaba paseando con su madre cuando llegaron hasta el cruce de ferrocarril donde el padre de Lisa había muerto once años antes. Su madre se negó a continuar el paseo más allá de dicho punto. Lisa decidió que ya era hora de que su madre superara sus miedos y supersticiones, así que intentó animarla para que siguieran adelante. Mientras estaba en medio del cruce, un tren apareció repentinamente y atropelló a Lisa. La muchacha murió delante de su madre.

Accidentes ferroviarios

Una de las historias que captó la atención del público después de un accidente ferroviario que sucedió en las cercanías de Selby, una encantadora villa histórica al norte de Inglaterra, fue que la locomotora del tren de pasajeros ya había sufrido otro aparatoso accidente unos escasos meses antes. Pero todavía existía una coincidencia más espeluznante asociada con el suceso.

Se trataba de Ginny Shaw, una de las viajeras que resultó herida en el accidente de Selby, pero que logró sobrevivir. Quince años antes, su esposo Bill y sus dos hijos habían sobrevivido a un trágico accidente ferroviario casi idéntico que tuvo lugar en un pueblo a tan sólo cuatro kilómetros de Selby. En los dos casos, los trenes embistieron a un vehículo que estaba en medio de la vía.

Que Bill y los niños sobrevivieran a la colisión ya fue una coincidencia. Se habían entretenido charlando con unos amigos y habían llegado tarde a la estación, así que tuvieron que sentarse en unos asientos distintos a los que siempre utilizaban.

«Normalmente nos sentábamos en el primer vagón del tren, que es el que preferían los niños –explica Bill–, pero ese día, como llegamos justo antes de partir el tren, nos sentamos en el tercer vagón. Todo iba bien hasta que pasamos por Lockington, entonces oímos un gran estruendo. El tren empezó a temblar, por lo que les dije a los chicos que se agarraran fuerte. Al final la máquina se detuvo. Los tres estábamos ilesos, pero algunos de los pasajeros del primer vagón habían muerto. Fue terrible.»

Después de la confusión, Bill logró llamar por teléfono a su esposa para contarle lo sucedido.

«Ginny se quedó helada. Pensó que, de haber ido en el primer vagón, los tres podríamos haber muerto en el accidente. Fue una coincidencia afortunada que subiéramos a otro de los vagones.»

Transcurrieron quince años y la familia intercambió los papeles de la función. Ahora era Bill el que recibía una llamada telefónica después del accidente cerca de Selby.

«Estaba medio dormido en la cama y el timbre del teléfono me despertó –recuerda Bill–. Faltaban diez minutos para las siete. Mi esposa me decía que se había roto una pierna, pero que aparte de eso se encontraba bien.»

Dado el reducido número de personas que mueren en un accidente de tren, Bill se pregunta muchas veces si su familia ya ha agotado todas las posibilidades de verse envuelta en otro accidente ferroviario.

El paso a nivel

Un hombre murió en el mismo lugar y a la misma hora que su hija, que cuatro años antes había muerto arrollada por un tren en un paso a nivel. El maquinista del tren era también el mismo hombre: Domenico Serafino.

Vittorio Vernoni tenía cincuenta y siete años y acostumbraba a atravesar varias veces al día el paso a nivel en coche para desplazarse hasta su trabajo en una población cercana a Reggio Emilia, al norte de Italia. Su hija Cristina, de diecinueve años, murió en 1991 en ese mismo paso a nivel. El cruce era muy peligroso, ya que no disponía de ninguna barrera de protección, que en teoría son obligatorias en Italia. Únicamente había dos luces intermitentes y una campana para avisar a los motoristas cuando un tren se acercaba. El cruce estaba situado cerca de una curva. Cristina murió atropellada en una clara mañana de invierno y Vittorio condujo su Renault por última vez sobre el cruce en una soleada mañana de noviembre de 1995. Cuando el maquinista del tren, Domenico Serafino, avistó el coche en medio de la vía frenó de inmediato, pero ya era demasiado tarde. La máquina embistió el coche y lo arrastró más de diez metros. En la población hay gente que opina que Vittorio había decidido suicidarse en el mismo lugar donde su hija había muerto, pero esa teoría no la comparten ni su familia ni el maquinista. La conclusión de la investigación que se llevó a cabo fue que se trató de una muerte accidental. Andrea, el hijo de veintidós años de Vittorio, describió el suceso como una coincidencia increíble, absurda y fatal.

El hombre es el único animal que tropieza dos veces con la misma piedra

Aunque hasta ahora en este capítulo hemos sugerido lo contrario, la historia no siempre se repite para darnos sustos y disgustos. A veces, cuando confluyen varios elementos una segunda vez, las consecuencias son positivas. Por lo menos eso es lo que le sucedió a Martin Plimmer, uno de los autores de este libro, cuando se presentó en un periódico local con la finalidad de realizar una entrevista para su primer trabajo como reportero.

Martin no había aprendido demasiadas cosas de la vida hasta ese momento, pero por lo menos conocía la máxima que dicta que de los errores también se aprende. Aunque todavía no se había dado ningún porrazo –figurativamente hablando– a continuación presentamos una demostración que parece propiamente enviada del cielo sobre cómo funciona este principio.

Martin era un periodista recién licenciado. Había realizado prácticas en un periódico y dominaba las técnicas de taquigrafía, redacción y entrevistas. Su base religiosa, sin embargo, dejaba bastante que desear, y muy pronto descubrió que esa base era vital para superar la entrevista y obtener el trabajo.

Se trataba de un periódico a la antigua usanza en Somerset, Inglaterra, en un alto y esplendoroso edificio victoriano. El editor se sentó en una silla de su oficina, cuyo diseño parecía no haber cambiado ni un ápice desde la década de los sesenta. La entrevista fue muy formal y, al llegar al final, el editor dijo:

–Ahora me gustaría hacerte una prueba de conocimientos generales–. Se levantó, se desplazó hasta la estantería atestada de libros y eligió un ejemplar azul muy voluminoso. Abrió el libro al azar, miró la página de arriba abajo, cerró el libro, volvió a abrirlo de forma aleatoria y dijo:

–Ah, sí; religión. Veamos... Primera pregunta, ¿cuál es el nombre de la montaña en la que varó el arca de Noé después del diluvio?

–El Monte Sinaí –respondió Martin.

El editor frunció el ceño y siguió preguntando. Martin se equivocó en ocho de las nueve preguntas que el editor formuló, y no consiguió el trabajo.

Cuando llegó a su casa esa noche, su padre deseaba saber cómo le había ido la entrevista. Martin le explicó el problema con las preguntas sobre religión.

–¿Qué preguntas? –inquirió su padre.

–¿Cuál es el nombre de la de la montaña en la que varó el arca de Noé después del diluvio?

–Pues Ararat, está claro. ¿Qué contestaste?

–Sinaí.

–No, hombre. Ésa es la montaña en la que Moisés recibió los Diez Mandamientos.

Martin repasó con su padre las otras ocho preguntas que le había formulado el editor.

Una semana más tarde, Martin fue a su segunda entrevista de trabajo. Esta vez se trataba de un edificio moderno, y de nuevo la entrevista se realizó en la oficina del editor. Toda parecía ir bien hasta que el editor se levantó y manifestó:

–Ahora me gustaría hacerte una prueba de conocimientos generales.

Se dirigió a una estantería atestada de libros y tomó un ejemplar azul muy voluminoso. Abrió el libro al azar y dijo:

–Ah, esto me servirá; religión...

Martin tuvo que contenerse para no responder las diez preguntas demasiado rápido. Se equivocó en una a propósito para no parecer demasiado resabido. Consiguió el trabajo.

Capítulo 16
Ecos

Las experiencias en las que intervienen coincidencias que nos vinculan con nuestro pasado pueden aparecer de repente como un fantasma, con fuerza y poder suficiente como para marcar de forma inequívoca nuestro destino. Esas extrañas reverberaciones –o ecos– pueden comportar tristeza, alegría y a menudo un enorme desconcierto. Otras veces, conllevan comprensión. Algo similar es lo que experimentó Stephen Osborne, editor de la revista canadiense sobre cultura y literatura llamada *Geist.*

Osborne estaba en un bar tomando unas copas con unos amigos cuando la conversación dio un giro y empezaron a hablar sobre un hombre llamado Richard Simmins, crítico de arte y escritor. Simmins jugó un papel muy importante en la vida de Osborne veinticinco años antes, ya que fue su mentor, pero hacía diecisiete años que no lo veía.

Al cabo de un rato, los amigos se dieron cuenta de que la música en el bar se había tornado muy triste. Cuando se lo comentaron al camarero, éste se encogió de hombros y soltó, a modo de broma, que estaban asistiendo a un funeral.

Llegó la hora de irse cada uno a su casa. Osborne se sentía enormemente apesadumbrado, así que al llegar a su hogar decidió darse un baño. Tomó una revista para leer mientras se relajaba en la bañera, pero ésta resbaló de sus manos y fue a caer al suelo abierta por una página en la que aparecía un poema escrito por la propia hija de Simmins en memoria de Richard Simmins.

«En ese momento supe que había fallecido –cuenta Osborne–. Era una revista de hacía seis meses; pero no sabía en qué fecha se escribió el poema. Encendí una vela en honor al hombre al que tanto había admirado.»

La postal teledirigida

Durante la Segunda Guerra Mundial, el oficial Arthur Butterworth fue destinado a las tierras cercanas a Norwich, un puerto fluvial al este de Inglaterra. Un día, un libro de música de segunda mano que Arthur había solicitado llegó a la oficina de correos de la localidad. El remitente del paquete no tenía ni idea del lugar al que enviaba el libro; simplemente lo facturó al código postal militar indicado. Cuando Arthur abrió el paquete, se hallaba situado justo enfrente de una ventana. En ese momento, una postal se deslizó del paquete y cayó al suelo. Arthur la recogió y por su contenido averiguó que había sido enviada en 1913. Cuando le dio la vuelta para ver la imagen, quedó francamente sorprendido: la postal mostraba con total exactitud la misma vista que Arthur podía ver a través de la ventana.

El anuncio

Craig Hamilton Parker es un hombre que se dedica a recopilar coincidencias como pasatiempo. Mantiene una página web en la que invita a los lectores a explicar sus propias anécdotas vinculadas con coincidencias. Ésta es una de esas contribuciones. Proviene de una fuente anónima.

«En una revista sobre aviación apareció un anuncio en el que preguntaban si alguno de los pilotos de la Segunda Guerra Mundial disponía de alguna referencia sobre un avión Swordfish que se hubiera estrellado intacto. La persona que redactaba el anuncio buscaba partes adicionales de ese tipo de avión para completar un modelo que iba destinado a un nuevo museo.

»Nunca olvidaré el día en que el avión de mi amigo se estrelló en 1943, durante unas maniobras en la costa escocesa. Antes de subir a los aparatos, hubo un lío en la pista y yo me monté en el avión equivocado. Mi radio estaba apagada cuando sucedió el accidente, y todo el mundo en la base pensó que era yo el que había muerto.

»Después de leer el anuncio, subí al desván y rebusqué en mi viejo libro de vuelo para ver si encontraba la información solicitada. Descubrí que el accidente había sucedido exactamente cincuenta años antes, y no sólo eso, sino que en el mismo día de la semana (lunes). Según el libro de vuelo, el avión se estrelló exactamente a las diez de la mañana. Miré el reloj. Eran exactamente las diez de la mañana.»

La tumba del capitán Fleming

La trágica muerte de un oficial que Robin Gray nunca llegó a conocer se convirtió en una obsesión para Robin treinta y cuatro años después del infortunio. El capitán Ian Fleming murió en un accidente de aviación cuando sobrevolaba Berlín el 5 de abril de 1948, tres años después de que la guerra hubiera tocado a su fin. El avión militar británico fue abatido injustificadamente por las fuerzas aéreas de la Unión Soviética. No hubo supervivientes.

En esa época, Robin Gray era un teniente del cuerpo de la Royal Scots Fusiliers. El informe de la muerte del capitán Fleming no era una cuestión personal. Gray no sabía ni el nombre de pila del capitán, además, Fleming no pertenecía a su regimiento. En el momento del accidente, Robin se dirigía a Spandau, donde debía reunirse con otro batallón. No obstante, una gran sensación de tristeza inundó el corazón de Gray cuando se enteró de la noticia.

En 1948 se estaba incrementando la tensión entre Rusia y sus antiguos aliados occidentales. Era el año en que la ciudad de Berlín quedó aislada excepto por vía aérea. La aviación rusa tomó la costumbre de bombardear a los aviones occidentales para intimidar a los pasajeros y a la tripulación. Parece ser que la colisión se debió a un error de cálculos en velocidad o dirección de un caza ruso YAK durante una de esas maniobras peligrosas.

«Pero era una época en la que sucedían muchísimas cosas –explica Gray–, así que la noticia quedó relegada rápidamente a un segundo plano. Después de las sutilezas diplomáticas, todo volvió a su lugar, y el incidente y las víctimas fueron pronto olvidadas.»

Hasta que en 1982, cuando Gray, convertido ahora en un hombre de negocios, inició una conversación con un cliente de Glasgow. La charla giraba en torno a Berlín, ciudad que el cliente de Gray había visitado recientemente en un viaje de negocios y de placer. Era su primera visita desde la década de los cincuenta. Entonces, el sujeto empezó a hablar del accidente de aviación. Tenía la impresión de que lo habían abatido deliberadamente, pero Gray le dijo que fue un accidente.

«Sin embargo, con la conversación revivimos algunas de las escenas de ese día –continua Gray–, y de las terribles consecuencias del error del piloto. Me acordé del oficial al que ninguno de nosotros en el regimiento llegó a conocer, que había muerto de una forma tan terrible y que seguramente dejó a una familia devastada. Mi amigo preguntó si las personas fallecidas fueron enterradas en el sector norteamericano en el que cayó el avión o si fueron transportadas hasta el sector británico para ser enterradas en el cementerio militar británico. Tuve que admitir que no había oído nada más acerca del incidente.»

Al día siguiente de dicha conversación, Gray tenía una cita con otro cliente en Helensburgh, una localidad a unos treinta kilómetros de Glasgow, pero por culpa de unos inconvenientes que surgieron durante la mañana, Gray llegó tarde al encuentro. Se compró un bocadillo y decidió dar un paseo por Craigendoran, un pequeño municipio justo en las lindes de la población.

Gray no había estado nunca allí, pero como sabía que el sistema de las calles de Helensburgh se caracterizaba por un trazado en cuadrícula, planeó regresar por otra calle paralela. Cuando llegó al final de la calle por la que paseaba, se dio cuenta que se había salido del trazado en cuadrícula, por lo que la única forma de regresar era atravesando un enorme cementerio. Una vez en el cementerio, se dirigió hacia la salida que consideró más conveniente, pero cuando llegó a ese punto descubrió que no se trataba de una puerta sino de una gran tabla de madera que alguien había apoyado en uno de los muros. Mientras consideraba qué era lo que tenía que hacer en aquel momento, sus ojos fueron a parar a la tumba que había justo al lado de la tabla de madera. La lápida tenía una inscripción:

EN RECUERDO
DE
IAN JAMES ARMOUR FLEMING
CAPITÁN DEL REGIMIENTO DE CAMERONIANS, (SR)

NACIÓ EL 2 DE MARZO DE 1920
Y MURIÓ SOBRE BERLÍN
EL 5 DE ABRIL DE 1948
TU MUJER, HILDRED ELENOR MACMILLAN,
NO TE OLVIDA.

«En apenas veinte horas, había encontrado la respuesta a todas las preguntas que me había planteado el día anterior –dice Gray–. Su nombre completo, su rango, su edad, el hecho de que estaba casado y, lo más importante, que su cuerpo había sido repatriado hasta su país y enterrado aquí, lo cual era inusual en esa época.

»Admito que sentí un escalofrío cuando vi la tumba, y que pensé en las probabilidades de que algo así pudiera suceder por azar. Hacía treinta y cuatro años que el hombre había muerto; yo nunca llegué a conocerlo y, hasta el día anterior, nunca había pensado en el suceso que provocó su muerte.

»Esperaba que sucediera algo más que prolongara esa increíble cadena de coincidencias. Pero todo acabó en el cementerio. Desde entonces, no ha sucedido nada vinculado con el misterio.»

Excepto el efecto que ha causado en Robin Gray; un efecto que incluso este hombre fuerte y sensato encuentra difícil de describir. Regresó a su coche y condujo de nuevo hasta el cementerio para fotografiar la tumba con su Polaroid. Dice que un día volverá a Helensburgh con una cámara de fotografiar más buena y sacará una foto con mayor definición. No puede dejar de pensar en qué es lo que se esconde detrás de esas coincidencias y si conseguirá adivinar más cosas acerca de la historia.

«Quizá era una señal para que contacte con su esposa, si todavía está viva... No lo sé; pero no puedo dejar de pensar en el episodio completo.»

Fuente: Relato personal de Robin Gray a los autores

Rompecabezas de recuerdos

En enero de 2000 se cumplían tres años que Stuart Spencer había enviudado cuando su hija le regaló un rompecabezas cuya imagen era un barco de vapor de Norfolk Broads, donde Stuart y su esposa habían pasado innumerables vacaciones. Cuando colocó una pieza para completar una figura en una silla de ruedas en el barco de vapor, descubrió que era su esposa.

Recomposición del pasado

Una mujer llamada Jean Jones experimentó una coincidencia similar con un rompecabezas.

«Mi amiga, a la que conozco desde la infancia, vio un rompecabezas en un mercadillo benéfico y decidió comprarlo. Tenía una imagen de los maravillosos jardines de Eastbourne, que ella conocía a la perfección, ya que era uno de sus lugares favoritos.

»Se lo llevó a su casa y empezó a recomponer la imagen. Cuando colocó la última pieza, vio que en ella figurábamos mi esposo y yo, paseando por los jardines.

»No me comentó nada acerca de esa coincidencia tan excepcional hasta que tuvo el rompecabezas enmarcado y me lo entregó como un regalo, para que lo colgara en mi casa. Al principio no podía creerlo. Incluso ahora, después de cinco años de la muerte de mi esposo, sigo creyendo que es una casualidad entre un millón. Desde entonces, mi amiga y yo hemos visto muchos puzzles con la misma foto, pero es una versión retocada en la que no aparecemos ni mi esposo ni yo.»

Fuente: *The Express,* 27 de enero de 2001

Doble exposición

Justo antes de que estallara la Primera Guerra Mundial, una mujer alemana sacó una fotografía de su hijo pequeño. Llevó el carrete a revelar a una tienda de Estrasburgo, en Francia, pero el inicio de la guerra hizo que no pudiera ir a recoger las fotos. Dos años más tarde, en Frankfurt, compró otro carrete para fotografiar a su hija recién nacida. Cuando reveló el carrete descubrió que en la foto de su hija aparecía otra imagen superpuesta: la de su hijo. Era la foto que había realizado en 1914.

Fuente: *Coincidence and Fate,* Wilhelm von Scholz

Pre-concebida

Al igual que su hermana Diana, que se casó con el líder fascista británico Oswald Mosley, Unity Mitford también se decantó hacia la política de extrema derecha. De joven provocó un escándalo cuando se fue a Alemania justo antes de que estallara la Segunda Guerra Mundial y se convirtió en un miembro del séquito de Adolf Hitler. Al final de la guerra intentó suicidarse. Parece ser que Unity fue concebida en una ciudad llamada Swastika en Ontario, en Canadá.

Señal escolar

A veces, los objetos y las asociaciones confluyen con una perspicacia tan aparente que tenemos la sensación de que nos están intentando decir algo. El problema es que no queda claro cuál es el mensaje.

La siguiente anécdota le sucedió a Martin Plimmer, cuando él y su hijo de once años estaban examinando escuelas de secundaria en el sur de Londres para decidir a cuál de ellas se matricularía el hijo de Martin. Estaban revisando el departamento de geografía de una escuela particular cuando Martin recogió uno de los libros de texto y dijo que la geografía era una de sus asignaturas preferidas en el cole.

Entonces abrió el libro por una página al azar y comprobó que la página contenía un mapa a gran escala del pueblo con la escuela de secundaria a la que Martin había ido cuarenta años atrás.

El efecto de esa correlación instantánea entre idea e imagen le provocó a Martin una especie de emoción y de confusión. Rememoró los años de estudiante, se acordó de todos sus sueños y preocupaciones, pensó en que su hijo estaba ahora a punto de empezar la etapa de secundaria... De repente, todo parecía condensarse en un momento simbólico. ¿Qué era eso, sino una señal? Y si era una señal, ¿qué significaba?

¿Podía indicar que ésa era la escuela perfecta para su hijo, o al revés (ya que Martin no guardaba un buen recuerdo de los años pasados en ese centro), que era la escuela menos indicada para su hijo? Las nociones eran completamente opuestas, pero ambas ideas tenían el mismo número de probabilidades. Cuando Martin salió de ese estado ensimismado unos segundos después, concluyó que no se trataba de ningún presagio. No existía una respuesta para la pregunta sobre el significado de la coincidencia. Se trataba meramente de una demostración de cómo incluso los más escépticos pueden bajar la guardia momentáneamente cuando un elemento que parece paranormal se materializa para refrescarles la memoria.

Tornado

El tornado que causó graves estragos el 27 de mayo de 1896 en Illinois, en Estados Unidos, parecía tener una fijación por destruir la memoria del reputado ingeniero James B. Eades.

Eades había erigido el puente sobre el río Misisipí que lleva su nombre. En la iglesia local existía una placa conmemorativa con la siguiente inscripción:

EN RECUERDO
DE
JAMES B. EADES.
NACIDO EL 23 DE MAYO DE 1820.
FALLECIDO EL 8 DE MARZO DE 1887.

El tornado de 1896 desmanteló el flanco izquierdo del puente Eades en el preciso momento en que hacía añicos la placa conmemorativa. Extrañamente, fue la única placa de la iglesia que resultó destruida.

Coincidencia simulada

Los jefes de una agencia de inteligencia estadounidense estaban planeando un ejercicio de simulación de un accidente aéreo contra un edificio la misma mañana del Once de Septiembre, día en el que tuvo lugar el ataque terrorista contra las torres gemelas del World Trade Center en Nueva York.

Los oficiales del National Reconnaissance Office en Chantilly, en el estado de Virginia, habían planificado una maniobra en la que se suponía que un pequeño avión de pasajeros colisionaba contra una de las cuatro torres del edificio central. El terrorismo no era un factor del escenario; se suponía que el accidente era debido a un fallo mecánico del avión.

La sede central de la agencia está a unos seis kilómetros del aeropuerto internacional Dulles de Washington. Los jefes de la agencia creyeron que era el escenario ideal para comprobar la habilidad de respuesta del personal ante un desastre. En realidad, no pensaban utilizar ningún avión en el simulacro. Para representar el daño ocasionado por el accidente, cerrarían el paso de algunas salidas del edificio. La finalidad del ejercicio era que los trabajadores encontraran otras vías de evacuación en el edificio.

«Fue una coincidencia increíble que pensáramos en un avión que chocaba contra el edificio –dijo el portavoz de la agencia–. Tan pronto como se iniciaron los eventos en el mundo real, cancelamos el ejercicio.»

El vuelo 77 de American Airlines –el Boeing 767 que fue secuestrado y que impactó contra el edificio del Pentágono– despegó de Dulles a las 8.10 horas de la mañana del Once de Septiembre, una hora antes de que se iniciara el ejercicio, y chocó contra el Pentágono hacia las 9.40 horas. Un total de 64 pasajeros murieron dentro del avión, y 125 personas más fallecieron en tierra.

Otra extraordinaria casualidad en este caso es que el piloto del vuelo 77, Charles Burlingame, antiguo piloto de la Marina, había ayudado a organizar los planes de evacuación del Pentágono ante el supuesto que un avión comercial impactara contra el edificio.

La pareja que no llegó a encontrarse

Alan y Susan se conocieron en 1970 en una fiesta a la que ninguno de los dos deseaba asistir, en medio de gente que no conocían. No charlaron demasiado rato, pero Susan afirma que estaban destinados a terminar juntos. Según ella, Alan fue el gran amor de su vida.

Susan había llegado a Liverpool unas semanas antes. Tenía dieciocho años y acababa de independizarse de sus padres. Estaba desesperada por encontrar un lugar donde hospedarse. Una noche, fue a ver un diminuto apartamento que había visto anunciado en un diario. Se perdió, llegó tarde y el dueño del apartamento le dijo que lo acababa de alquilar a la persona que vino a verlo antes que ella. Afortunadamente, el dueño tenía otro apartamento muy cerca de ese mismo lugar; fueron a verlo y Susan decidió alquilarlo. Una noche, en el piso superior celebraban una fiesta. Una de las estudiantes sabía que Susan estaba sola, así que la invitó a subir. Ella rechazó la oferta alegando que estaba cansada, pero la chica volvió a llamar a la puerta de Susan un poco más tarde e insistió tanto que al final Susan accedió a subir. El ambiente de la fiesta era fenomenal, pero Susan no estaba de humor. Lo cierto es que tenía dolor de cabeza.

Estaba a punto de marcharse cuando un chico le preguntó si quería tomar una copa. Se llamaba Alan. Tampoco él estaba de humor para fiestas; la verdad es que tenía otros planes para esa noche, había quedado con una amiga pero ella canceló la cita en el último momento; entonces Alan se encontró con un conocido, y éste lo convidó a la fiesta. Tras charlar un rato, Susan descubrió que Alan era la persona que había alquilado el piso que ella no pudo visitar porque llegó tarde.

Esta historia puede no parecer la coincidencia más espectacular del libro, pero, como siempre que analizamos coincidencias, la perspectiva personal es la que otorga la combinación del eco de los elementos. Susan consideró que el vínculo del mismo piso en alquiler estaba profundamente cargado de significado. Pensó que ya que no había conocido a Alan la primera vez, una poderosa fuerza benévola había decidido volver a intentar que varios elementos confluyeran para que la pareja tuviera una segunda oportunidad de conocerse.

Los dos se enamoraron y se casaron seis meses después, el 17 de abril de 1971. Al año siguiente, Susan tuvo un hijo al que llamaron Peter. Alan murió en un accidente en 1974.

«Realmente, creo que nuestro encuentro fue fruto del destino o de una intervención divina –confiesa Susan–. No he logrado encontrar a nadie capaz de reemplazar a Alan en mi corazón, y tampoco he experimentado ninguna otra coincidencia similar. Estábamos predestinados; lo sé.»

Mala fortuna en el mar

Aquellos que creen que realizar una travesía por mar en un ferry es una experiencia peligrosa comprenderán la angustia de la tripulación y de los pasajeros que fueron partícipes de este extraordinario relato. El 16 de octubre de 1829, el ferry *Mermaid* zarpó de Sydney en dirección a la costa más occidental de Australia. La tripulación estaba formada por dieciocho miembros y llevaba tres pasajeros a bordo. El capitán se llamaba Samuel Nolbrow.

Cuatro días después, una tempestad empujó a la embarcación hacia unos acantilados. El ferry embarrancó y todos sus ocupantes tuvieron que esperar durante tres días hasta que fueron rescatados por una barcaza llamada *Swiftsure*.

Cinco días después, una fuerte corriente arrastró al *Swiftsure* hasta Nueva Guinea. Allí, la barcaza chocó contra las rocas. Afortunadamente, las dos tripulaciones y los pasajeros lograron llegar sanos y salvos a tierra.

El ferry *Governor Ready* los rescató ocho horas después, pero, al cabo de tres horas, la carga del barco se incendió y todos se precipitaron hacia los botes salvavidas.

Un velero llamado *Comet* los recogió. No hubo que lamentar ninguna baja. Una semana más tarde, unas potentes ráfagas de viento arrancaron el único mástil del *Comet*. La tripulación del velero se montó en el único bote salvavidas, y el resto se quedaron a bordo del *Comet*. Estuvieron atrapados en el velero averiado durante dieciocho horas, hasta que finalmente fueron rescatados por el paquebote *Jupiter*.

Pero todavía sucedió una última coincidencia extraordinaria: uno de los pasajeros del *Jupiter* era una anciana de Yorkshire que iba a Australia a buscar a su hijo del que había perdido todo contacto hacía quince años, y... ¡Lo encontró! Era uno de los miembros de la tripulación del *Mermaid*.

La tarta de ciruelas

De niño, un tal M. Deschamps recibió una vez un trozo de tarta de ciruelas de un tal M. de Fortgibu en Orleáns. Diez años más tarde, pidió un trozo de tarta de ciruelas en un restaurante parisino, pero el camarero le dijo que acababa de servir el último trozo a M. de Fortgibu.

Unos años después, M. Deschamps estaba saboreando un trozo de tarta de ciruelas con unos amigos y dijo que lo único que echaba en falta era a M. de Fortgibu. En ese preciso instante, la puerta se abrió y un anciano, con muestras de estar completamente desorientado, entró en la estancia. Se disculpó alegando que se había equivocado de dirección. El anciano era M. de Fortgibu.

Fuente: Historia contada por Carl Jung

El puente de la muerte

En febrero de 1957, un anciano de noventa años llamado Richard Besinger murió atropellado cuando pasaba por el puente llamado Big Lagoon, en el estado de California. Dos años antes, su hijo Hiram había muerto también atropellado por un camión en ese mismo puente. Seis años después de la segunda tragedia, su bisnieto de catorce años llamado David, también murió atropellado por un coche en ese mismo puente.

CAPÍTULO 17
Nombres

Cómo nos maravilla averiguar que un conocido cumple los años el mismo día que nosotros, pero todavía nos encandila más la idea de saber que compartimos, además, el mismo nombre. Pero si alguien tiene nuestro nombre y cumple los años el mismo día que nosotros, entonces es probable que surjan problemas. Ése fue precisamente el caso de las dos chicas que se llamaban Belinda.

El 7 de enero de 1969 nacieron dos niñas a las que bautizaron con el nombre de Belinda Lee Perry. Una tuvo constancia de la otra cuando, en una biblioteca de Sydney de la cual las dos eran miembros, *Belinda uno* se dio de baja y causó problemas a *Belinda dos*. Unos años más tarde, el departamento de becas de la universidad de Sydney investigó a las dos Belindas por fraude, al creer que una sola persona había solicitado una beca de estudios dos veces.

Cuando Belinda dos se mudó a otro barrio, Belinda uno tuvo problemas para votar en las siguientes elecciones, ya que su nombre desapareció de la lista electoral. Cuando terminaron los estudios, ambas encontraron trabajo en la administración pública como secretarias, y allí estuvieron durante unos dieciocho meses; después, las dos trabajaron en la Universidad de Sydney durante el mismo periodo de tiempo. Al final se conocieron en persona cuando coincidieron en unas clases nocturnas en la universidad. Descubrieron que, además del nombre y de la fecha de nacimiento, tenían muchas cosas en común.

Mismo apellido, misma colisión

El auto de Margaret Bird colisionó contra otro coche y contra una furgoneta. Los tres conductores de los vehículos se llamaban Bird.

El trío Bingham Powell

Tres caballeros ingleses eran los únicos ocupantes de un vagón de un tren que realizaba una travesía por Perú en la década de los veinte. Sus nombres eran: Bingham, Powell y Bingham-Powell.

Fuente: «Mysteries of the Unexplained», *Reader's Digest*

Pape o Page, ¡qué más da!

Durante la Segunda Guerra Mundial, a un soldado llamado Page (Núm. 1509321, Tropa A) le enviaban normalmente el correo de otro soldado llamado Pape (Núm. 1509322, Tropa B), y viceversa. Después de la guerra, el señor Page trabajaba como conductor de autobuses en Londres, (Núm. licencia: 29222), y recibía la paga del señor Pape (Núm. licencia: 29223) y viceversa.

El nido completo

En la lista de empleados de una granja inglesa habían dos personas llamadas Cuervo, cuatro llamadas Petirrojo, uno llamado Gorrión, un Ansarino y un Estornino.

El lío de las novias

El sábado 11 de agosto de 1985 fue un día confuso para un párroco de una localidad inglesa. Al mediodía casó a una muchacha de veintidós años llamada Karen Dawn Southwick. Su padre, Alfred, fue quien la llevó hasta el altar. Tres horas más tarde, el mismo párroco ofició otra boda de otra muchacha llamada Karen Dawn Southwick que también tenía veintidós años. Su padre, que también se llamaba Alfred, fue quien la llevó también al altar. Las dos chicas con el mismo nombre vivían a escasos kilómetros la una de la otra, pero no eran familia y no se conocían.

¡Qué nombre más útil!

Los chalecos hinchables, los botes salvavidas y otros artilugios de seguridad son muy útiles en casos de emergencia, pero si uno tiene el nombre adecuado, también puede salir bien parado cuando un viaje se pone feo.

Hugh Williams fue el único superviviente de un barco que se hundió en el estrecho de Dover el 5 de diciembre de 1660. Ciento veinte años más tarde de la tragedia, otro desastre marítimo sucedió en las mismas aguas. Todos los pasajeros perecieron excepto uno, que se llamaba Hugh Williams. EL 5 de agosto de 1820, cuando una barca pequeña volcó en el Támesis, todos sus ocupantes se ahogaron menos un niño de cinco años que se llamaba... Hugh Williams. El 10 de julio de 1940, una barca de pesca británica fue destruida por una mina alemana. Sólo hubo dos supervivientes, un tío y su sobrino. Los dos se llamaban Hugh Williams.

Fuente: *Daily Telegraph,* 3 de junio de 1982

¿Son suyos esos enanitos, señora?

En Barcelona se dio un caso de una banda de atracadores compuesta por siete enanitos. La banda estaba dirigida por una atractiva mujer rubia llamada Nieves.

Fuente: *Sunday Express,* 3 de septiembre de 1979

A imagen y semejanza

Un golfista observó cómo su *drive* perfecto chocaba en el aire con otra pelota de golf que había lanzado otro jugador desde la dirección opuesta. Atónitos ante la coincidencia, O'Brien y el otro jugador se acercaron hasta el lugar del choque para presentarse. Ambos se llamaban Kevin O'Brien.

Greenberry Hill

Un magistrado murió asesinado en el año 1678. Tres hombres fueron arrestados, enjuiciados y declarados culpables de la muerte de sir Edmund Godfrey. Fueron ahorcados en Greenberry Hill. Sus nombres eran Green, Berry y Hill.

Carta para el señor Bryson

George D. Bryson estaba realizando un viaje de negocios por el estado de Kentucky. Había reservado una habitación en el hotel Brown. Cuando llegó al hotel, recibió las llaves de la habitación 307 y preguntó si había correo para él. Le entregaron una carta dirigida al señor George D. Bryson, habitación 307, pero la carta no era para él; iba dirigida al anterior ocupante de la habitación 307, que también se llamaba George D. Bryson.

Fuente: *Incredible Coincidence,* Alan Vaughan

Quedo arrestado en nombre de la ley

En marzo de 1987, al policía Douglas McKenzie le asignaron la misión de arrestar a un hombre que estaban reteniendo en una farmacia en el centro de Sydney por usar recetas falsas. Cuando el policía le pidió al individuo que se identificara, éste dijo llamarse Douglas McKenzie y mostró su partida de nacimiento, dos libretas de banco y una tarjeta de la seguridad social, todas ellas a nombre de McKenzie.

Al policía McKenzie le habían robado todos esos documentos hacía dos años.

«Fue el arresto más extraño que he realizado en toda mi vida –dijo McKenzie.»

Doble oportunidad

Había una posibilidad entre un millón. El motorista Frederick Chance chocó contra un vehículo que conducía otro individuo llamado Frederick Chance. Afortunadamente, ninguno de los dos Fred resultó seriamente herido.

Fuente: *Modern People Magazine,* Octubre de 1974

Adivina con quién he topado

El doctor Alan McGlashan cuenta una coincidencia que le sucedió a su hijastro Bunny mientras conducía desde Londres hasta la casa que tenía en un pueblo de la costa a las dos de la madrugada.

«Un tipo que conducía por el arcén se precipitó sobre el coche de Bunny. El accidente sucedió en las afueras del pueblo, y el policía que estaba realizando su ronda nocturna pasaba muy cerca del lugar del choque. Sacó su bloc de notas y le preguntó al otro conductor cómo se llamaba. El individuo contestó que era Ian Purvis. Mi hijastro, al que le encantan los chistes y las bromas, no dijo nada. A continuación, el policía se dio la vuelta hacia Bunny y le preguntó su nombre. Bunny respondió que se llamaba Ian Purvis. El policía lo miró fijamente y le dijo en un tono más bien serio que no era el momento adecuado para gastar bromas. ¡Pero era verdad! Un Ian Purvis había topado contra otro Ian Purvis.»

Muertes gemelas

Dos hermanos gemelos finlandeses murieron a los setenta y un años de edad en idénticos accidentes de bicicleta en el mismo tramo de la carretera con sólo dos horas de diferencia. «Aunque es una carretera muy transitada, no ocurren accidentes cada día –dijo la oficial de policía Marja-Leena Huhtala–. Cuando supe que los dos hermanos gemelos habían tenido una muerte idéntica, se me pusieron los pelos de punta. Es una coincidencia increíble. Me hizo reconsiderar la idea de que ahí arriba alguien maneja los hilos de nuestras vidas.»

Mahjong por doquier

Jill Newton es una avezada jugadora del juego milenario llamado Mahjong. Un día leyó en el periódico un anuncio en el que una familia vendía un juego de Mahjong y decidió ir a examinarlo, pero durante el camino, su coche se vio implicado en un insignificante accidente de tráfico con un señor que vivía en una casa llamada Mahjong.

La anécdota de las dos Turpin

En 1955 llegó una carta a nombre de la señorita S. Turpin al número 8 de la calle Goya, de Madrid, la residencia de la marquesa de Cabriñana. Sallie Turpin, la institutriz de los hijos de la marquesa, abrió el sobre pero no entendió nada del contenido de la carta; se refería a gente que no conocía y en la firma tan sólo se leía: *Tu querida madre*. Después de preguntar a los porteros de las casas colindantes, Sallie descubrió que en el número 12 de la calle Goya vivía una muchacha estadounidense llamada Susie Turpin.

Gracias a la carta nació una buena amistad surgió entre las dos muchachas, que incluso llegaron a irse juntas de vacaciones. Sallie (ahora Sallie Colak-Antic) comenta: «Muchas veces me pregunto cuáles son las probabilidades que existen de que dos chicas con el mismo apellido, una de Inglaterra y la otra de Estados Unidos, descubran que estuvieron viviendo en un país extranjero a sólo dos puertas de distancia.»

Hablando de lavabos...

Durante mucho tiempo, la larga controversia sobre la etimología de la palabra inglesa *Crap* (que significa: porquería) ha enfrentado a los lingüistas y a los borrachos empedernidos.

La idea más extendida es que el término deriva del nombre de Thomas Crapper (apellido que significa algo así como: cagón), quien estableció un negocio sobre limpieza e higiene y además inventó el lavabo con cadena en el siglo XIX; pero esa conexión es pura coincidencia.

En la época de Thomas Crapper –que nació en 1836– hacía ya mucho tiempo que los ingleses usaban esa palabra para referirse a los residuos no deseados. El término apareció por primera vez en un diccionario en 1846, cuando Thomas Crapper tenía diez años, o sea, demasiado pequeño como para ser capaz de inventar la palabra. No obstante, si aceptamos esta versión, es decir, si manifestamos que la similitud entre la palabra y el nombre de ese señor es una mera coincidencia, entonces estamos negando la evidente conexión que existe entre su nombre y la profesión que el muchacho eligió. ¿Quién se atreve a negar que el joven Crapper no tenía una predisposición a ver su destino escrito, si no en las estrellas, al menos en un sector tangible como podía ser el imperio de los lavabos? Ciertamente, el chico debió de presentir su misión cuando a los catorce años decidió convertirse en aprendiz de fontanero.

Thomas Crapper forma parte de un grupo de profesionales con nombres vinculados al oficio elegido. Entre ellos cabe destacar al Señor Rose, que era el jardinero de una escuela de Birmingham; al doctor Zoltan Ovary, un ginecólogo de Nueva York; al señor Moron (palabra inglesa que significa: Imbécil), que es el delegado del sistema educativo de las Islas Vírgenes; el reverendo God (Dios); el doctor Doctor de Doctor; un repartidor de hielo que se llama Shivers (Escalofríos); los abogados jamaicanos Lawless and Lynch (Ilegal y Linchamiento); los fontaneros Plumber and Leek (Fontanero y Gotera); el geólogo Shine Soon Sun (No tardes en brillar, Sol), y el señor Vroom, un vendedor de motocicletas de Sudáfrica.

Si Thomas Crapper hubiera sido un tipo con complejos, se habría cambiado el apellido, sin ninguna duda; pero Crapper no era tímido. Proclamó su nombre en el cartel del edificio de la compañía que fundó. Lo cierto es que era una forma de atraer la atención y hacer publicidad de su empresa. Crapper fue el pionero de las salas de exposiciones de baños; las organizaba en plena calle, lo cual provocó el desmayo de más de una dama refinada ante tal vulgaridad. Seguramente, Thomas fue la fuente de inspiración del significado que en Estados Unidos tiene la palabra *Crapper* (como sinónimo de lavabo). Se cuenta que los soldados estadounidenses que fueron destinados a Gran Bretaña durante la Primera Guerra Mundial adoptaron la expresión después de ver las palabras *T. Crapper* impresas en las cisternas del país.

Capítulo 18
Vidas paralelas

Imaginemos que no existe uno sino muchos universos y que en cada uno de ellos la historia es realmente parecida aunque no idéntica, y que en ellos el tiempo transcurre a la misma velocidad, si bien no de forma sincronizada.

Como norma, estos universos son autosuficientes y no ejercen influencia alguna los unos sobre los otros. Pero a veces, la barrera que separa estos universos paralelos se deteriora y los eventos que suceden en uno se filtran y se mezclan con los eventos de otro mundo.

Parece una explicación perfectamente plausible para algunas de las historias que relataremos a continuación. ¿De veras no se trata de una mera coincidencia?

Con una Wanda es suficiente

Las vidas prácticamente exactas de las dos Wanda Marie Johnson fueron descritas por primera vez en el *Washington Post* el 20 de abril de 1978. Las coincidencias son sorprendentes.

Wanda Marie Johnson de Adelphi, en el estado americano de Maryland, trabajaba como recepcionista de equipajes en la estación de trenes Union en Washington.

La otra Wanda Marie Johnson vivía en Suitland, también en el estado de Maryland, y trabajaba como enfermera de día en el hospital DC General en Washington. Ambas habían nacido el 15 de junio de 1953, habían residido en el distrito de Columbia y luego se habían trasladado al distrito de Princes Georges. Las dos tenían dos hijos, y las dos conducían un Ford Granada con matrícula de 1977.

Los once dígitos de las matrículas de sus coches eran idénticos salvo por los tres últimos dígitos. Sus carnés de conducir, emitidos en el estado de Maryland, eran también idénticos porque un ordenador asigna cada número de licencia según el nombre y la fecha de nacimiento del conductor. Como consecuencia, Wanda Marie Johnson de Adelphi se convirtió en la víctima de unas terribles confusiones: su historial médico contenía informaciones contradictorias, la acosaban por el pago de unas deudas que ella no había contraído, recibía llamadas telefónicas de gente desconocida, y el departamento de seguridad vial de Maryland contactó con ella para comunicarle que necesitaba llevar gafas para conducir. Pero ella no era la miope, sino la Wanda de Suitland.

Los problemas emergieron cuando ambas mujeres residían todavía en el distrito de Columbia.

Ambas dieron a luz a sus hijos en el hospital Howard University, y se visitaban en la clínica Howard. La Wanda de Adelphi se dio cuenta de que algo iba mal cuando los doctores de la clínica empezaron a referirse a los exámenes médicos de la otra Wanda.

Todos los esfuerzos por encontrar a su tocaya fueron inútiles.

Finalmente, un reportero de un periódico logró reunir a las dos mujeres. Se hicieron amigas, pero ninguna de las dos quiso cambiar su nombre.

Umberto, Deuxberto

Umberto era el dueño de un restaurante, y guardaba un increíble parecido con el rey Umberto I de Italia. Además de compartir el nombre, los dos habían nacido el 14 de marzo de 1844 en la misma población, los dos se esposaron el 22 de abril con dos mujeres que se llamaban Margherita, sus hijos se llamaban Vittorio, y el mismo día en que el rey fue coronado en 1878, el otro Umberto abrió su restaurante.

Todas estas coincidencias no serían trascendentales si el Rey y el otro Umberto no se hubieran llegado a conocer, pero, como si de un cuento de hadas se tratara, los caminos de los dos Umbertos se cruzaron. Ambos personajes descubrieron que sus vidas tenían todavía más similitudes que las acabadas de narrar.

El Rey se había desplazado hasta Monza, cerca de Milán, para presidir unas carreras de atletismo. La noche previa, él y su edecán fueron a cenar al restaurante de Umberto. Cuando se sentaron, el Rey se fijó en el enorme parecido físico entre Umberto y él. Lo llamó y, a medida que iban intercambiando información, los dos empezaron a maravillarse. La lista de similitudes era extraordinaria y, como guinda del pastel, ambos descubrieron que habían sido condecorados por valentía en el mismo día, en dos ocasiones, en 1866 y en 1870. En ese momento, el Rey decidió nombrar al otro Umberto Cavaliere de la Corona de Italia, y lo invitó a asistir con él a los actos deportivos del día siguiente.

Al igual que en muchos cuentos de hadas, éste tiene un final violento: a la mañana siguiente no había señal del dueño del restaurante, y cuando el Rey preguntó por él, le comunicaron que había muerto esa misma mañana a causa de un disparo accidental. Entristecido, el rey Umberto declaró que asistiría a su entierro, pero no pudo ser. El Rey murió asesinado ese mismo día por tres disparos efectuados por un hombre llamado Gaetano Bresci.

Sin sentirse cómodo con uno mismo

Nos gusta pensar que las coincidencias son agradables y divertidas, pero a veces resultan todo lo contrario. Aquí tenemos los ingredientes necesarios para una pesadilla de película.

Dos pacientes en el mismo hospital, con el mismo nombre de pila y el mismo apellido, ambos afectados por un tumor cerebral y, para acabar de colmar el vaso, con un enorme parecido físico.

En este caso, una simple coincidencia provocó unas terribles semanas de angustia y de confusión de dos familias del condado de Kent, en Inglaterra. Por suerte, una segunda coincidencia aportó la solución al problema.

El hijo de Sheila Fennell empezó a encontrarse mal y a sufrir cuadros depresivos. El día en que perdió el conocimiento, su médico de cabecera decidió practicarle un encefalograma. La familia inició una tensa espera de los resultados. Al cabo de ocho semanas, todavía no habían recibido los resultados, y la salud de Stephen continuaba deteriorándose. Un día volvió a perder el conocimiento, Sheila llamó a una ambulancia y Stephen fue ingresado inmediatamente en el hospital. No obstante, los resultados del encefalograma continuaban sin aparecer. Transcurrieron diez días más. En el hospital le decían a Sheila que los resultados del escáner que le habían realizado a Stephen el 31 de agosto eran positivos, pero... ¡a Stephen no le habían hecho ningún escáner el 31 de agosto!

Desconcertados y desesperados, los Fennell decidieron ahondar en la cuestión. Sheila recordó que su esposo había mencionado una vez que en su fábrica también trabajaba un joven que se llamaba Stephen Fennell. Parecía imposible, pero decidieron preguntarle al otro Stephen si le habían practicado un escáner cerebral. Estaban en lo cierto, él era el que estuvo en el hospital el 31 de agosto, y su familia también estaba desesperada, aunque por una razón diferente: habían recibido unos resultados en los que se les informaba que Stephen tenía un tumor muy grande y que no era posible operarlo.

Quedaba claro que el hospital había enviado los resultados al paciente equivocado, pero la evidencia trajo todavía más desasosiego a Sheila, ya que parecía que su hijo se debatía entre la vida y la muerte. La fortuna quiso que al final el tumor fuera benigno. Ahora era necesario iniciar un tratamiento con el que, a la larga, el tumor podía llegar a desintegrarse. Stephen empezó a encontrarse mejor y acabó por recobrar su antigua apariencia vital.

Las confusiones no acabaron aquí. Tres años después, Stephen recibió una carta para que asistiera urgentemente al especialista. El doctor le preguntó si todavía sufría los dolores de cabeza que había manifestado el pasado mes de marzo. Esta vez los Fennell solicitaron al doctor volviera a examinar los historiales médicos meticulosamente. De nuevo, habían mezclado datos de los dos pacientes. Con la experiencia de lo sucedido con anterioridad, en esta ocasión resolvieron el malentendido fácilmente, pero Sheila a menudo se pregunta cómo habría finalizado la historia si su esposo no hubiera, por una simple coincidencia, trabajado con un hombre que se llamaba Stephen Fennell.

Martin Guerre

En el verano de 1557, un ciudadano francés llamado Martin Guerre regresó al pueblo de Artigat después de los ocho años que había pasado alejado de su hogar, luchando en las guerras que culminaron en el mes de agosto de ese mismo año en la batalla de San Quintín, en la cual los ingleses y los españoles derrotaron a los franceses.

Guerre era un poderoso terrateniente, y pronto se acomodó nuevamente a la vida familiar con su esposa Bertrande y sus parientes. La vida era agradable, con cuantiosas rentas provenientes de sus propiedades. Guerre tuvo una inmensa alegría cuando nació su primera hija.

Pero algunos miembros de su familia, en particular Pierre, el hermano menor de Guerre, pensaron que la distancia había cambiado más de lo que era creíble al terrateniente. Éste parecía haber olvidado expresiones muy comunes en la variedad dialectal de la zona, no mostraba interés por antiguas aficiones como la esgrima y, lo que todavía era peor, vendió algunas parcelas de tierra que pertenecían a la familia desde hacía siglos.

Los habitantes del pueblo no tenían la menor duda de que se trataba del Guerre genuino, sólo su esposa Bertrande se dio cuenta que era un impostor, pero prefirió callar y continuar con este hombre de noble corazón que estar sola o con su verdadero marido despiadado.

Unos años más tarde, Pierre, que nunca había cesado de acusar a ese hombre de impostor, consiguió que lo arrestaran por engaño. Entonces se inició un largo y complicado proceso judicial en el que muchas personas tuvieron que comparecer como testigos. El caso llegó hasta la corte de Toulouse, pero ante la imposibilidad de alcanzar un veredicto claro a causa de las contradicciones entre varios testimonios, la corte estuvo a punto de otorgar al defensor el beneficio de la duda. Mas en esos precisos instantes, un hombre con muletas se abrió paso entre la multitud de la sala. Bertrande se desmayó. Era el verdadero Martin Guerre, que acababa de regresar de España, donde había pasado los últimos años e iniciado una nueva vida.

La verdad de la historia es que durante una batalla en Flandes, Martin Guerre perdió una pierna y fue desahuciado y abandonado en el campo de batalla. Otro soldado, Arnaud du Tilh, tropezó con Guerre y, al darse cuenta de que guardaba un enorme parecido con el moribundo –incluso tenía la misma uña partida, las mismas cuatro verrugas en la mano derecha y una cicatriz idéntica en la frente–, concluyó que sus necesidades materiales se resolverían si reemplazaba a ese hombre que él pensó que estaba muerto. Arnaud du Tilh, un joven perspicaz y un buen actor, hizo su entrada en el pueblo en 1557 y se apropió de la casa de Guerre.

Ante la evidencia, a du Tilh sólo le esperaba la horca. Bertrande fue obligada a presenciar la ejecución del hombre al que amaba y a regresar a su triste vida con el hombre gélido que la había abandonado para vivir una temporada en España.

Dos hermanas

Tamara Rabi y Adriana Scott no podían comprender cómo podía ser que tantos extraños las pararan por la calle y les dijeran que las conocían.

Llegó un momento en que esas situaciones incómodas con desconocidos fueron tan frecuentes que las dos chicas pensaron por separado en si podría ser que tuvieran una doble en el vecindario.

La explicación era más sencilla: Tamara y Adriana eran en realidad dos hermanas gemelas que habían nacido en México en 1983 y que habían sido dadas en adopción a dos familias estadounidenses en el momento en que nacieron.

Por una extraordinaria coincidencia, acabaron viviendo a tan sólo escasos kilómetros la una de la otra, si bien la infancia y juventud de las dos hermanas fue completamente distinta. Tamara fue adoptada por una pareja judía que vivía muy cerca de Central Park, en el barrio de Manhattan, mientras que Adriana creció en el seno de una familia católica en Long Island.

Las gemelas se reunieron por primera vez el día en que cumplieron veinte cumpleaños. Justin Latorre, una amiga de Tamara, asistió por casualidad a una fiesta de Adriana. Quedó perpleja ante el extraordinario parecido entre las dos chicas y pensó que no podía ser una simple coincidencia. Hizo todo lo posible para que las dos muchachas se conocieran. Ambas sabían que habían nacido en México y que habían sido adoptadas, pero una desconocía por completo la existencia de la otra. Adriana envió una foto a Tamara.

«Ésa era la cara que yo veía cada vez que me miraba al espejo –admite Tamara–. Sentí como si la conociera de toda la vida.»

Las dos chicas empezaron a hacer preguntas a sus respectivas madres adoptivas y de esta forma descubrieron la verdad.

Unos días más tarde, las jóvenes se encontraron y dedicaron las siguientes semanas a conocerse. Descubrieron que ambas habían perdido a sus padres adoptivos a causa de un cáncer: Adriana cuando tenía once años y Tamara sólo el año previo. Ambas habían chocado contra una puerta de cristal cuando eran pequeñas y a las dos les encantaba la música y también bailar. Incluso tenían unas fotos de cuando eran bebés con el mismo disfraz de Minnie Mouse.

«Entonces descubrimos que las dos compartíamos siempre el mismo sueño recurrente –dice Tamara–. Empieza con un estruendo y luego todo queda en silencio, y luego vuelve el estruendo. Es un sueño realmente desagradable.»

Y Tamara añade: «Es posible que se trate de algo que sucedió cuando estábamos todavía juntas en el útero materno.»

Fuente: *Sunday Telegraph,* 9 de marzo de 2003

Dobles similares

Albert Rivers y Betty Cheetham de la ciudad inglesa de Swindon compartieron una noche de 1998 una mesa en un hotel de Túnez con otra pareja. Los dos desconocidos se presentaron como Albert Cheetham y Betty Rivers, del condado de Derby. Los cuatro individuos rondaban los setenta años. En el transcurso de la conversación que siguió a las presentaciones, descubrieron otras similitudes. Las dos parejas se habían casado el mismo día y a la misma hora. Ambas tenían dos hijos, nacidos en 1943 y 1945, cinco nietos y cuatro bisnietos. Las dos mujeres llamadas Betty habían trabajado en la oficina de correos de sus ciudades natales mientras que sus esposos habían sido peones en obras del ferrocarril. Las dos mujeres habían perdido sus anillos de esposadas y llevaban una pulsera idéntica.

Si la llave abre la puerta...

Durante un viaje por el estado de Iowa en 1954, el representante de ventas Robert Beame pensó que había entrado en un universo paralelo. Al salir del hotel una mañana, se subió a su coche y condujo hasta una población cercana para acudir a su primera cita del día. A tan sólo escasos kilómetros, paró un momento el coche para revisar unos papeles que llevaba en el maletín que estaba en el asiento de pasajeros, tal y como lo había dejado el día anterior.

Al sacar algunos de los documentos, se quedó completamente perplejo: ¡No eran sus papeles! Revisó el contenido del maletín con más atención y se dio cuenta de que tampoco era su maletín. ¿Qué había pasado? ¿Había intercambiado maletines con algún cliente?, ¿o acaso alguien había entrado en su coche? Nada parecía estar fuera de lugar. Revisó la guantera y encontró otro objeto que no era suyo. Totalmente aturdido, llegó a la conclusión de que se había montado en el coche equivocado.

Condujo de vuelta hasta el lugar donde había aparcado el coche la noche anterior. Allí, de pie, vio a un hombre frente a un automóvil idéntico al que Robert conducía. Las coincidencias continuaron. Descubrió que el dueño del coche que Robert había tomado por equivocación era un antiguo compañero de la universidad. No se habían visto desde que eran estudiantes. Cuando los dos hombres examinaron sus coches descubrieron que los vehículos eran totalmente idénticos, incluso llevaban el mismo adhesivo publicitario.

«Lo más extraño es que mi llave abría su coche, pero su llave no abría el mío –dice Robert.»

Fuente: *The Coincidence File,* Ken Anderson

Oro y plata

Kathleen Silver (apellido que en inglés significa: Plata) encontró a otro *metal precioso* en una reunión internacional de esposas de militares de guerra. Kathleen se paseaba por la sala de la reunión con un distintivo en la solapa que mostraba su apellido cuando topó con una mujer que llevaba un distintivo con el apellido Goldie (en inglés: de oro). Ambas eran oriundas de Inglaterra y habían vivido en la misma calle de la ciudad costera de Hove, en el condado inglés de Sussex, antes de emigrar a Australia. Las dos mujeres conocieron a sus esposos en un baile organizado en el mismo lugar, las dos se casaron en la misma iglesia y por el mismo párroco, y ambas tenían una hija y dos hijos.

Dos brazos fuertes de la ley

En 1957, el magistrado estipendiario Frederick Sheppard de New South Wales, Australia, estaba escuchando el historial delictivo de un individuo acusado de cometer varios delitos en el puerto de la ciudad. El magistrado mostró un enorme interés en el instante en que escuchó: «Declarado culpable por el magistrado Fred Shepherd del Juzgado de Charlesville, en Queensland, por varios delitos menores. Se le aplicó una pena de seis meses de trabajos forzados.»

El magistrado pensó que seguramente era un error, ya que él nunca había estado en Charlesville, y que además, allí no tenía jurisdicción.

Tras algunas indagaciones, el magistrado averiguó que había otro magistrado en Queensland llamado Fred Shepherd (su apellido se escribía de forma distinta al suyo). Contactó con su tocayo y descubrió que, aunque escribían el apellido de forma diferente, tenían el mismo bisabuelo inglés y que sus vidas habían seguido unas sendas extraordinariamente similares. Fred Sheppard nació en New South Wales en 1902, mientras que Fred Shepherd lo hizo en Brighton, Inglaterra, en 1905. Ambos habían entrado en el cuerpo de funcionarios y lo habían abandonado en 1924. Ese mismo año, el señor Sheppard fue nombrado abogado de oficio en el juzgado de guardia de New South Wales, y el señor Shepherd fue nombrado abogado en el juzgado de guardia de Maryborough, en Queensland.

Aprobaron los exámenes el mismo año, y ambos se convirtieron en jueces de primera instancia en 1948, y en 1954 fueron nombrados magistrados estipendiarios.

Los dos magistrados se conocieron personalmente en 1957, y descubrieron que su apariencia era remarcablemente... distinta.

Lincoln y Kennedy

Un estudio de las vidas y de las muertes violentas de los presidentes Abraham Lincoln y John F. Kennedy revela algunas coincidencias muy significativas. Ian Stewart, el eminente profesor de matemáticas, no está convencido de que los paralelismos entre los dos casos indiquen algo que va más allá de la coincidencia, pero está de acuerdo con que no siempre existe una explicación para todo lo que sucede en el Universo. Según él, las circunstancias en este caso parecen ciertamente convincentes.

Un sinfín de libros, periódicos y páginas web de todo el mundo han catalogado las coincidencias entre Kennedy y Lincoln. La mayoría de esos medios, bajo los efectos del entusiasmo, ofrecen datos incorrectos, distorsiones y exageraciones, si bien la mayoría coinciden en los siguientes detalles:

- Lincoln fue elegido presidente en 1860. Exactamente cien años más tarde, en 1960, Kennedy fue elegido presidente.
- Ambos estaban claramente a favor de los derechos civiles.
- Ambos fueron asesinados un viernes, en presencia de sus esposas.
- Ambos murieron a causa de un disparo en la cabeza.
- Lincoln fue asesinado en el teatro de Ford. Kennedy encontró su muerte en un Lincoln descapotable de la Ford Motor Company.
- Ambos fueron sustituidos por dos vicepresidentes que se apellidaban Johson y que eran demócratas del sur y ex senadores.
- Andrew Johnson nació en 1808. Lyndon Johnson nació en 1908, exactamente cien años después.
- El asesino John Wilkes Booth nació en 1839. El asesino Lee Harvey Osvald nació en 1939, cien años después.
- Ambos asesinos eran sureños. Los dos fueron asesinados antes de presentarse a juicio.
- Both disparó a Lincoln en un teatro y se ocultó en un granero. Osvald disparó a Kennedy desde un almacén y se ocultó en un teatro.

A pesar del consenso que existe en cuanto a la veracidad de estos datos, hemos descubierto que uno de ellos no es cierto: Booth no nació en 1839 sino en 1838.

Ken Anderson es un escritor australiano que se ha dedicado a investigar las coincidencias entre Kennedy y Lincoln. En su libro, *The Coincidende File,* confirma que las coincidencias en torno a los dos presidentes son a menudo imprecisas, pero afirma que ha descubierto otros paralelismos que pueden compensar la falta de veracidad de ciertos datos.

Algunas de sus aportaciones más importantes son:

- Tanto Osvald como Booth dispararon a sus víctimas en la cabeza. Según Anderson, los asesinos que matan en lugares públicos suelen apuntar al corazón o a otras partes vulnerables del cuerpo cuando usan un rifle, especialmente en Estados Unidos, por ejemplo: el francotirador Charles Guiteau, que disparó al presidente James Garfield el 2 de julio de 1881 y le perforó el páncreas, y el francotirador Arthur H. Bremmer, quien disparó cinco veces sobre el cuerpo del gobernador de Alabama George Wallace el 15 de mayo de 1972.
- Tanto a Lincoln como a Kennedy les gustaba moverse con absoluta libertad por el país y les disgustaba estar rodeados de guardaespaldas. Fue el mismo Kennedy quien decidió pasearse por la ciudad de Dallas en su Lincoln Continental descapotable para que la gente pudiera verlo a él y a su esposa Jackie más fácilmente. Lincoln también descuidó su seguridad. Cuando Booth entró en el teatro de Ford, se dio cuenta que el palco presidencial no estaba vigilado. John Parker, el policía de la Casa Blanca encargado de proteger al presidente y velas por su seguridad, había abandonado su puesto en dos ocasiones, la primera para ir a buscar una bebida y la segunda para encontrar un lugar desde donde poder presenciar mejor el espectáculo.
- En el momento de los dos asesinatos, ambos presidentes iban acompañados por sus respectivas esposas y por otra pareja. En los dos casos, el otro hombre resultó herido también por el asesino. John Connally, el gobernador de Texas, y su esposa viajaban en el coche con el presidente Kennedy. Una bala rozó la muñeca de Connally e impactó en su cadera. El alcalde Henry Rathbone y su novia, la señorita Clara Harris, estaban en el palco del teatro junto con el presidente Lincoln. Rathbone intentó derribar a Booth antes de que éste disparara. El asesino hirió al alcalde en el brazo con un cuchillo de caza.
- Ambos presidentes estaban sentados detrás de sus esposas cuando los dispararon. Ninguna de las dos mujeres resultó herida. Ambas mujeres sostuvieron las cabezas de sus maridos moribundos entre sus brazos. Cada una de ellas tuvo que

esperar hasta que los doctores realizaron unos intentos desesperados, pero sin éxito para salvar a sus esposos. Ambas mujeres se habían casado a los veinticuatro años. Las dos tuvieron tres hijos, y ambas perdieron a uno de ellos mientras residían en la Casa Blanca.

- Poco después de los disparos, tanto Osvald como Booth fueron interrogados en la calle, pero los dejaron marcharse.
- Osvald y Booth murieron en circunstancias muy similares. Ambos estaban rodeados por policías y por un halo de luces. Sus asesinos, Jack Ruby y Boston Corbett, usaron un revólver Colt y dispararon una única bala.

¡No está nada mal este extraordinario catálogo de similitudes! Si dejamos a un lado los errores, las distorsiones y las exageraciones, y aceptamos el hecho que es posible hallar semejanzas entre las vidas de dos seres humanos, en el caso de Kennedy y Lincoln, las coincidencias continúan siendo demasiado increíbles.

Gemelos idénticos

Dos bebés, nacidos en Ohio, fueron adoptados por diferentes familias poco después de nacer. En 1979, después de haber estado separados durante treinta y nueve años, los dos gemelos se reencontraron. A cada uno de ellos lo habían bautizado con el nombre de James; a los dos les gustaba la carpintería y las manualidades; los dos estudiaron Derecho. Ambos se casaron con dos chicas llamadas Linda, y tuvieron un hijo –a uno lo llamaron James Alan y al otro James Allan–. Los dos se habían divorciado y vuelto a casar en segundas nupcias con dos mujeres que se llamaban Betty. Ambos tenían un perro llamado Toy. Además, a los dos les encantaba veranear en la misma playa de Florida.

Fuente: *Reader's Digest,* Enero de 1980

Una sola vida

Los hermanos gemelos Bill y John murieron tal y como habían vivido: inseparables y sin casarse. Se vestían igual, llevaban el mismo tipo de gafas y lucían el mismo corte de pelo. Ya de adultos, los dos fueron operados por un problema de la cadera y, a partir de entonces, los dos usaron siempre dos bastones idénticos. En mayo de 1996, cuando tenían sesenta y un años, los dos participaron en una competición de culturismo. Durante las pruebas, uno de los gemelos cayó desplomado al suelo. Los organizadores de la competición llamaron a una ambulancia a las 12.14 horas. A las 12.16 horas tuvieron que llamar de nuevo al teléfono de urgencias. El otro gemelo acababa de perder el conocimiento. Ninguno de los dos se recuperó.

Los Kumar reales del número 42

Krishan Kumar, un profesor de sesenta y siete años retirado, su hijo Arun y otros seis miembros de la familia regentan una modesta joyería en el número 42 de la calle Cannock, en la ciudad inglesa de Wolverhampton.

Sus apacibles vidas se han visto afectadas por el vínculo fortuito con una popular serie cómica televisiva en Inglaterra llamada «The Kumar at Number 42» (Los Kumar del número 42). Algunos seguidores curiosos de la serie han empezado a visitar a los Kumar reales.

«Nos hace mucha gracia que la gente venga a vernos –dice Arun Kumar, y agrega que la actriz Meera Syal, que es la que encarna a uno de los personajes en la serie, nació y se crió a escasos metros de la calle Cannock, y acaba añadiendo–: Apenas he visto un capítulo de la serie, y eso que cada día que pasa hay más gente en el barrio que nos llama "Los Kumar del número 42".»

Fuente: *The Guardian,* 29 de abril de 2003

Las gemelas Risitas

Se las conoce como las gemelas Risitas, pero no es sólo su idéntica risita estridente lo que ha llevado a los científicos a estudiar las vidas de estas dos hermanas de cincuenta y ocho años llamadas Bárbara y Daphne Goodship. Las gemelas fueron separadas cuando nacieron y no tuvieron ningún contacto hasta cuarenta años después, cuando Bárbara decidió buscar a su verdadera madre y... ¡descubrió que tenía una hermana gemela!

«Conocí a Daphne en la estación de metro King's Cross de Londres –dice Bárbara–. No nos dimos ni un abrazo ni un beso; no hacía falta. Era como reencontrar a una vieja amiga. Simplemente abandonamos la estación, paseamos y charlamos durante un buen rato. Curiosamente, las dos íbamos ataviadas con un vestido de color beige y con una chaqueta marrón.»

Su gusto idéntico por la ropa fue la primera muestra de una remarcable secuencia de coincidencias que unía a las gemelas.

Ambas conocieron a sus esposos durante un baile popular el día de Navidad. Las dos se casaron de azul. Ambas tuvieron un aborto involuntario en el mismo mes y en el mismo año. Las dos tuvieron dos hijos y una hija. El segundo hijo de cada una de las gemelas nació en el mismo mes del mismo año.

La lista de similitudes continua. A las dos les gusta beber café solo, sin azúcar, y completamente frío. No soportan las alturas. Ambas se tiñen el pelo del mismo tono castaño rojizo.

En el cole, las dos gemelas odiaban las mates, y leyeron exactamente los mismos libros.

«Ahora Daphne me llama cuando se compra un libro para que yo no me lo compre –explica Bárbara.»

Los especialistas en genética en Estados Unidos, fascinados ante las coincidencias extraordinarias en este caso, han realizado varias pruebas para ver las reacciones de Bárbara y Daphne. Los resultados son muy interesantes: muestran similitudes notables en sus respuestas y reacciones. En una de las pruebas, pidieron a Bárbara que escribiera una frase. Sin pensarlo demasiado escribió: *El gaso se sentó en el felpudo*. Cuando le pidieron a Daphne que escribiera también una frase, escribió precisamente la misma línea, con el mismo error (gaso en lugar de gato).

«Es algo que nos sucede con mucha frecuencia –dice Bárbara–. Una vez, Daphne me llamó para charlar un rato mientras yo estaba cocinando, y descubrimos que estábamos preparando la misma receta.»

Y para terminar, Daphne concluye: «Ya nada nos sorprende. Normalmente, primero me pongo yo enferma y luego ella. Ahora, cuando me encuentro mal, llamo a Bárbara para prevenirla.»

Fuente: *Sunday Mirror,* 7 de septiembre de 1997

Hasta que la muerte los separe

Los gemelos John y Arthur llegaron a este mundo juntos y lo abandonaron del mismo modo. La tarde del 22 de mayo de 1975, los hermanos, que vivían a cien kilómetros de distancia el uno del otro, empezaron a quejarse de dolores en el pecho. Ambos fueron llevados urgentemente a dos hospitales distintos. Los gemelos murieron a causa de un ataque de corazón poco después de llegar al hospital.

La madre de todas las coincidencias

Una ola de confusión se extendió por el pabellón de maternidad de un hospital en Australia cuando se presentaron dos mujeres con el mismo nombre a punto de dar a luz.

Las dos Carole Williams dieron a luz a dos niñas el mismo día. Además, era el cumpleaños de las dos mamás.

Fuente: *People,* 13 de diciembre de 1998

CAPÍTULO 19
Buena suerte

Es muy fácil atraer la mala suerte; únicamente tienes que romper un cristal, caminar debajo de una escalera o derramar un poco de sal. De hecho, es incluso todavía más fácil: sólo debes esperar un poco, y la mala suerte te encontrará. Algunos psicólogos argumentan que la desgracia es el estado natural; es decir, que dan la razón a los pesimistas, pero también se puede conseguir un poco de buena suerte. Ello requiere unas grandes dosis de fe ciega, un montón de energía y la habilidad de ver siempre la botella medio llena en lugar de medio vacía, o sea, llegar a la conclusión de que la mala suerte supone un reto que te ayudará a mejorar como personas.

Aunque también existe otra posibilidad, que es la de confiar en coincidencias afortunadas como éstas.

En la masa

Una peña de lotería de una ciudad costera del País de Gales compuesta por los diez empleados de una panadería no había conseguido repartir más que unas pocas libras entre sus miembros.

Un día, dos de las empleadas se convirtieron en millonarias gracias a unas apuestas que realizaron a título personal. La contable ganó el primer premio, y poco después, una de las cocineras ganó también el primer premio.

Fuente: *Daily Mail,* 14 de mayo de 1998

La suerte de los australianos

Hay gente con suerte.

Alec y Vivienne son una pareja australiana que se permitió el lujo de irse de vacaciones a Londres con el dinero que habían ganado en la lotería nacional. Acababan de llegar a la capital inglesa cuando recibieron la noticia de que habían vuelto a ganar la lotería. En total, habían ganado más de un millón de euros. La pareja dijo que, dadas las circunstancias, seguramente prolongarían sus vacaciones, presumiblemente para siempre.

Según las estadísticas, la pareja había conseguido desafiar todas las probabilidades de acertar dos veces en seis meses, que son de 64 millones contra una.

Los mapas que ansiaban ser encontrados

Paul Kammerer, biólogo e investigador de coincidencias, se dio cuenta de que las coincidencias acostumbran a aparecer no de forma aislada sino en grupos o series. Todos los ludópatas de este planeta están de acuerdo con él; por eso hablan de rachas de buena o de mala suerte. El profesor C. E. Sherman, director del Departamento de Ingeniería Civil de la Universidad del estado de Ohio, llegó a la misma conclusión cuando en tan sólo doce horas de un día de 1909 le cayó encima el equivalente a diez años de suerte. Sherman describió sus experiencias de ese día perfecto en su libro *Land of Kingdom Come,* del cual ofrecemos seguidamente un resumen.

En esa época, Sherman estaba atrapado en la penosa y pesada labor de compilar un atlas de carreteras de Ohio. El problema era que no existían mapas de los condados del sudoeste del estado. El Departamento de Cartografía de Estados Unidos todavía no había elaborado el mapa correspondiente al área, y los únicos gráficos que Sherman encontraba estaban completamente desfasados. Eran datos provenientes de los mismos condados que tenían que ser contrastados parcela por parcela. Tras un enorme esfuerzo, logró reunir la mayoría de los mapas, pero le faltaban dos: el del condado de Pike y el de Highland. Ni siquiera tenía la certeza de que existieran mapas de esos dos condados. Sin ellos, preparar un mapa de carreteras conciso sería un trabajo de titanes. Sherman tampoco había encontrado un buen mapa del río Ohio. Decidió desplazarse hasta el lugar y obtener los datos sobre el mismo terreno, consultando casa por casa, si era necesario. Un sábado, Sherman preparó la maleta de mala gana, les dijo a sus amigos que estaría ausente por dos semanas y se subió a un tren. Increíblemente, encontró todo lo que necesitaba en tan sólo doce horas.

En la primera parada, se dirigió a la Oficina de Ingenieros de Cincinnati y encontró un excelente mapa del río Ohio. Seguidamente, tomó un tren hacia el condado de Highland, pero tuvo que hacer escala en Norwood. Allí, mencionó su misión a uno de los empleados de la estación, quien le dijo que en el trastero de la estación había un libro muy viejo que podía serle útil. Juntos buscaron el libro y lo encontraron; se trataba del legendario *Atlas del Condado de Highland.*

Sherman tomó entonces el tren hacia Pike. En una breve parada en Chillicothe, se le ocurrió bajar del tren y pasear por la calle del pueblo para estirar las piernas y llamar por teléfono a un viejo amigo. Cuando pisó la estación, vio a ese amigo que se dirigía directamente hacia él, como si hubieran acordado encontrarse en la estación. Charlaron un rato y luego Sherman regresó al tren.

La próxima parada era Waverly, un pueblo del condado de Pike. Sherman sólo conocía a dos personas en esa localidad y, la verdad, no pensaba que ninguno de los dos estuviera por casualidad en la estación. Mas al pisar suelo firme, Sherman distinguió a uno de ellos. Los dos charlaron un rato, y cuando Sherman le preguntó si sabía si existía algún mapa del condado, el conocido le contestó que no, pero que le preguntaría a su padre, por si acaso. Justo en ese momento, se cruzaron con su padre por la calle.

El anciano dijo que era posible que el auditor del condado tuviera un mapa de Pike. En ese momento, avistaron al auditor por la calle. Era un sábado por la noche, pero el auditor no tuvo reparos en invitarlos a su oficina, que estaba justo en la acera de enfrente. En la pared del despacho, detrás de una enorme mesa de trabajo, colgaba un bonito y antiguo mapa del condado de Pike.

En ese preciso momento, Sherman consideró que era imposible tener tanta suerte; incluso el incidente más pequeño parecía encajar a la perfección en el rompecabezas de su misión. Sherman pensó que cuando pasara un tiempo y no estuviera bajo el influjo del estado de fascinación que sentía en esos instantes, sería capaz de cuestionar de forma más imparcial si lo que le estaba sucediendo era realmente tan excepcional.

«Me había pasado meses buscando todos los datos, y cuando este último problema, que de entrada parecía tan serio, se solventó tan fácilmente, mi humor cambió y sólo fui capaz de ver las circunstancias favorables.»

Lo cierto es que sucedieron muchas circunstancias favorables. Por ejemplo, el empleado de la estación de Norwood no deseaba venderle a Sherman el atlas sino que estuvo encantado de prestárselo; el amigo que encontró en Chillicothe había ido a la estación a tomar el tren para realizar unas gestiones fuera del pueblo, y el conocido de Waverly podría haber estado en cualquier otro lugar del planeta, pero no, allí estaba para ayudarlo en su misión. ¿Y a quién se le ocurriría pensar en la posibilidad de entrar en la oficina de un auditor un sábado por la noche para encontrar un mapa que hasta ese momento Sherman no sabía si existía?

«Esa noche me fui a dormir con la sensación de haber experimentado un día perfecto –concluye Sherman.»

Nada es azar

Los pilotos de un biplano propiedad de Richard Bach, el autor del libro *Juan Salvador Gaviota*, perdieron el control del aparato en 1966 mientras sobrevolaban el estado de Wisconsin. Afortunadamente, lograron ganar de nuevo el control, pero una de las piezas se había roto, así que tuvieron que realizar un aterrizaje de emergencia en un pequeño aeródromo. El avión, un Detroit-Parks Speedster modelo P-2A de 1929, era uno de los ocho que se habían fabricado, así que la perspectiva de conseguir otra pieza para repararlo era prácticamente imposible.

Pero el dueño de un hangar cercano vio la avería, se acercó a los pilotos y les invitó a rebuscar entre la pila de piezas de aviones que tenía en su hangar. Allí, en medio de un montón de piezas, encontraron la que necesitaban para reparar el avión.

En su libro *Nada es azar*, Richard Bach escribe: «Las probabilidades de encontrar la pieza que nuestro biplano requería en un pueblo pequeño en el que, por casualidad, residía un señor que tenía esa pieza tan antigua; las probabilidades de que dicho hombre se encontrara en la escena cuando sucedió la avería; las probabilidades de que empujáramos el avión justo hasta el hangar contiguo al de ese individuo, a tan sólo escasos metros de la pieza que necesitábamos; todas esas probabilidades eran tan impensables que pedir el milagro de una coincidencia era una locura.»

Fuente: *Nada es azar,* Richard Bach

Accidente doble

Berry Lou Oliver, la ascensorista del Empire State Building, escapó milagrosamente de la muerte cuando un avión bombardero B52 se estrelló contra el rascacielos el 28 de julio de 1945 a causa de la densa niebla.

A las 9.40 horas de la mañana, el avión chocó contra la planta número 74 del que era entonces el edificio más alto del mundo. Rápidamente se declaró un enorme incendio que se expandió por varias plantas. Las llamas del incendio penetraron por los respiraderos del ascensor y Betty sufrió quemaduras muy graves.

Los bomberos que se habían desplazado hasta el lugar siniestrado encontraron a Betty malherida. Después de aplicarle los primeros auxilios, la trasladaron rápidamente a un segundo ascensor con el fin de bajarla hasta la calle donde la esperaba una ambulancia, pero los bomberos desconocían un dato crucial: el impacto del avión también había afectado al segundo ascensor y sus cables estaban a punto de romperse. Cuando las puertas del ascensor se cerraron, se oyó un fuerte estrépito y los cables se partieron. El ascensor se precipitó al vacío desde la planta 75.

Increíblemente, Betty sobrevivió. Los cables segados que colgaban debajo del ascensor se apilaron y actuaron como un muelle, con lo cual el ascensor descendió más lentamente. El aire que quedó atrapado entre la tabla del suelo del ascensor y el suelo del edificio formó un cojín de aire y sirvió también para amortiguar la caída libre del ascensor. Los bomberos trabajaron sin pausa para sacar a la mujer entre los escombros, pero la fortuna quiso que Betty saliera viva de esa doble pesadilla.

El autobús equivocado

El vidente británico Douglas Johnson subió una tarde en un autobús equivocado, pero no se dio cuenta hasta que se había alejado bastantes kilómetros del punto de partida. En una conferencia para la Sociedad de Investigación Psíquica de Cambridge en 1967, Johnson explicó que en lugar de apearse, decidió continuar el viaje y disfrutar del paisaje.

Por casualidad el autobús pasó por delante de la casa de una antigua clienta. Impulsivamente, decidió bajar del autobús y visitarla. Llamó a la puerta, pero nadie contestó. Douglas olió entonces a gas. Derribó la puerta y descubrió a la mujer tumbada con la cabeza dentro del horno, inconsciente. A causa de una increíble coincidencia, Douglas llegó a tiempo para salvarle la vida.

La pista de hockey

Una pesada tarea aguardaba a todos los agentes de policía que habían recibido la orden de identificar a las doce víctimas que acababan de desenterrar del jardín de Fred y Rosemary West. Los cuerpos mostraban un avanzado estado de descomposición, y los oficiales trabajaban con una lista de más de diez mil chicas desaparecidas. La única esperanza era confiar en los resultados forenses, los informes dentales y, en última instancia, esperar que una coincidencia obrara el milagro.

El profesor David Whittaker, que identificó a las doce víctimas, trabajó durante un año y medio con la policía del condado inglés de Gloucestershire. Ésta es su descripción sobre la identificación de una de las víctimas.

«Cada martes me desplazaba hasta la ciudad de Gloucester para reunirme con todos los detectives e infundirles ánimos.

»Una noche, les mostré una foto de la boca de una de las víctimas, que llevaba dos fundas provisionales en los dos dientes frontales. Les expliqué que cuando alguien se rompe un diente se le aplica una funda de porcelana, pero como normalmente se tarda bastante en fabricar ese tipo de fundas, los dentistas colocan a sus pacientes fundas provisionales de plástico.

»Es posible que la muchacha llevara esas fundas a causa de algún accidente, les dije a los detectives. Probablemente se había roto los dientes al caer de una bicicleta, entonces le pusieron las fundas provisionales y después fue cuando la asesinaron. Una de las mujeres detectives alzó el brazo para hablar. Dijo que ella había jugado a hockey contra una chica que se partió los dos dientes frontales a causa de un golpe con un palo de hockey.

»Era una posibilidad entre diez mil, pero le pedí a John Bennett, el superintendente encargado del caso, que abriera una línea de investigación.

»Acertamos. Pudimos demostrar que se trataba de la misma chica. Acabábamos de identificar a otra de las víctimas del matrimonio West.

»A pesar de las evidencias científicas que teníamos, sobre todo del enorme apoyo de las pruebas dentales, lo que realmente necesitábamos era mucha suerte, y eso fue precisamente lo que sucedió en el caso acabado de relatar.»

Fuente: *Western Mail,* 5 de abril de 2003

Un error afortunado

Un ex jugador de fútbol del equipo de Irlanda del Norte ganó la lotería gracias al error que cometió una dependienta. Dessie Dickson, más conocido como Deadly Des, ganó 10.000 euros cuando la empleada del estanco le entregó un billete de un sorteo de lotería distinto al que Dickson acostumbraba a comprar.

Dickson comentó: «Siempre apostaba por el mismo número, pero la chica se equivocó y me entregó otro distinto. No obstante, le estoy inmensamente agradecido: para mí fue un error afortunado.»

Fuente: *News of the World,* 13 de abril de 2003

El ángel de la guarda de las cinco en punto

Derek Sharp, el piloto de la RAF (Fuerza Aérea Británica) ha visto la terrible cara de la muerte en más de una ocasión, y está convencido de que las probabilidades de sobrevivir en dichos casos eran tan pequeñas que sólo se pueden explicar como el resultado de algo más que una mera coincidencia.

Sabe que la suerte con la que ha sido bendecido se extiende a dos generaciones de su familia. Su tío, un piloto de la Segunda Guerra Mundial que también se llamaba Derek Sharp, logró salir ileso de muchos incidentes aéreos que le podrían haber costado la vida. Al final murió en una misión en la noche en que su sobrino fue concebido, y Derek se pregunta si su tío se ha convertido en su ángel de la guarda.

Parece evidente que Derek dispone de nueve vidas. «El resto de los pilotos con los que he trabajado están todos muertos –dice Derek–. Creo que llegué incluso a considerarme inmortal en los cielos, es decir, que estaba seguro que nunca moriría a causa de un accidente aéreo. No pensaba que se tratara de una cuestión de suerte, ni tampoco que ahí arriba había alguien que me protegía constantemente. Quizá se trataba sólo de una gran dosis de arrogancia por mi parte.»

Su primer encuentro con la muerte fue el más dramático. Sucedió en febrero de 1983, mientras pilotaba un Hawk de la RAF junto con un aprendiz de piloto que se llamaba Les Pearce. Estaban sobrevolando los pueblos y ciudades del condado de Cranbridgeshire aproximadamente a unos quinientos kilómetros por hora cuando un ánade real se estrelló contra el cristal frontal del Hawk, atravesó el cristal y golpeó a Derek en plena cara. El accidente fue realmente aparatoso. Derek sufrió la rotura de varios huesos y nervios de la cara, y el ojo izquierdo se le salió de la órbita. La muerte parecía inminente para los dos hombres a bordo.

Todo lo que Sharp recuerda es el terrible impacto.

«Fue como si alguien me golpeara la cabeza con una manta mojada. Instintivamente, activé el control automático, que es lo que me habían enseñado a hacer en el caso de sufrir una emergencia a poca altura. Con ello se consigue que el avión se eleve y que el piloto tenga tiempo para pensar qué debe hacer.

»Entonces me desmayé. Quién sabe hacia dónde se desplazó el avión mientras yo estaba inconsciente. Recuperé el sentido al cabo de dos o tres minutos, cuando habíamos descendido a cinco mil pies.»

Aterrorizado, se dio cuenta de que no podía ver.

«Primero pensé que se trataba de una ceguera temporal. No sentía dolor. Intenté limpiarme los ojos, y entonces comprendí que mi ojo izquierdo no estaba en su lugar.

»Tenía el ojo derecho lleno de sangre, de trozos de ánade y de mi propia carne. Todo estaba borroso. Era como si mirarse a través de una rejilla.»

Únicamente distinguió las luces de emergencia rojas en el panel frente a él, que indicaban que los motores se habían apagado.

«Parece ser que el ánade se estrelló contra mi cara, rebotó y fue a parar contra los mandos de control, destrozó algunos de ellos, luego cayó sobre el interruptor del motor y apagó el motor.»

Sin saber cómo, Derek puso de nuevo en marcha el motor y restableció el rumbo. El aprendiz, horrorizado, envió un mensaje de socorro y la controladora de la RAF los dirigió de inmediato hacia la pista de aterrizaje de la RAF más cercana, a tan sólo seis minutos del punto en el que se hallaban.

Derek sentía cómo las fuerzas lo abandonaban a causa de la gran hemorragia, y creyó que no conseguiría aterrizar. El ánade había abierto un enorme boquete en el cristal frontal, y la fuerza huracanada del aire que penetraba en la cabina del piloto agravaba considerablemente la situación. Tuvo que resguardarse bajo la mesa de control del avión para proteger su cara completamente destrozada y, al mismo tiempo, intentar mantener el rumbo del avión mientras Pearce le gritaba la lectura de los instrumentos.

«Cuando nos acercamos, la controladora nos preguntó cuánto combustible nos quedaba. Yo le contesté que el depósito estaba vacío. Creo que ante las terribles circunstancias, los de la torre de control pensaron que no teníamos ninguna posibilidad de salir con vida de ese infierno.»

Derek rechazó la opción de lanzarse con paracaídas. Le obsesionaba el pensamiento de que el avión abandonado pudiera colisionar contra los edificios de los campos que tenía a sus pies. Su gran valentía le valió después la condecoración de la cruz de las Fuerzas Aéreas.

Bajo la mirada atenta del servicio de emergencia desplegado en la pista de aterrizaje, Derek empezó a descender siguiendo las instrucciones de la controladora. Increíblemente, logró realizar un aterrizaje perfecto.

«No sé si tuve suerte o no –expresa Derek–. Tuve la suerte de lograr aterrizar, pero primero tuve la mala suerte de sufrir el grave impacto del ánade. Sólo existe constancia de otro accidente similar en toda la historia de la aviación, y el otro piloto murió desnucado en el acto.»

Derek no salió ileso de la tragedia. Quedó devastado cuando le comunicaron que había perdido el ojo izquierdo. Sólo tenía treinta y ocho años, y volar era su única pasión. Por fortuna, la suerte estaba todavía de su lado: persuadió a la RAF para que le permitieran pilotar grandes aviones transportadores con un copiloto.

Su nuevo trabajo era, en teoría, menos peligroso que pilotar cazas; pero Derek todavía tuvo que pasar por más incidentes espectaculares de los que también escapó milagrosamente.

En el conflicto de los Balcanes en 1992, Derek estaba pilotando un avión cargado de explosivos en Skopje, Macedonia, cuando un relámpago impactó de lleno en el morro del avión. El rayo atravesó todo el avión, desde el morro hasta la cola, pero por una suerte inexplicable los explosivos no estallaron.

Otra vez, durante la primera guerra del Golfo, el ejército estadounidense apuntó por error un misil Patriot hacia el avión de Derek.

«En el último minuto, se dieron cuenta de que estaban apuntando a un viejo avión de la RAF y cancelaron la misión –explica Derek–. De alguna forma, yo sabía que todo iba a salir bien.»

Derek se ha retirado de la RAF, y ya no pilota aviones, pero hace poco la suerte que acompaña a los pilotos de su familia volvió a visitarlo.

Un veterano de la Segunda Guerra Mundial había enviado una foto de su tío, junto con el que había combatido, al periódico *Daily Mail*. Deseaba saber si algún lector conocía al piloto o si sabía qué le había sucedido.

Sharp reconoció inmediatamente a su tío. A través del artículo que acompañaba la foto, Derek descubrió las hazañas aéreas de su tío. El tío Derek fue uno de los ocho mil pilotos de guerra que la RAF envió a Estados Unidos para seguir un programa de entrenamiento. En febrero de 1942, un instructor se montó en un avión Stearman de dos plazas con el aprendiz entusiasta. En mitad del vuelo, el instructor empujó el mando hacia delante, con lo cual colocó el avión completamente vertical. Derek Sharp no se había abrochado el cinturón y salió catapultado hacia los cielos. Derek planeó por los aires durante varios segundos antes de aterrizar, por una casualidad increíble, sobre la cola del avión Stearman, y allí se quedó, agarrado como un pulpo.

El instructor bajó entonces hasta dos mil pies –una altura segura para lanzarse en paracaídas– e hizo señas al aprendiz para que se soltara, pero el tío Derek no llevaba paracaídas. El instructor tuvo que aterrizar con Sharp todavía pegado a la cola.

Mas las aventuras del tío Derek no acaban aquí. Unos días después, casi pierde la vida cuando estaba esperando para despegar en una pista de entrenamiento. Un piloto que aterrizaba realizó un error en la maniobra de aterrizaje y el extremo del ala de su avioneta pasó a tan sólo escasos centímetros de la cabeza de Sharp. Las nueve vidas del tío Derek se agotaron. Murió al cabo de unos años, cuando su bombardero Lancaster desapareció durante una incursión aérea sobre Gelsenkirchen, en Alemania.

«Ahora que sé que el tío Derek sobrevivió milagrosamente varias veces, me siento más tranquilo cuando pienso en la sugerencia de mi madre referente a que yo soy su reencarnación. No creo en ese tipo de historias, pero cuando confluyen muchas peripecias inexplicables, uno empieza a dudar incluso de sus propias creencias.

»Existen muchas similitudes entre mi tío y yo. Ambos nos llamamos igual, físicamente nos parecíamos muchísimo, los dos fuimos pilotos y los dos escapamos de las garras de la muerte en más de una ocasión. Mi tío murió la noche en la que yo fui concebido.

»He estado a punto de morir en dos o tres ocasiones. Parece imposible que pudiera aterrizar en un estado tan deplorable, casi completamente ciego y desangrándome y con la mayoría de los instrumentos del cuadro de control destrozados. Me gusta pensar que los ángeles de la guarda existen. Quizá el tío Derek me estaba protegiendo desde los cielos.»

Afortunado Les

El ciudadano londinense Les Carvell está considerado uno de los hombres más afortunados de Gran Bretaña tras ganar dos veces la lotería.

Después de ganar 1,5 millones de euros en la lotería nacional, Les no tardó mucho en celebrar otra fiesta: había apostado 7 euros en las carreras de caballos y ganó 100.000 euros. Las probabilidades de ganar en las carreras de caballos, apostando por uno de los cinco cuadrúpedos, son de 1 entre 740.000. Las probabilidades de ganar la lotería son de 1 entre 14 millones. Así pues, la proporción de la combinación es... astronómica.

La suerte acompañó a Les desde que nació. En total ha ganado cuatro veces la lotería. A sus sesenta y tres años opina:

«Creo que todavía tengo posibilidades de ganar otra vez la lotería. No poseo ninguna fórmula mágica, se trata simplemente de suerte. En cuanto a las carreras de caballos, ni yo mismo podía creer que hubiera ganado tanto dinero. Pensé que estaba soñando. Me dirigí a las taquillas de apuestas para confirmar que no estaba equivocado, y los taquilleros empezaron a temblar cuando vieron que me aproximaba.»

Les no dijo nada ni a sus hijas ni a sus seis nietos acerca del premio hasta que no tuvo el cheque en las manos. Tenía miedo de que la mala suerte anulara su cuento de hadas.

Fuente: *Daily Mail,* 27 de junio de 2002

Todos al agua

Una desafortunada coincidencia estuvo a punto de costarle la vida a un joven que practicaba surf en las costas del norte de Inglaterra.

Algunos testigos vieron como Chris Whaites, un joven de doce años, pedía socorro desde el mar y rápidamente llamaron al servicio de emergencia. Al cabo de unos minutos, el bote salvavidas salió a rescatar al chico, pero una cruel coincidencia quiso que otro surfista también tuviera problemas en el mismo momento y en la misma área del mar embravecido.

El bote salvavidas recogió al otro surfista y regresó a la base sin saber que todavía había una persona en peligro.

Pero la increíble mala suerte de Chris Whaites se vio entonces reemplazada por un poco de buena suerte. David Cammish, el encargado de otro puesto de socorro cercano, escuchó el informe del rescate desde su casa a través de una radio VHF.

Se dio cuenta de que después de finalizada la operación de rescate todavía seguían recibiendo llamadas de socorro. Con un vago presentimiento, se montó en el bote salvavidas y salió a buscar a la segunda víctima.

Poco rato después, descubrió a Chris. El muchacho estaba inconsciente. Cuando Cammish lo subió a la barca, apenas respiraba. Chris tiene mucha suerte de estar vivo. Fue una desafortunada coincidencia en la que sólo había una posibilidad entre un millón.

La elección afortunada de Churchill

El evento que convirtió a Winston Churchill en una celebridad en 1899 a la edad de veinticuatro años fue la huida, con su característica sangre fría, de una prisión de Pretoria durante la Guerra de los Boer. De no ser por una coincidencia increíble, se habría pasado el resto de su vida encerrado en una celda. Churchill estaba en Sudáfrica trabajando como enviado especial del *The Morning Post* para realizar un reportaje sobre un tren cargado de explosivos que se dirigía a Ladysmith cuando sufrieron una emboscada por las guerrillas de los Boer. Churchill cayó prisionero pero escapó por la ventana de una letrina y salió andando tranquilamente por la puerta principal de la prisión. Después se montó en un tren que transportaba carbón y se escondió entre los sacos, pero entonces se dio cuenta de que el tren iba en la dirección opuesta a donde él quería ir, así que saltó del tren. Durante mucho tiempo deambuló desorientado, hasta que el hambre apremiante le hizo tomar una decisión: no le quedaba ninguna otra alternativa, tenía que llamar a la puerta de una casa y pedir ayuda. Se encontraba en Witbank, una población boer a más de cien kilómetros de Pretoria y a casi quinientos kilómetros de la frontera británica. Su famosa buena suerte lo acompañó. Churchill fue a llamar a la puerta del único inglés del distrito, John Howard, el encargado de una mina de carbón, quien lo ayudó a salir del país.

Vuelo de ángeles

Sufrir un ataque de corazón durante un vuelo trasatlántico puede considerarse el colmo de la mala suerte. Eso es precisamente lo que le sucedió a la señora Dorothy Fletcher, de sesenta y siete años, que vivía en Liverpool y viajaba a Florida. En esa ocasión, sin embargo, la buena suerte acudió para rescatar a Dorothy.

Cuando la angustiada azafata solicitó la ayuda de un médico, quince cardiólogos se levantaron de sus asientos. Iban a unas conferencias de cardiología en Canadá.

Dorothy estaba en las mejores manos. Los doctores lograron controlar el ataque con la ayuda del material de urgencias del avión. El vuelo fue desviado hacia Carolina del Norte donde la señora Fletcher se recuperó en la unidad de cuidados intensivos del hospital.

«La actuación de los doctores fue fantástica –dijo Dorothy después–. Me salvaron la vida. Me encantaría poderles dar las gracias, pero ni siquiera sé sus nombres.»

Capítulo 20
Fechas, números y números erróneos

Nuestras vidas están plagadas de números, desde el número de nuestra vivienda hasta varios números de teléfonos, los números de cuentas bancarias, etcétera. Tenemos la habilidad de recordar una gran cantidad de dígitos y la capacidad de detectar números que aparecen en algunas formas sorprendentes y coincidentes.

Pongamos un ejemplo: la dirección de Howard Trent de Fresno, en California, finaliza con los dígitos 742, al igual que su número de teléfono y que su número de cuenta bancaria. El número de un cheque de compensación que Trent recibió después de un accidente era 99742, que coincidía con los últimos cinco dígitos de su número de teléfono. El número de serie de un lote de ruedas nuevas que compró terminaba en 742, y su matrícula es FDC742.

Algunos números están cargados de un significado cultural. Nuestra fecha de nacimiento es particularmente especial para muchos de nosotros, y está vinculada a nuestra creencia de que nuestro destino está determinado por dicho número. Otros números, en cambio, son referentes de mala suerte. El número 666, por ejemplo, está considerado como *la marca de la bestia*, y para millones de personas, el número trece trae mala suerte.

Los ingenieros que trabajaban en la línea férrea de Hassan-Mangalores en la India en la década de los setenta sufrieron de triscaidecafobia, es decir, miedo al número 13. Durante muchos meses informaron acerca de constantes desprendimientos de tierra mientras construían el túnel número 13. Según el *Rail Ga-*

zette International de abril de 1979, la solución pasó por cambiar el nombre del túnel, al que llamaron túnel número 12. De repente, todos los problemas se acabaron.

Los astronautas tampoco profesan ninguna pasión por el número 13 desde la explosión de un tanque de oxígeno que provocó el accidente del Apollo 13 en el que fallecieron la mayoría de sus tripulantes.

Sin embargo los números, además de poder ser divertidos, también son útiles.

El juego del bingo es esencialmente un juego de coincidencias. El jugador experto desarrolla un ojo clínico para la sincronicidad entre los números de su tarjeta y aquellos que surgen del bombo automático. Saber detectar las coincidencias también ha demostrado ser de gran utilidad si se juega a la lotería.

La naturaleza está llena de coincidencias numéricas. El matemático Ian Stewart señala que en los campos y bosques existen muchas flores que poseen cinco u ocho pétalos, pero en cambio hay muy pocas flores con seis o siete pétalos. Todo aquello que parece fortuito e instantáneo en la naturaleza, como por ejemplo un copo de nieve, posee una simetría –en el caso del copo de nieve, la simetría radica en sus seis puntas–. El Universo entero está colmado de coincidencias matemáticas, y desafortunadamente, la mayoría de ellas se nos escapan.

Dos errores dan el número correcto

El oficial de policía Peter Moscardi de la localidad de Essex le dio a un amigo lo que creía que era el nuevo número de teléfono de la comisaría: 40166. Al día siguiente se dio cuenta de que el número correcto era el 40116, pero no logró contactar con su amigo para rectificar la información.

Esa misma noche, mientras patrullaba por un área industrial con un compañero, Moscardi vio que la puerta principal de una de las fábricas estaba abierta y que había luz en su interior. Los dos policías entraron en la oficina del director y la hallaron vacía. En ese momento, el teléfono sonó y Moscardi tomó el auricular. Se trataba de su amigo, que estaba llamando al número equivocado que Moscardi le había dado. Su amigo pensaba que estaba llamando a la comisaría.

Cómo perder unos cuantos euros

La siguiente memoria, enviada a Arthur Koestler después de que éste publicara su libro *The Roots of Coincidence* en 1973, debería quizá figurar en la sección apócrifa de este libro.

El autor de la carta, Anthony S. Clancy de Dublín, en Irlanda, escribe: «Nací en el séptimo día de la semana, el séptimo día del mes, el séptimo mes del año, el séptimo año del siglo. Fui el séptimo hijo de siete hermanos. El día que cumplí veintisiete años, decidí ir a las carreras de caballos. En la séptima carrera, corría un caballo llamado Seventh Heaven (el Séptimo cielo). Las probabilidades de ganar eran de siete a una. Aposté siete chelines (que equivaldría a tres o cuatro euros) en dicho caballo. Acabó el séptimo.»

El timo de la bolsa

Las subidas y caídas de las acciones bursátiles son muy difíciles de predecir. Aquellos que deciden probar suerte en la bolsa emprenden un penoso viaje lleno de disgustos y de avatares. Un día apareció un corredor de bolsa que demostró una capacidad casi sobrehumana para detectar las tendencias del mercado, y rápidamente se vio desbordado por las peticiones por parte de muchos clientes. ¿Se debía a una pura coincidencia, o acaso había alguna cosa más?

En este caso en particular sí que existía algo que iba más allá de la coincidencia, si bien no se trataba de nada paranormal ni sobrenatural. Ese editor de una pequeña revista dedicada a transacciones bursátiles envió 64.000 cartas a los contactos que contenía la base de datos que él mismo había elaborado alardeando de disponer de un sofisticado modelo econométrico. En 32.000 de dichas cartas predijo un incremento de algún índice bursátil durante la semana siguiente, y en las otras 32.000 cartas predijo un declive.

Al cabo de dos semanas, envió otra carta a todos sus clientes, pero sólo recibió respuesta de los 32.000 que habían acertado. Acto seguido, envió una carta a cada una de esas 32.000 personas; en 16.000 de ellas predecía un incremento de algún índice bursátil durante la semana siguiente y en las otras 16.000 predecía un declive. Y así continuó durante muchas semanas. De esa forma, creó una ilusión consistente en que conocía tan bien el funcionamiento de la bolsa que podía predecir incluso los valores en alza. Su intención era acotar la base de datos hasta unos mil clientes que hubieran recibido seis predicciones seguidas correctas (por coincidencia). Estas personas creerían que tenían una buena razón para pagar los mil dólares que el editor de la revista solicitaba para las siguientes predicciones *oraculares*.

Pistas en los coches

La matrícula de un coche que adelantó a un corredor de bolsa llamado Roy Smith en el puente de Sydney en 1980 parecía contener un mensaje específico para Roy. Según él, estaba claro que ese número intentaba llamar su atención.

Para empezar, en la matrícula aparecía su nombre –ROY– seguido de tres dígitos: 776. A pesar de que el número carecía de significado para él en ese momento, se le quedó grabado en la memoria. En 1981, cuando regresó a trabajar a Inglaterra, el precio del cobre en el mercado estaba a 800-810 y tenía una tendencia a bajar. Smith empezó a comprar cobre hasta que el precio llegó a 776. A partir de ese momento, el precio empezó a subir y Smith obtuvo cuantiosos beneficios.

En 1982 le sucedió también otra historia similar. De repente se fijó en un coche aparcado en una calle de Londres con una matrícula inusual: ROI 6170. En esa época, Roy se había decantado por el estaño, cuyo precio estaba descendiendo velozmente. La caída se detuvo cuando alcanzó el valor de 6170, entonces empezó a subir.

«Era claramente algo más que una simple coincidencia –asegura Roy–. ¿Quizá alguna fuerza paranormal?»

El coche idéntico

El único espacio libre para aparcar que Ernest Halton encontró un domingo por la mañana cuando iba a misa fue al lado de un Vauxhall Cavalier. No sólo era el mismo tipo de coche que Ernest estaba conduciendo sino que además tenía la misma matrícula. En la iglesia preguntó quién era el dueño del coche con la matrícula MLD 208V y averiguó que pertenecía a un amigo llamado Tony

Gowers. Tony había comprado el coche cuatro semanas antes. Parece ser que en el concesionario donde lo compró se equivocaron y mezclaron los números de la matrícula. En realidad tenía que ser MLD 280V.

Número equivocado, elección perfecta

Al igual que muchos adolescentes que se pelean con sus padres, Julia Tant salió un día de su casa dando un portazo. Llevaba una maleta bajo el brazo y juró que nunca más volvería a poner los pies en la casa de sus padres. Primero fue al club social de la localidad, donde una amiga la convenció para que llamara a su madre y le dijera al menos adónde pensaba ir.

En su estado nervioso, marcó un número incorrecto. Contestó una mujer con una voz muy similar a la de su madre.

–Soy yo –dijo Julia.

–¿Dónde estás? –preguntó la mujer.

Julia le contó que estaba en el club y que pensaba ir a casa de su abuela. En ese momento, la mujer al otro lado de la línea empezó a chillar:

–¡Julia, ven aquí inmediatamente!

A pesar de que la mujer la había llamado por su nombre, Julia se dio cuenta de que algo no iba bien y preguntó:

–¿Por qué chillas? Tú nunca chillas.

En ese momento, la mujer también se dio cuenta de que esa Julia no era su hija. Se calmó y le explicó que su hija Julia se había marchado de casa y que todavía no había dado señales de vida. Entonces rompió a llorar.

Julia quedó aturdida ante la angustia de la pobre mujer. Esa llamada telefónica la hizo recapacitar y después regresó a su casa con sus padres. Ahora, después de bastantes años, Julia dice: «Noté como si fuera un presagio, así que regresé a casa. Si no era un augurio, realmente lo parecía.»

Último Putt

En diciembre de 1991 el golfista Tony Wright murió en el *green* número 14 del campo de golf al que acostumbraba a ir a jugar a causa de un ataque de corazón. Catorce meses después, su padre, que también practicaba el golf, sufrió igualmente un ataque de corazón y murió en el mismo lugar.

El mensajero escéptico

David Tebbutt pensó que uno de los alumnos que tenía en el curso que impartía en Windsor y que le había pedido que llevara un mensaje a Nigeria, por si encontraba a un amigo que se llamaba John Colley, era extremamente optimista.

David era profesor de una empresa dedicada a la informática y le habían asignado unos cursos especiales en Lagos. El amigo de su alumno no residía en Lagos sino en Port Harcourt, otra ciudad de Nigeria. Al ver que no se trataba de la misma ciudad, el estudiante escribió rápidamente una nota y se la entregó a David, quien la guardó en su diario y se olvidó de ella.

Durante los primeros tres días en Lagos, los colegas de David lo llevaron a un restaurante llamado Antoine's. Al cuarto día David fue solo al restaurante. El lugar estaba abarrotado de gente y un camarero le preguntó si no le importaba compartir una mesa. En ella estaba sentado otro individuo inglés. David le preguntó qué estaba haciendo en Nigeria.

–Trabajo para BP en Port Harcourt. He venido a Lagos a pasar el día.

–¿Cómo te llamas?

–John Colley.

–Ah, pues tengo un mensaje para ti. –Y David extrajo la nota de su diario.

Dos años después, David era el delegado de otro curso en una localidad inglesa llamada Stevenage. Una noche salió a cenar con un grupo de alumnos. Fueron a un restaurante indio, y empezaron a hablar de coincidencias. David explicó la historia de John Colley. Después el grupo se fue a un bar a tomar unas copas. Apenas se habían sentado cuando un hombre se acercó a David y le preguntó si se acordaba de él. Era el alumno de Windsor.

–Y sí; le entregué tu mensaje a John Colley.

–Lo sé. Me lo encontré la semana pasada aquí, en Stevenage.

Todas esas coincidencias asociadas sucedieron durante la década de los setenta.

«En el magno mar de los eventos, esta historia parece irrelevante –comenta David–, pero puedo asegurar que es completamente cierta.»

La tarjeta que no se rendía

Cuando la madre de la señora J. Robinson murió en 1989, ésta última encontró entre las posesiones una tarjeta que su madre había enviado a su prima en 1929 para felicitarla por su cumpleaños. La tarjeta había sido retornada por la oficina de correos porque su madre había escrito la dirección incorrectamente. A pesar de que no estaban en contacto, la señora Robinson pensó que quizá a su prima le haría ilusión recibir la postal, así que la volvió a enviar. No sabía que la postal llegaría a su destinataria justo sesenta años más tarde, exactamente en el día de su cumpleaños.

La portada centenaria

A la señora G.L. Kilsby no le gustaba un cuadro que había heredado de su madre, así que el 1 de marzo de 1981 decidió sacarlo del marco. En la parte de atrás, entre el cartón del marco y el cuadro, encontró la portada de una revista que llevaba por fecha el 1 de marzo de 1881, justo cien años antes que ese mismo día. A la señora Kilsby le encantó tanto la coincidencia que tiró el cuadro y enmarcó la portada de la revista.

Destino escrito en la cuna

El bebé Emily Beard llegó al mundo a las doce horas y doce minutos del día doce del mes doce. Su padre David había nacido a las cuatro y cuarenta minutos del día cuatro del cuarto mes. Su madre Helen había nacido el día diez del décimo mes. Su hermano Harry, de tres años, nació el día seis del sexto mes. Su abuela Sylvia Carpenter nació el día once del mes once.

Emily estuvo a punto de arruinar la pauta. Tenía que nacer dos horas antes, pero el parto se retrasó a causa de unas complicaciones. Su padre David dijo: «Es realmente extraño lo que sucede en nuestra familia. Es como su hubiéramos entrado en un juego horario. Cuando llamé a mi madre para contarle lo de la coincidencia de Emily, mi madre me contó que yo había nacido a las cuatro y cuarenta minutos. Entonces me di cuenta de que esas coincidencias son realmente extrañas. Ahora hemos decidido que compraremos números de lotería que contengan esos números. Esas coincidencias sólo pueden traernos buena suerte.»

Fuente: *Daily Mirror,* 23 de diciembre de 1997

La mala suerte del número trece

Un artículo de la revista *New Scientist* muestra una clara evidencia de triscaidecafobia: en una tabla con los números de lotería más comprados del Reino Unido, el número 13 aparece en la parte inferior de la lista, y sólo ha resultado ganador 65 veces desde que se inició el juego de la lotería, una cifra muy baja comparada con la media, que es de 88 veces.

Fuente: *New Scientist,* 1 de diciembre de 2001

Suerte para algunos

El novelista David Ambrose bailó un tango con el número 13.

Su asociación con el número que muchos asocian con la mala suerte empezó cuando estaba escribiendo una novela llamada *Superstition.* Como parte de la rutina de su trabajo con el ordenador, David revisaba cada día cuántas palabras había escrito. La herramienta de contar palabras le facilitaba los datos, por lo que David sabía cuántas líneas y párrafos había escrito y la media de palabras por frase.

«Me di cuenta de que estaba escribiendo una media de trece palabras por frase –explica David–. Pensé que igual siempre escribía trece palabras en cada frase y que no se trataba de algo que estuviera haciendo ahora de forma inconsciente por el hecho de estar escribiendo una novela llamada *Superstition.* Pero cuando revisé los manuscritos de otras novelas y relatos que había escrito con anterioridad, descubrí que la media era de catorce o de dieciséis palabras por frase, nunca de trece.»

Mucho antes de empezar a escribir la novela, Ambrose ya había vendido los derechos para producir la película. Para ello firmó un contrato de trece páginas.

«No soy consciente del momento exacto en el que firmé el contrato, pero anoté en mi diario que el acuerdo se formalizó en la tarde del martes 13 de febrero de 1996. Los productores de la película me preguntaron si nos podíamos encontrar de nuevo en el Festival de Cannes de 1997. Todos teníamos las agendas muy apretadas, y el único día que nos iba bien a todos era el martes 13 de mayo de 1997. En junio volé hasta Los Ángeles para acotar más el proyecto. En esos momentos, todavía nadie pensaba en el número 13. Llegó el día 8; mi intención era volar el viernes siguiente a Nueva York para visitar a los editores estadounidenses de *Superstition*, y el viernes resultó ser el día 13. Mientras estaba en Los Ángeles, tomé una copia del contrato. Me fijé en que la primera página llevaba por fecha el 13 de mayo, casualmente el mismo día en que había almorzado con los productores en Cannes.»

A pesar de todos los esfuerzos por acabar antes, Ambrose no logró completar el guión para la película hasta el 13 de octubre.

«En febrero de 1998 tenía que reunirme con mis editores en Londres para comentar la edición de bolsillo del libro. La única fecha que a todos nos iba bien era el viernes 13 de febrero.»

David enfatiza que hasta ese momento, él no había prestado atención a las abundantes coincidencias con el número 13.

«Si hubiéramos planificado esas fechas de forma consciente, habríamos realizado el lanzamiento del libro el día 13, pero en cambio el libro se publicó el 10 de julio. No obstante, mi editor y yo no pudimos almorzar ese día juntos para celebrar la publicación del libro, así que lo aplazamos hasta el siguiente lunes, que resultó ser el día 13.»

La última coincidencia está relacionada con el número de programas radiofónicos y televisivos a los que David asistió para promocionar su libro.

«Nadie se fijó en el número total de programas a los que había asistido. Era, como siempre, cuestión de asistir a cuantos más mejor. Al final de la semana, cuando revisé mi agenda y conté el número de entrevistas que había concedido, me di cuenta de que eran exactamente trece.»

Números gemelos

El Once de Septiembre de 2002, el número ganador en la lotería de Nueva York, que se compone únicamente de tres números, fue 911.

Fuente: *ABC News*

Un mal día para el capitán Clark

El novelista William Burroughs estaba obsesionado con el número 23. Ese número aparecía continuamente en su vida a través de innumerables coincidencias. Cuando vivía en Tánger en 1958 conoció a un capitán llamado Clark que se jactaba de haber navegado 23 años sin sufrir ningún accidente. Ese día, el capitán Clark se montó en su barca y tuvo un accidente. Más tarde, Burroughs se enteró a través de las noticias de la radio que un avión se había estrellado ese mismo día. El número de vuelo era el 23, y el nombre del piloto era capitán Clark.

Empate hasta el final

Incluso en un deporte tan obsesionado por las estadísticas como el críquet, la coincidencia que vinculó los partidos de una liga local en Yorkshire son ciertamente notables.

Los primeros partidos del Hampsthawaite y del Studey Royal terminaron en empate; ambos equipos se marcaron un cierre de 154 puntos. Ese mismo día, el partido entre otros dos equipos también finalizó en empate, con un cierre de 154 puntos.

Mi número está de moda

En 1990, un individuo llamado Todd se hallaba en un estadio australiano de fútbol en el que los espectadores del partido rompían páginas de unas guías telefónicas y las lanzaban al aire cuando un jugador marcaba un gol. Una tira de papel aterrizó justo en la falda de Todd. Se fijó en el número de teléfono que aparecía y... ¡Sorpresa! El trozo de papel contenía su nombre, dirección y número de teléfono.

Los números de la Biblia

Los numerólogos con mucha vista han detectado algunas coincidencias interesantes en la Biblia.

Destacan que el Salmo 118 es el capítulo medio de la Biblia entera; que justo antes, el Salmo 117 es el capítulo más corto de la Biblia, y que el Salmo 119 es el más largo.

La Biblia tiene 594 capítulos antes que el Salmo 118 y 594 capítulos después del Salmo 118. Si sumamos todos los capítulos excepto el Salmo 118, obtenemos 118 capítulos. Si tomamos el número 1188 y lo interpretamos como el capítulo 118 de los Salmos, verso 8, encontraremos el verso medio de la Biblia entera: «Vale más confiar en el Señor que depositar la confianza en el hombre.»

Algunos dirán que éste es el mensaje central de la Biblia, por lo menos, numéricamente hablando.

CAPÍTULO 21
¿Coincidencias psíquicas?

Si rechazamos la posibilidad de que una gran mayoría, si no todas, de las historias en este libro son el resultado de simples coincidencias, entonces es necesario buscar otra explicación.

Tal y como hemos averiguado, las grandes mentes como por ejemplo Arthur Koestler, Wolfgang Pauli y Carl Jung ya intentaron encontrar evidencias, teóricas o prácticas, de alguna clase de fuerza unificadora universal que explicara los fenómenos normalmente catalogados bajo la etiqueta de *pura casualidad*.

Alan Vaughan escribe en su libro *Incredible Coincidence*:

> Soñé que estaba hablando con la parapsicóloga Gertrude Scheidler sobre sincronicidad. Ella me preguntó:
>
> –¿Pero dónde acaba la sincronicidad y empieza la coincidencia?
>
> –¿Acaso no ves que todo es sincronicidad? ¡Nada sucede por casualidad! –exclamé–.
>
> Mientras pronunciaba estas palabras en mi sueño, una tremenda energía inundó mi mente y me desperté sobresaltado. Me sentí forzado a considerar la respuesta intuitiva.
>
> ¿Qué sucedería si fuera cierto?, si, literalmente, cada momento que pasa creamos nuestras propias realidades a través de nuestra conciencia.

Quizá ésa es la respuesta que explica algunas de las siguientes historias.

Mujeres de ensueño

Pat Swain estaba de luna de miel en el lago de Bled, en Eslovenia, cuando soñó que veía a la mejor amiga de su prima paseando con su hermana. En el sueño, Pat miraba por una ventana y se fijaba en las dos mujeres. Lo más extraño del sueño es por qué habían aparecido ellas en particular, ya que hacía más de veinticinco años que no veía a Hilda, la mejor amiga de su prima, y apenas sabía nada de la vida de su hermana Stella. Estaba segura que esas dos figuras no ocupaban ninguno de sus pensamientos.

Dos días después, Pat y su marido visitaron el castillo situado en la parte superior del acantilado que flanquea Bled. Pat estaba mirando por encima de un muro cuando avistó a las dos mujeres de su sueño. Pat y su marido bajaron a saludarlas, y Hilda les contó que habían venido a Bled en una excursión de un día que había organizado el hotel de la costa en el que se alojaban.

«Esa coincidencia sólo era posible durante unas décimas de segundos. De no ser así, no nos habríamos llegado a encontrar –dijo Pat.»

El dolor viaja

Susie Court soñó que su amiga Elaine Hudson estaba en un hospital con unos terribles dolores. Hacía muchos meses que no hablaba con ella, pero el sueño fue muy vívido. Su amiga estaba delirando en agonía, y Susie intentaba animarla. Era la noche del 1 de agosto de 1988.

Susie se despertó muy preocupada por su amiga de juventud e intentó localizarla por teléfono. Pero Elaine se había cambiado de piso y no hubo manera de encontrar su nuevo teléfono. Susie pasó varias horas contactando con amigas en común hasta que al fin logró hablar con la cuñada de Elaine. Quería saber si Elaine se encontraba bien.

La cuñada le contestó que sí, que la noche anterior Elaine había dado a luz a un hermoso bebé. Susie asegura que no sabía que su amiga estaba embarazada.

Una llamada para Esmeralda

En 1976 el teléfono sonó una mañana temprano y despertó a la señora M. Rigsby que se alojaba durante unos días en el piso de unos amigos. Como no podía ser una llamada para ella, volvió a dormirse. Tuvo un sueño sobre llamadas telefónicas: soñó que se hallaba en la misma cama, en el mismo piso, pero que cuando el teléfono sonó de nuevo ella se levantó y bajó al comedor para contestar. Una voz apenada le preguntó si podía hablar con Esmeralda. La señora Rigsby le dijo que se equivocaba de número, que no había nadie llamado así en ese piso. De nuevo, la mujer preguntó, y de nuevo la señora Rigsby le respondió que allí no vivía ninguna Esmeralda. En el sueño, ella colgó el teléfono y se volvió a la cama. Esa misma mañana, mientras estaba en la cocina preparando el desayuno preguntó a sus amigos quién había llamado. Uno de sus hijos, Johny, le dijo que era su madre. Entonces la señora Rigsby describió el sueño y Johny enmudeció. Cuando hubo superado la impresión, Johny explicó que antes de nacer, su madre había dado a luz a un bebé que sólo vivió tres semanas. Antes de morir la bautizaron con el nombre de Esmeralda.

Ataque de viento

Camille Flammarion, un famoso oculista y astrónomo francés del siglo XIX, estaba escribiendo un capítulo sobre el viento en su libro que versaba sobre la atmósfera cuando una ráfaga de viento entró por su ventana, levantó las hojas que Camille acababa de escribir y se las llevó a través de la ventana. Unos días después, Camille recibió un paquete con las últimas pruebas de su editor que contenían la trascripción exacta de las páginas que habían salido volando. El portero, que hacía las veces de mensajero para Flammarion, resolvió el misterio: pasaba por casualidad cerca de la casa, vio las páginas en la calle, las recogió y las llevó al editor, como hacía normalmente con el material escrito por Camille.

Los perros de Comoro

Ali Soilih era un dictador de pacotilla con una superstición que lo agobiaba sin cesar. Cuatro semanas antes de que las islas Comoro, situadas entre Madagascar y África, se independizaran de Francia en 1975, Soilih logró hacerse con el poder gracias a la ayuda de un mercenario francés llamado coronel Bob Denard, y gobernó a los isleños con un régimen tiránico. Una bruja le dijo que moriría en manos de un hombre con un perro, así que Soilih mandó sacrificar a todos los perros de la isla. Entonces fue cuando Denard, que ahora trabajaba para el otro bando, desembarcó en la isla con un perro alsaciano. No se sabe si Denard conocía la profecía, lo cual parece bastante probable, y llevó un perro con él deliberadamente para sembrar el miedo.

El pequeño libro

En *The Challenge of Chance,* Arthur Koestler relata un episodio sincrónico que tuvo un efecto directamente sobre un libro. Se trató de una experiencia tan dramática que el propio Koestler se convirtió en creyente de los fenómenos psíquicos. Corría el año 1837 cuando Koestler fue hecho prisionero en España por el régimen de Franco. Sus vigilantes esperaban la orden para ejecutarlo.

«En situaciones como ésta –escribe Arthur Koestler–, uno acostumbra a buscar apoyo metafísico, y un día me acordé de repente de cierto episodio de la novela *Buddenbrooks* de Thomas Mann. Uno de los personajes, el cónsul Thomas Buddenbrook, a pesar de que sólo tiene cuarenta años, sabe que está a punto de morir. Aunque no había sido nunca un hombre religioso, ahora cae bajo el hechizo de un pequeño libro que durante muchos años ha estado en su biblioteca y que nunca antes había leído. El libro explica que la muerte no es el final sino una transición hacia otra clase de existencia impersonal, una reunión con un estado de unicidad cósmica. El libro era el ensayo de Schopenhauer sobre la muerte.»

Koestler fue intercambiado por un rehén que estaba en manos del otro bando, y el día en que lo soltaron escribió a Thomas Mann para agradecerle el apoyo brindado indirectamente a través del episodio que reflejaba el ensayo de Schopenhauer. Mann le contestó que hacía más de cuarenta años que no había leído el ensayo, pero que justo unos minutos antes de que el cartero le entregara la carta de Koestler, sintió un impulso repentino y tomó el volumen de la biblioteca.

Dolor compartido

Jane Powell, la capitana del equipo femenino de críquet de Inglaterra, se rompió la pierna y tuvieron que insertarle una placa y unos clavos para reparar la fractura. Estuvo inmovilizada durante tres días en el hospital; al cuarto día, llamó a su hermana en Australia para contarle lo que le había sucedido. Le explicó que le había dolido mucho, pero que la operación había sido un éxito y que todo iba a salir bien.

–¡Cómo me alegro de oír esas nuevas! –exclamó su hermana–. Llevo tres días sin poder caminar.

Los padres de Jane, que estaban en Australia de visita, se habían preocupado tanto por la misteriosa aflicción de su hija que ya estaban a punto de llevarla al hospital.

Pero la noticia de que la pierna de Jane estaba mejor produjo una mejoría instantánea en su hermana, que inmediatamente pudo levantarse y caminar.

Jung ataca de nuevo

En su libro *Carl Jung and the Story of Our Time*, el escritor y aventurero Laurens van der Post relata una anécdota que él mismo experimentó:

«Hace unos años estaba preparando un documental sobre la historia de la vida de Carl Jung. Habíamos planificado la película un año antes de que empezáramos a filmarla. La secuencia final en el último día tenía que ser filmada en la antigua casa donde vivió Jung en la localidad de Kusnacht. Habíamos trabajado toda la mañana en su casa y durante todo el día, el cámara, el productor y yo –sin mencionarlo los unos a los otros– notamos una sensación indescriptible de que Jung estaba cerca de nosotros. Oí como el cámara le decía a un asistente, medio en broma: "Sabes, tenía la sensación de que Carl Jung estaba mirando todo el rato por encima de mi hombro".

»Era una mañana calurosa y seca, y abandonamos la casa a la hora de comer con la intención de filmar unas escenas más por la tarde en el casco antiguo de Zurich y luego regresar a la casa de Jung cuando anocheciera para filmar la última secuencia. De camino desde Zurich a Kusnacht, el cielo azul se tornó gris y unos negros nubarrones aparecieron sin previo aviso, como si tuvieran prisa. Cuando entrábamos en Kusnacht, los relámpagos iluminaban todo el cielo y la lluvia caía torrencialmente.

»Llegó el momento en el que yo debía hablar frente a la cámara sobre la muerte de Carl Jung, y cuando estaba explicando cómo un rayo había fulminado el árbol favorito de Jung dos horas antes de su muerte, un relámpago cayó en el jardín de Jung, emitió un chasquido tan ensordecedor que yo retrocedí asustado y no fui capaz de proseguir con la explicación. El cámara filmó todo lo sucedido: el relámpago, mi estremecimiento y mi impedimento por hablar; y lo inmortalizó en la película.»

CAPÍTULO 22
Bebés saltarines y pelotas de golf

Algunas historias sobre coincidencias desafían cualquier clasificación...

El abuelo instantáneo

En 1990, la familia de Ron Thompson se incrementó en cuatro en menos de veinticuatro horas, cuando tres de sus hijas, Mary, Joan y Carol, dieron a luz a cuatro bebés.

La primera en dar a luz fue Mary, de veintiocho años, que fue llevada al hospital por su hermana Joan, de diecinueve años, que también estaba embarazada de nueve meses. Cinco horas más tarde, Mary dio a luz a Shane. Siete horas después, Joan ingresó en el hospital. La acompañaba Carol, su hermana de veinticuatro años que también estaba embarazada, y dio a luz a Jeremy justo cuando pasaba un minuto de la medianoche. Luego, Carol se puso de parto. Dio a luz a dos bebés justo antes de las tres de la madrugada.

Donde pone el ojo pone la bola

El golfista estadounidense Scott Palmer asegura que ha acertado diecinueve agujeros a la primera. Las probabilidades de acertar un agujero a la primera son de 1 entre 43.000. Scott, que estaba rodeado de 65 testigos que verificaron su hazaña, dice que acertó cuatro de ellos en varios días consecutivos del mes de octubre de 1983. Palmer revela que su método consiste en conjurar una imagen mental de una mujer anónima que derrama un vaso de leche en el preciso momento en que Scott le da a la bola. Parece un truco muy sencillo, ¿verdad?

La muerte se va de vacaciones

En 1946 Mildred West decidió irse una semana de vacaciones. Era la encargada de la sección de necrológicas del *Alton Evening Telegraph*, un diario de Nueva York. Por primera vez en la memoria de todos los trabajadores de ese periódico, durante los siete días que Mildred no estuvo en el trabajo, no sucedió ninguna muerte en Alton, una ciudad de 32.000 habitantes en la que normalmente fallecen diez personas a la semana.

Fuente: *New York Times,* 1946

Vecinos ruidosos

Dos placas conmemorativas en una calle de Londres revelan que Jimi Hendrix y George Frederick Handel vivieron en dos casas contiguas.

Handel (1685-1759) vivió y murió en el número 25 de la calle Brook Street; Hendrix (1942-1970) vivió durante un año en el número 23.

Monje al rescate

Joseph Aigner, el pintor de retratos austriaco del siglo XIX, tenía el deseo de morir, pero a causa de la intervención de forma repetida de un monje capuchino, tardó cincuenta años en conseguir su sueño. La primera vez que intentó suicidarse tenía dieciocho años. Sus esfuerzos patosos por colgarse de una viga se vieron interrumpidos por la llegada del monje misterioso. Cuatro años después, intentó colgarse por segunda vez, pero de nuevo, el mismo monje le salvó la vida. A los treinta años creyó que finalmente iba a cumplir su deseo cuando lo sentenciaron a morir en la horca a causa de sus actividades políticas, mas otra vez la intervención del monje le salvó la vida.

Aigner tenía sesenta y ocho años cuando por fin logró terminar con su vida. Se disparó un tiro con una pistola. La ceremonia del funeral fue oficiada por el mismo monje capuchino, un hombre del que Aigner no llegó a saber ni su nombre.

Fuente: *Ripley's Giant Book of Believe It or Not!*

Las dos torres

Después de la tragedia del Once de Septiembre de 2001 en el World Trade Center, un grupo que se llamaba The Two Towers Protest Organisation (grupo de protesta de las dos torres) inició una campaña para que cambiaran el nombre de la segunda parte de *El Señor de los Anillos*, que tenía que ser: *Las dos torres.* Aunque el nombre de la película era el mismo que le había otorgado J. R. R. Tolkien, el autor que escribió el libro hacía más de cincuenta años, el grupo de la protesta no aceptaba el argumento de que el título era una coincidencia inocente.

El grupo, que se describía a sí mismo como formado por individuos que habían quedado devastados por el atentado del Once de Septiembre, emitió la siguiente nota: «Creemos que Peter Jackson (el productor de la película) y las acciones de New Line Cinema (la productora) transmiten un mensaje de odio. Han puesto ese nombre a la película de forma intencionada para capitalizar la tragedia del Once de Septiembre. Claramente, no se puede negar el hecho de que transmite un mensaje negativo. Creemos que si deciden no cambiar el nombre, el gobierno debería tomar partido y detener la producción u obligarlos a elegir otro nombre.»

El nombre de la película *Las dos torres* había sido elegido mucho antes de que acaeciera la tragedia. El productor decidió mantener el nombre del segundo libro de la trilogía de Tolkien. Inmediatamente después de la crisis generada por el ataque de el Once de Septiembre, Jackson consideró cambiar el nombre, pero decidió no hacerlo porque estaba seguro de que con ello molestaría a los seguidores incondicionales de Tolkien. Además, el libro que lleva por título ese mismo nombre se publica de forma permanente y con un enorme éxito. Otro aspecto en el que nadie parecía fijarse es que ninguna persona usaba el nombre de las dos torres para hablar del World Trade Center sino que éste era conocido como: las torres gemelas.

El anagrama desafortunado

El botánico sir Peter Scott era un ferviente creyente del monstruo del Lago Ness. Estaba tan seguro de que esa criatura existía que en diciembre de 1975 acuñó y divulgó el nombre en griego del monstruo: *Nessiteras rhombopteryx*. La traducción sería algo así como: el monstruo Ness con aleta en forma de diamante. Los periódicos de Londres no tardaron en publicar que el nombre era también el anagrama de: MONSTER HOAX BY SIR PETER S, que quiere decir: el timo del monstruo de sir Peter S.

Dos errores no generan un acierto

Las personas que el 8 de marzo del 2003 querían ver la película taiwanesa *The River* (cuyo título en castellano es: *El río*) dirigida por Tsai Ming-liang en un canal de televisión privado de Gran Bretaña se sorprendieron al ver que en su lugar emitían una película de 1984 con Sissy Spacek y Mel Gibson, que también se llamaba *The River* (que en castellano se tituló: *Cuando el río crece*). Algunos espectadores decepcionados optaron entonces por una segunda opción: cambiaron de canal para ver una película británica de 1991 llamada Under Suspicion (en castellano: *El silencio de la sospecha)*, con Liam Neeson como actor principal; pero en lugar de la película de Liam Neeson, en ese canal emitieron una película del año 2000 con Morgan Freeman y Gene Hackman como protagonistas, también llamada *Under Suspicion* (en castellano: *Bajo sospecha*).

La moneda juguetona

En un intento de demostrar una probabilidad del 50/50, en su primera conferencia en una nueva universidad, un profesor de estadísticas lanzó una moneda al aire para ver si salía cara o cruz, pero se ve que la moneda tenía ganas de jugar y decidió aterrizar de canto. Se estima que las probabilidades de que una moneda caiga de canto son de una entre un billón.

El temor de Dudley

El cómico británico Peter Cook explicó una vez que su compañero Dudley Moore sentía un miedo irracional por uno de los números cómicos más surrealistas que el dúo cómico ofrecía en su repertorio. Se trataba de una parodia escatológica en la que se reían de la actriz Jayne Mansfield.

«Dudley estaba horrorizado con la idea de que Mickey Hargitay, el musculoso marido de Jayne Mansfield, lo agarrara por el pescuezo –explica Cook–. Hace poco hablé con Dudley. Acababa de alquilar una casa en Los Ángeles para seis meses. Sólo después de haberse instalado en ella, descubrió la identidad de su vecino: sí, Mickey Hargitay.»

Capítulo 23
Apócrifo

No es posible garantizar la absoluta veracidad de cada una de las historias relatadas en este libro. La gente acostumbra a distorsionar, a exagerar –¡incluso a inventar!– las anécdotas sobre coincidencias.

Por ejemplo, los más fervientes seguidores de las coincidencias siempre cuentan que un tornado asoló Kansas el día en que murió Judy Garland para llevarse al espíritu de Judy Garland más allá del arco iris.

Realmente, la anécdota no es muy notable. Kansas es el tercer estado con el índice de tornados más elevado de Estados Unidos; a veces ha llegado a sufrir más de cien tornados al año. Es cierto que en 1969 la media no era tan alta –sólo diecisiete tornados al año–, no obstante, el número sigue siendo lo suficientemente grande como para encontrar normal que un tornado apareciera en escena ese día.

Y entonces descubrimos más historias inciertas, como la de Aisling O'Hagan:

> Corría el año 1978 cuando un club de jóvenes organizó una excursión al parque natural del Distrito de los lagos. En total éramos treinta personas caminando a lo largo de una amplia carretera montañosa. De repente, nos encontramos con una cabina telefónica en medio de esa zona completamente desolada, y el teléfono empezó a sonar. Parecía que pedía que alguien contestara. Tomé el auricular. La persona al otro lado de la línea dijo:

–Hola, ¿eres Rory?
–No, no soy Rory –contesté–. ¿Quién eres?
–Soy Una; Una O'Connor.
Se trataba de una antigua amiga de la escuela que intentaba llamar a su hermano Rory en Gales, pero se había equivocado de número y acabó charlando conmigo a través de una cabina emplazada en medio de la nada. Fue una de las coincidencias más extraordinarias que jamás me ha sucedido.

No existe la más mínima razón para dudar acerca de la historia de Aisling O'Hagan sobre su experiencia en el Distrito de los lagos. Lo único que sucede es que hay muchas personas que cuentan una historia similar, por lo que es probable que ninguna de ellas diga la verdad. Es la clase de experiencia interesante que a todos nos gustaría que nos pasara. No pararíamos nunca de contar la historia.

Nuestra pasión por las coincidencias es tal que a menudo nos decantamos por embellecer los detalles. Lo hacemos sin querer, pero entonces es muy difícil distinguir entre las historias verídicas de coincidencias increíbles y las que tienen un toque apócrifo. Tomemos, por ejemplo, la infinidad de relatos que circulan acerca de objetos preciosos que han aparecido en el estómago de un pez. Historias como éstas:

> Un pescador noruego llamado Waldemar Andersen quedó sorprendido ante el objeto que encontró dentro del bacalao que acababa de pescar en el Mar del Norte. Dentro de su estómago apareció el pendiente de oro que su esposa había perdido la semana previa.

Aquí tenemos otra versión:

> En el verano de 1979, el quinceañero Robert Johansen pescó un bacalao en un fiordo noruego y lo entregó a su madre para que lo cocinara. Dentro de su estómago encontraron un anillo con un diamante, una reliquia de la familia que la mujer había perdido diez años antes mientras pescaba en ese mismo fiordo.

Y otra:

> Joseph Cross de Newport News, en el estado de Virginia, perdió su anillo durante unas inundaciones en 1980. En febrero de 1982,

un restaurador de Charlottesville, también en el estado de Virginia, encontró el anillo dentro de un pez.

Es probable que la historia original sobre el anillo dentro del estómago de un pez se remonte a la época del Antiguo Egipto.

Herodoto cuenta cómo el faraón Ahmose aconsejó a su aliado griego Polícrates que lanzara un anillo precioso, que éste poseía, al mar como ofrenda a los dioses, y Polícrates así lo hizo. Al cabo de unos días, un pescador le regaló un enorme pez que acababa de pescar. Dentro de su estómago apareció el anillo, hecho que fue interpretado como un mal presagio. Cuando Ahmose supo lo que había sucedido, rompió la alianza y poco después Polícrates murió asesinado.

Este relato antiguo de Herodoto suena más probable que la próxima historia, que se publicó en el libro: *Ripley's Giant Book of Believe It or Not.*

> A la esposa de Howard Ramage se le cayó su hermosa alianza de matrimonio por una cañería en 1918. Un hombre de la ciudad canadiense de Vancouver, que pescaba en la bahía lo encontró treinta y seis años más tarde en el estómago de un pez y lo devolvió al señor Ramage.

Estas historias circulan por todo el planeta, a veces provenientes de fuentes muy respetables. El estómago en cuestión no siempre pertenece a un pez:

> El 28 de marzo de 1982 el *Sunday Express* y el *News of the World* informaron acerca de que dos años después de que el granjero Ferdi Parker hubiera perdido su anillo de esposado, un veterinario lo encontró en el estómago de una vaca mientras le realizaba la autopsia.

Ante todas estas narraciones, la moraleja es clara: si pierdes un anillo, búscalo en el estómago de algún animal. Y seguimos con los ejemplos:

> Evelyn Noestmo perdió su anillo de bodas en 1993, mientras sacaba su coche de una zanja en la cuneta. Apareció en el estómago de un alce que su esposo cazó en 1996.

¿Y qué tal ésta?

Un pescador estadounidense perdió el dedo gordo en un accidente que tuvo en una barca. Al poco tiempo, recuperaron el trozo del dedo. Lo encontraron en el estómago de un pez.

No suena demasiado convincente, ¿a que no? Pero según Ken Anderson, experto en coincidencias, la historia es cierta. Este escritor australiano confirma que realizó un seguimiento del caso y que él mismo pudo verificar los hechos.

El individuo se llamaba Robert Lindsey y tenía treinta y dos años. Un día salió en barca a pescar con un amigo en la reserva natural de Flaming Gorge, en el estado de Wyoming. A causa de las enormes olas que levantó una barcaza, Robert cayó al agua y fue a parar justo debajo de la hélice de la barca. Las finas hojas afiladas de la hélice le provocaron graves cortes en la pierna y le seccionaron el dedo pulgar.

Después de seis meses, cuando Robert ya se había recuperado de las heridas, su esposa le mostró un artículo en un diario. Lindsey guarda todavía el recorte de prensa en el que se informa que un juez encontró un pulgar humano dentro de un pez que acababa de pescar a muy pocos metros del lugar donde Robert sufrió el accidente. Rápidamente, Lindsey se puso en contacto con el juez para comunicarle que el dedo que había encontrado podía ser el suyo, pero el magistrado pensó que se trataba de una broma de mal gusto. Entonces Robert decidió ir a verlo e inspeccionar el dedo que, considerando el tiempo transcurrido, se mantenía en buen estado.

Las pruebas de rayos X que realizaron después confirmaron que era el dedo de Robert. Ahora lo exhibe en un bote con formol.

Una de las historias apócrifas más difíciles de creer es la que afirma que Clint Eastwood es el hijo de Stan Laurel. La anécdota deriva de la similitud facial entre los dos hombres. Probablemente, nadie se habría fijado en el parecido si no fuera porque un diario italiano imprimió dos fotografías adyacentes de ambos hombres sonriendo. A continuación, un cómic infantil británico publicó una fotografía de Eastwood con el pelo de punta y sugirió que podía ser el hijo de Laurel. El rumor se expandió rápidamente, ayudado por la conocida reticencia de Eastwood de hablar sobre cualquier detalle de su vida privada. Por ello, la información se convertía en una noticia muy preciada.

Al cabo de un tiempo apareció una segunda coincidencia, según la cual Eastwood nació el 31 de mayo de 1930, el mismo año y el mismo mes en que la esposa de Stan Laurel dio a luz a un niño que murió nueve días más tarde. Algunos buscadores de mitos urbanos con mucha imaginación opinan que el bebé sobrevivió, se convirtió en un joven apuesto, y que el chico tuvo éxito en las películas del Oeste. Lo que esos amantes de leyendas no saben es que no existe ningún misterio acerca de los orígenes de Eastwood: Nació en San Francisco, en el estado de California, y sus padres fueron Clinton Eastwood SR. Y Margaret Eastwood. Para terminar, os ofrecemos una selección de historias con un enorme poder de seducción. No nos es posible confirmar si son reales o si son fruto de la ficción, en otras palabras: ¿Se trata de coincidencias increíbles o de algo que va más allá de la coincidencia? Que el lector decida...

La letra delata

Una experta en grafología ofrecía sus servicios profesionales para analizar textos. Una mujer le envió una nota escrita por su novio y le preguntó si a través de la escritura podía detectar si sería un buen esposo. La grafóloga le contestó que no creía que fuera un buen marido, ya que «fue un esposo pésimo durante los tres años que estuve casada con él». La clienta le envió después una carta agradeciéndole la evidencia.

Salto de amor

Tras descubrir que su marido la engañaba, Vera Czermak de Praga se lanzó por la ventana de un tercer piso para aterrizar, sólo por casualidad, sobre su marido en el preciso momento en que éste pasaba por debajo de la ventana. Vera mató a su esposo, y ella sufrió simplemente unos rasguños.

El taxi equivocado

Un taxista de la ciudad de Atenas, en Grecia, no podía creer que el cliente que acababa de subir al coche le pidiera que lo llevara hasta su propia dirección. Cuando llegó a la casa, el individuo sacó una llave y abrió con ella la puerta principal del inmueble. Entonces, el taxista sacó su propia llave y entró en su casa, donde sorprendió a su esposa y al individuo en la cama.

Están lloviendo bebés

En la década de los años treinta, un hombre llamado Joseph Figlock estaba paseando por una calle de la ciudad de Detroit cuando fue derribado por un bebé que cayó desde la ventana de una casa. El individuo consiguió parar la caída del bebé y le salvó la vida. Él también salió ileso del incidente. Un año después, el mismo bebé cayó desde la misma ventana otra vez sobre Figlock, que paseaba por la zona. De nuevo ambos sobrevivieron a la experiencia.

Cara de póquer

Cuando en 1858 Robert Fallon recibió un disparo letal en un salón recreativo de San Francisco tras hacer trampas en una partida de póquer, el encargado del salón preguntó en la calle si algún transeúnte deseaba ocupar la silla de Fallon. En aquella época se consideraba que tomar dinero –en ese caso, 600 dólares– conseguido con trampas traía mala suerte, pero el joven que accedió fue muy afortunado: los 600 dólares acabaron convirtiéndose en 2.200 dólares. Cuando la policía le pidió que entregara 600 dólares al familiar más cercano del difunto, respondió que él era el allegado más próximo. Hacía siete años que no veía a su padre, y lo vio de pura casualidad cuando pasaba por delante del salón recreativo; el problema es que no pudo saludarlo, porque acababa de morir.

Y para terminar, relatamos una historia muy popular. ¿No sería fantástico que fuera cierta? Bueno, quizá para Henry Ziegland, no.

La bala más lenta del mundo

Una bala disparada contra Henry Ziegland no lo mató hasta veinte años después.

En 1893, Ziegland finalizó su relación amorosa con su novia, y acto seguido ella se suicidó. Como venganza, el hermano de la joven siguió a Ziegland hasta su casa y le disparó en el jardín. El hermano creyó que había matado a Ziegland, y angustiado se suicidó de un tiro. Pero el agredido sobrevivió; la bala apenas le rozó la cara y se incrustó en un árbol. En 1913, Ziegland decidió dinamitar las raíces de dicho árbol, que todavía tenía la bala incrustada, para arrancarlo del jardín. La explosión propulsó la bala, que impactó en la cabeza de Ziegland y le provocó la muerte instantáneamente.

La última coincidencia

Quizá deberíamos llamarla la primera coincidencia... o la última coincidencia. Cualquier definición sería correcta, aunque quizá la palabra *última* le aporte la connotación superlativa más apropiada. Se trata de la coincidencia más importante de nuestra vida, bueno, de la vida de nuestro planeta, del Sistema solar y del Universo. Para empezar, nos reunió a todos. Es la razón por la que existimos, y si se alterara su estado, no estaríamos aquí para especular si se trató de un accidente fortuito o tan sólo fue parte de una gran trama prediseñada. No quedaría nada ni nadie como testimonio.

Como el lector podrá apreciar, ahora nos hemos puesto un poco trascendentales, y es que nos referimos a las leyes fundamentales de la física por las que se rige el Universo. Se las conoce como las constantes fundamentales de la física –factores tales como la masa de las partículas atómicas, la velocidad de la luz, las cargas eléctricas de los electrones, la potencia de la fuerza de la gravedad, etcétera–. Los físicos están empezando a darse cuenta del equilibrio inaudito de dichos factores. Con la más mínima variación de esas constantes, las cosas empezarían a ponerse realmente feas: la materia no se formaría, las estrellas no brillarían, el Universo no existiría tal y como lo conocemos, y si insistimos en asumir el punto de vista ególatra ante una destrucción tan espectacular, épica y dantesca, tampoco nosotros existiríamos.

La armonía cósmica que generó la vida existe gracias a lo que parece ser un puñado de coincidencias.

¿Qué o quién decidió en el momento del Big Bang que el número de partículas creadas sería de uno entre un billón más que el número de antipartículas, rescatándonos de esa forma de la aniquilación antes incluso de que existiéramos, puesto que cuando la materia y la antimateria coinciden, una anula a la otra?

¿Qué o quién decidió que el número de partículas de la materia que quedaría después de la gran explosión cósmica sería el número exacto necesario para crear una fuerza gravitatoria que equilibraría la fuerza de expansión y no destruiría el Universo?

¿Quién decidió cuál debería ser la masa de los neutrones para poder conformar la formación de los átomos?

¿Qué fuerza nuclear que sostiene los núcleos atómicos unidos, contra su deseo natural electromagnético de rechazarse los unos a los otros, debería tener la suficiente fuerza como para lograr esa proeza, y de ese modo permitir que el Universo vaya más allá de un estado de hidrógeno casi puro?

¿Quién decidió la carga exacta de los protones para que las estrellas se conviertan en supernovas?

¿Quién afinó el nivel de resonancia nuclear del carbono al punto tan preciso como para permitir la formación de la vida?

Y la lista continua...

Cada propiedad definida de forma tan significativa, contra todas las probabilidades y a pesar de los billones de posibilidades alternativas, combina hasta el grado de la exquisitez en la secuencia temporal correcta, a la velocidad, peso, masa y promedioadecuados, y con una precisión matemática que establece un Universo en el que es posible la vida. La lista de las constantes fundamentales escapa a la mentalidad humana, pero aquellas personas que han invertido sus esfuerzos y atención en comprender cómo funcionan dichos factores siguen una de las siguientes dos vías filosóficas, completamente opuestas: la de los que viven absolutamente confiados y felices, o la de los que viven humildemente y bajo un miedo perpetuo. La primera línea filosófica afirma que la pauta perfecta demuestra que el Universo no se formó por azar sino que todos los elementos, empezando por el átomo, fueron diseñados y afinados por una inteligencia suprema con la intención principal de generar vida.

La otra vía filosófica defiende que se trata
de una coincidencia de uno entre un trillón.

Índice

CIENCIA OCULTA

El porqué y el cómo de las casualidades y las coincidencias.

Pedro Palao Pons

LOS GUIÑOS DEL DESTINO

Casualidades y coincidencias que pueden cambiar nuestras vidas

Con numerosos casos de personajes famosos

Los términos casualidad o coincidencia mágica definen aquello que nos sucede de manera inesperada, que nos vincula a otras personas u otros acontecimientos simultáneos sin poder encontrarle una explicación lógica. Las casualidades se dan en las palabras, las ideas, los encuentros e incluso en los sueños.

- ❑ Aprenda a desvelar las casualidades que hay en su vida y descubra qué significado tienen para usted.
- ❑ Descubra los extraños guiños del destino en torno a la guerra civil española, Napoleón, Hitler, J. F. Kennedy y Lincoln entre otros.
- ❑ Sepa cómo, cuándo y por qué puede manifestarse una casualidad y aprenda a utilizarla en su beneficio.

ISBN 84-7927-657-6

Denise Linn, autora de grandes éxitos como *Feng shui para el alma* y *Hogar sano*, nos ofrece ahora una de las obras más importantes y relevantes sobre los sueños. Lo que hace único a este libro es su visión integradora de los aspectos psicoespirituales y místicos de los sueños. En esta obra, nos muestra cómo acceder a esta fuente gratuita de poder interior, sabiduría y orientación espiritual.

- ❑ Cómo se incuban los sueños y cómo prepararse para retenerlos.
- ❑ Los sueños lúcidos y las visiones.
- ❑ Cómo interpretar los símbolos y los significados de los sueños.
- ❑ Cómo aprovechar su poder para transformar nuestra vida o para sanarnos a nosotros mismos y a otras personas.

ISBN: 84-7927-600-2

Un libro que revela la mecánica, la tipología y la simbología de los sueños.

CIENCIA OCULTA